KB273060

무공총람 3
임하 新무협 판타지 소설

초판 1쇄 찍은 날 § 2006년 2월 10일
초판 1쇄 펴낸 날 § 2006년 2월 20일

지은이 § 임하
펴낸이 § 서경석

편집장 § 문혜영
편집책임 § 최하나
편집 § 장상수 · 문정흠

펴낸곳 § 도서출판 청어람
등록번호 § 제1081-1-89호
등록일자 § 1999. 5. 31
어람번호 § 제2-0833호

주소 § 경기도 부천시 원미구 심곡1동 350-1 남성B/D 3F (우) 420-011
전화 § 032-656-4452 팩스 § 032-656-4453
http://www.chungeoram.com
E-mail § eoram99@chollian.net

ⓒ 임하, 2006

ISBN 89-5831-914-3 04810
ISBN 89-5831-911-9 (세트)

武功總覽

Fantastic Oriental Heroes

무공총람

|패배, 그리고 도전|

3

임하 신무협 판타지 소설

도서출판 청어람

목차

第十七章
여행

여행 1

　다음날, 사공방이 장소산과 강연수를 불렀다. 그 자리에서 그는 둘의 공을 치하하고 강연수에게는 대나무 패를 하나 주었다.
　"강 소저는 개방의 은인이니 이걸 주겠네. 이것의 이름은 죽 부채라고 하는데, 개방이 남에게 은혜를 입었을 때 빚을 졌다는 뜻으로 주는 것이네. 나중에 이걸 가지고 찾아오면 어떤 부탁이든 개방 전체가 나서서 그대를 도울 것이네."
　"천하제일방이 나선다면 못할 일이 없겠네요."
　강연수는 기쁘게 패를 받았다. 셋은 잠시 담소를 나누며 그 자리에서 사공방이 이번 일에 대한 이야기를 꺼냈다.
　"심경초 사건 문제는 곧 해결될 것 같네. 생각보다 음모에 가담한 자가 적어서 다행이었어. 하지만……."
　그는 장소산을 보며 말을 이었다.

“자네가 이야기한 심경초를 도왔다는 최진방이 속한 조직에 대해서
는 전혀 단서가 없어. 나중에 최진방을 수배할 생각이지만 잡을 수 있
을지는 자신할 수 없군.”

“그렇습니까.”

장소산은 고개를 끄덕였다. 그는 무공총람을 둘러싼 임한정과 최진
방의 일을 이야기할까 생각했으나 마음을 바꾸었다. 개방 내부의 일이
채 처리되기도 전에 또 다른 문제를 안겨주고 싶진 않았다.

“그럼 가보겠습니다.”

그가 인사하고 강연수와 함께 나가려는데, 사공방이 그를 불러세웠다.

“자넨 남게. 할 말이 아직 남았으니까.”

“예.”

개방의 중요한 일을 이야기하려 한다는 것을 눈치챈 강연수는 두말
없이 고개를 끄덕이고 나갔다. 단둘이 남게 되자 사공방은 입을 열었
다.

“자네를 우선 육결제자로 임명하겠네.”

육결제자는 분타주와 같은 직위이다. 아직 어린 나이에 엄청난 승진
이라고 할 수 있지만 장소산은 담담히 고개를 숙였다.

“감사합니다.”

“그리고 이걸 보게.”

사공방은 어제 무림맹의 사자에게 받은 서신을 내밀었다. 받아 들어
읽어본 장소산은 고개를 갸우뚱했다.

“무림맹주의 이름으로 육파, 오문, 사가, 이방의 대표를 소집한다.
이것만으로는 아무것도 모르겠는데요?”

“육파, 오문, 사가, 이방이 어떤 세력인지는 알겠지?”

"그야 물론이지요. 강호의 가장 큰 세력들 아닙니까. 그중 이방이 칠성방과 우리 개방을 말하는 것이고요. 이들을 모은다는 것은 강호 전체를 모은다는 것과 다름이 없지요. 그런데 무림맹에 그럴 능력이 있습니까?"

사공방은 고개를 끄덕이고는 말했다.

"사실 현 무림맹은 아무 힘이 없네. 말 그대로 종이호랑이지. 하지만 과거 무림맹이 결성될 때 우리 개방을 포함한 문파들은 맹주령의 소집에 응하기로 약속한 바 있네. 지금 육파, 오문, 사가, 이방의 세력 중 그때 당시는 없거나 세력이 약해 결성에 빠져 약속하지 않은 문파들도 몇 있긴 하지만, 어찌 되었든 약속은 약속이니 대부분의 문파에서는 사람을 보낼 거야."

장소산은 알겠다는 듯 고개를 끄덕였다.

"약속을 한 이상 부르면 가긴 가야 한다는 말이군요."

"맞네. 하지만 알다시피 심경초의 반란 사건을 수습하고, 내가 없던 동안의 밀린 일들을 처리하려면 내가 자리를 비울 수가 없네. 그래서 생각 끝에 자네를 내 대리로 보내기로 했네."

장소산은 깜짝 놀랐다.

"제가 방주 대리를 하라고요? 말도 안 됩니다."

"하하, 그렇게 정색할 것은 없네. 확실히 자네에게만 이 일을 맡길 수는 없지. 난 괜찮다고 생각하지만, 어린 제자 한 명만 보냈다고 맹에서는 화를 내겠지. 그래서 몇 명을 더 붙여주기로 했네."

사공방은 밖을 향해 소리쳤다.

"들어와라."

문이 열리며 한 사람이 걸어 들어왔다. 어제 대회장에서 봤던 진갑이었다.

"부르셨습니까?"

"여기 장소산과 함께 무림맹으로 가라. 자세한 것은 그에게 물어보고."

"예."

진갑은 고개를 끄덕였다. 무슨 일인지 물어보지도, 아니, 아예 궁금해하지도 않는 것 같았다. 장소산은 혼자 가는 것보다 더 걱정이 되었다.

'괜찮은 거야?'

사공방이 말했다.

"진갑은 여행 중에 호위로 쓰라고 붙여주는 거네."

장소산은 묻고 싶었다.

'이 사람에게 내 안전을 맡겨도 정말 괜찮은 겁니까?'

그의 마음을 아는지 모르는지 사공방은 두 통의 편지를 내밀었다.

"하나는 내 제자에게, 또 하나는 맹주에게 전하는 편지이네. 일단 명목상 개방의 대표는 내 제자가 할 것인데, 그 녀석은 현재 여기 없어. 가는 길에 들러서 편지를 보여주고 함께 맹으로 가면 되네. 젊은 사람들끼리 가니 말도 통하고 편할 거야."

"아, 예."

자세한 내용을 들은 장소산은 진갑과 함께 나왔다. 잠시 여행의 대해 생각하다 진갑을 보니 그는 멍하니 허공을 바라보고 있었다.

"진 형님이라고 불러도 되겠습니까?"

"……."

"여기요."

“……”

“여기요!”

“응?”

“진 형님이라고 불러도 되겠느냐고요.”

“응, 그래, 맘대로 부르게.”

이런 사람과 함께 여행이라니… 장소산은 생각만으로도 골치가 아파왔다. 그런데 문제는 이것으로 끝이 아니었다. 강연수에게 가서 일이 있어 여행을 간다니 따라가겠다는 것이다.

“이것은 개방의 문제요. 화산파인 당신이 따라올 일이 아니란 말이오.”

“뭘 그렇게 빡빡하게 굴어. 그냥 여행길에 동무나 하면 좋은 거지.”

장소산이 한사코 안 된다고 하자 강연수는 돌연 묘한 웃음을 지었다.

“훗, 소용없어. 나에게 무엇이 있는지 잊은 건가?”

“설마?!”

그녀는 사공방에게 쪼르르 달려가 받은 죽패를 보이며 장소산과 함께 여행하도록 허락해 달라고 했다.

“하하, 고작 그런 일로 죽패를 쓸 필요는 없네. 걱정 말고 같이 가시게.”

방주의 허락이 떨어지니 장소산으로서도 어쩔 수 없었다.

“그래, 같이 갑시다.”

목적지인 무림맹에 가려면 여기서 최소한 한 달은 걸렸다. 장소산이 꼼꼼하게 여행 준비를 하는데 출발하기 전 방에서 사람이 나와 여행의 경비와 말이 끄는 수레를 주었다.

“필요할 것이오.”

아무리 거지라도 구걸하면서 길을 갈 수는 없는 노릇이니 여비를 주는 것은 이해가 갔다. 그런데 수레는 어디다 쓰라고 주는 건지 장소산으로서는 알 수가 없었다.

“이 수레는 어디에 쓰는 겁니까?”

방에서 온 사람의 대답은 간단했다.

“곧 알게 될 것이오.”

어찌 되었든 장소산, 강연수, 그리고 진갑은 개봉을 떠나 여행을 시작했다.

“확실히 수레가 있으니 편하군.”

장소산은 진갑에게 교대로 수레를 몰자 했고, 진갑은 군말없이 응낙했다. 그렇게 개봉에서 어느 정도 멀어져 진갑과 수레 모는 것을 교대했을 때였다. 잠시 잠을 자다 일어나 보니 수레가 엉뚱한 방향으로 가고 있는 것이 아닌가?

같이 타고 있는 강연수는 방향이 달라진 것도 모르고 있고, 수레를 모는 당사자인 진갑을 보니 허공을 보며 멍하니 정신을 놓고 있다. 모는 사람이 넋놓고 있으니 말이 제멋대로 길을 갔던 것이다.

“지금 뭐 하는 겁니까?”

장소산이 소리를 빽 지르자 진갑은 그제야 정신을 차렸다. 자신의 실수를 깨달은 진갑은 멋쩍어하며 머리를 긁적였다.

“미안하네. 나란 놈은 가끔 생각에 빠져 주변 상황을 잊곤 하네. 고치려고 하지만 그놈의 버릇이 좀처럼 고쳐지지가 않아.”

진갑을 본 지 얼마 되지도 않는데, 지금까지 그런 모습을 수차례나 봐왔다. 장소산은 이 정도면 가끔이 아니라 자주라고 해야 하는 것 아냐고 묻고 싶은 것을 참고 다른 것을 물어보았다.

"대체 무슨 생각을 하는데 정신을 놓는 겁니까?"

"무공에 대해서 생각하지."

"무공이요?"

"그래. 내가 지금까지 익히거나 봐온 무공의 약점이 뭘까, 어떻게 하면 그 약점을 보완할 수 있을까, 좀 더 위력을 높일 방법이 있는 것은 아닐까… 연구하고 개발할 것이 무궁무진하니 하루종일 생각해도 모자랄 지경이네."

장소산은 이 사람이 개방의 최고 정예인 십간의 첫째라는 것을 새삼 상기했다.

'엄청난 무공광인가 보군. 그러니 십간의 첫째가 되었겠지만.'

아무래도 이 사람에게 말고삐를 맡겼다가는 제때 목적지에 도착하긴 틀린 것 같았다. 여자인 강연수에게 시키기도 뭐해서 장소산은 별수없이 혼자서 수레를 모는 처지가 되었다.

'전혀 도움이 안 되는군!'

강연수의 경우는 진갑과 수레 뒤에 같이 있기 부담스러웠다. 진갑의 동료이자 십간 중 하나인 무이를 죽였기 때문이다. 그래서 가볍게 인사만 나누고 아무 말도 하지 않았다.

진갑은 앞에 강연수가 있는지 신경도 쓰지 않고 자기만의 고민에 빠져 살았다. 여기까지는 괜찮았다. 그런데 어느 순간 갑자기 벌떡 일어나 팔다리를 휘둘러 대는 것이 아닌가?

"헉!"

강연수는 그가 동료의 복수를 하려는 줄 알고 깜짝 놀라 허리춤의 검을 뽑으려 했다. 그런데 진갑은 그녀를 공격하는 대신 고개를 절레 절레 젓는 것이었다. 그리고는 다시 앉아 고민에 들어갔다.

'심장 떨려서 같이 못 있겠네!'

놀란 가슴을 쓸어내린 강연수는 장소산의 마부석 옆 자리로 이동했다. 장소산은 말을 모느라 말을 안 하고, 강연수는 뒤에 있는 진갑이 신경 쓰여 말을 안 하고, 진갑은 자기만의 고민에 빠져 말을 안 했다. 덕분에 정말 조용한 여행이 되었다.

그러는 사이 일행은 신양현이라는 곳을 앞두게 되었다. 여행에 참가시킬 사공 방주의 제자 여태환이 있는 곳이었다. 장소산은 밥을 먹을 때 진갑에게 한번 물어보았다.

"그런데 방주님의 제자인 여태환이란 분은 어떤 사람입니까? 혹시 만나본 적이 있습니까?"

"있지. 그와 난 서로를 이해하는 절친한 친구 사이라네."

장소산은 생각했다.

'그 사람도 무공광인가?'

신양현의 분타를 찾아가 여태환에 대해 물으니 한 거지가 언덕 너머를 가리켰다.

"저기 있을 겁니다."

언덕 위에 올라가니 한 이십대 후반의 남자가 나무 밑에 드러누워 있었다. 장소산이 말을 걸었다.

"실례합니다."

그 남자가 대답했다.

"실례하게."

"여태환 분타주 되십니까?"

"그래, 맞네."

　장소산은 사공방의 명령을 이야기하고 받은 편지를 주며 같이 갈 것을 청했다. 그런데 여태환은 편지는 읽지 않고 잠시 생각하더니 말했다.

"미안하지만 삼 일만 기다려 주게."

"처리해야 할 무슨 중요한 일이 있습니까?"

"있네."

"그게 무엇입니까?"

"저 위에 열린 감이 떨어지길 기다려야 되거든."

"……."

　장소산이 어이없어 할 말을 잃고 있는데, 옆에 있던 진갑이 말없이 여태환의 옆에 앉았다. 친하다고 하더니 서로 아는 척도 안 한다고 생각한 것도 잠시 장소산은 절로 고개를 끄덕이게 되었다.

　'정말 잘 어울리는 친구로군.'

　앉아서 무공에 대한 생각만 하는 인간이나, 누워서 감을 쳐다보며 떨어지길 기다리고 있는 인간이나, 둘 다 멍하니 하루종일 그대로 있을 뿐이니 그렇게 똑같지 않을 수가 없었다.

2

　여태환이 감 떨어지길 기다리고 있다는 말에 강연수 역시 어이가 없긴 마찬가지였다. 한편으로는 호기심이 생긴 그녀는 여태환에게 물었다.

　"감이 떨어지길 기다리는 것보다 직접 따서 바로 먹는 편이 좋지 않나요?"

　여태환은 누운 채로 여전히 감을 바라보며 대답했다.

"나무에 올라가기 귀찮소."

"그럼 돌을 던지거나 작대기로 쳐서 떨어뜨리면 되잖아요."

"그런 짓도 귀찮소."

강연수는 황당해졌다.

"이렇게 기다리고 있기가 더 귀찮지 않나요?"

"그건 귀찮지 않지. 왜냐면 아무 짓도 안 해도 되거든."

"……."

이번에는 장소산이 물었다.

"언제부터 여기서 기다리고 있었습니까?"

"삼 일 전부터, 내 계산으론 앞으로 삼 일만 더 기다리면 떨어질 걸세."

"그럼 차라리 다른 일을 하다가 그때가 되면 여기 오면 되지 않습니까?"

"그건 그렇지가 않지. 내가 없으면 까치 녀석이 와서 쪼아 먹어버리거든. 그리고 무엇보다 내가 따로 할 일도 없거든."

"그럼 지난 삼 일간 먹는 것은 어떻게 해결했습니까?"

"굶었지."

"배고프지 않습니까?"

"당연히 배고프지. 그래서 저 감을 먹을 때가 더욱 기대되지."

"……."

장소산은 여태환이란 인간을 이해하기를 포기했다. 하지만 받은 명령이 있으니 일단은 데려가야 한다.

"삼 일을 기다릴 것도 없이 제가 직접 따주지요."

"그것참, 고맙네. 그럼 내가 입을 벌리고 있을 테니 그곳으로 정확히 감을 떨어뜨려 주었으면 좋겠네.”

“…그렇게 하지요.”

장소산은 나무 위를 한 번 올려다보고는 신법을 전개하여 가볍게 올라갔다. 가지 위까지 손을 뻗어 감을 딴 그는 밑에 있는 여태환에게 던졌다. 그런데 막상 던지려 하니 장난기가 생긴 장소산은 일부러 입이 아닌 이마를 겨냥해 던졌다.

퍽!

여태환은 감이 떨어지는 방향이 잘못된 것을 알면서도 피하지 않고 이마로 고스란히 받았다. 잘 익는 감은 여태환의 이마에 부딪쳐 반쯤 터져 버렸다. 여태환은 아쉬운 표정을 짓다가 혀를 내밀더니 위로 올렸다. 그러나 혀가 감에 닿지 않자 한숨을 내쉬더니 강연수에게 말했다.

“아리따운 소저, 내 이마의 감을 내 입으로 옮겨주시지 않겠소?”

강연수는 기가 막혔지만 예쁘다는 소리도 들었겠다 선심 쓰듯 감을 집어 벌린 입에다 떨어뜨려 주었다. 여태환은 맛있게 먹고는 입술을 핥고는 말했다.

“감사하오. 이 은혜는 절대 잊지 않겠소.”

“…뭘, 그 정도 가지고요.”

장소산이 나무에서 내려와 여태환을 재촉했다.

“자, 이제 감도 먹었으니 무림맹으로 가지요.”

여태환은 일어나는 대신 긴 한숨을 내쉬었다.

“정녕 그 먼 길을 가야 한단 말인가?”

“귀찮아도 할 수 없습니다.”

“어쩔 수 없군. 그럼 수고스럽겠지만 날 수레로 옮겨다 주게나.”

“……”

뭐 이런 인간이 있단 말인가! 아무리 무위도식하는 거지라지만, 이건 너무하지 않은가! 장소산은 조금 화가 나는 것을 느끼며 물었다.

"방주님의 제자라면 이러고 있으면 안 되는 것 아닙니까? 당신은 당신의 사부인 사공 방주님이 그동안 악인에게 잡혀 있었고, 개방이 악인의 손에 넘어갈 뻔한 일이 있었다는 것을 알고 있습니까?"

여태환은 덤덤히 물었다.

"아, 그런 일이 있었나?"

심경초의 반역 사건을 모두 다 들은 여태환은 여전히 덤덤히 말했다.

"그랬었군."

"……."

장소산은 왜 심경초가 사공방을 감금하면서도 제자인 여태환은 그냥 놔두었는지 그 이유를 절실히 알 수 있었다. 이런 인간이니 전혀 신경 쓸 필요가 없었던 것이다.

여태환이 장소산을 흘금 보더니 말했다.

"난 단지 농땡이를 부리고 있는 것이 아니네. 이건 나름대로 무공을 수련하는 것이네."

강연수가 무공이라는 말에 귀가 번쩍 뜨였다.

"무슨 무공인가요?"

"설명하려면 오래 걸리니 저기 진갑에게 물어보시오."

멍해 있는 진갑을 정신 차리게 하고 물어보니 그가 설명해 주었다.

"여태환이 수련하는 무공의 이름은 나태신공이라고 하오."

강연수는 피식 웃었다.

"이름 한번 걸작이군요."

"이름만으로 무공을 평가할 수는 없는 법이오. 이 무공은 다름 아닌

전대의 천하제일고수 무언계가 창안한 것이오.”

장소산과 강연수는 깜짝 놀랐다.

“무언계가 창안했다고요?”

무언계라면 무신이라고까지 불린 절대고수가 아닌가!

“그렇소. 본 방의 대장로 추월락 어른은 무언계와 친분이 있었소. 그런데 그분은 어느 날 무언계와 만난 자리에서 이런 말을 꺼낸 것이오. ‘편하게 고수가 되는 방법은 없을까?’ ”

장소산은 속으로 실소했다.

‘그분다운 말이로군.’

“무언계는 이렇게 대꾸했소. ‘이 인간아, 그렇게 인생을 날로 먹으려 들면 안 되지’ 하지만 추월락 어른은 반박했소. ‘꼭 그렇게만 볼 것도 아니야. 무공을 익히는 자들을 봐봐. 온갖 혹독한 수련을 견디지 못하고 병신이 되는 자도 있고, 설사 그렇지 않더라도 무공을 성취 못하고 좌절하는 자들이 적지 않네. 이 얼마나 안타깝고 불쌍한 일인가. 이렇게 고생은 많이 해도 성취는 적으니 무공을 익히려는 사람들이 갈수록 줄어들고 있지 않는가’ 듣고 보니 일리가 있다고 생각했는지, 아니면 그 주제가 흥미가 생겼는지 무언계는 연구를 시작했고, 몇 년 후 추월락 어른을 불러 창안한 나태신공을 전해준 것이오.”

강연수가 궁금해하며 물었다.

“그래서 추월락 장로님은 그 나태신공을 익힌 건가요?”

“아니오.”

“아니, 왜요? 천하제일고수씩이나 되는 분이 기껏 창안해서 가르쳐 줬는데?”

장소산이 끼어들어 대답했다.

"그야 그것도 막상 익히려니까 귀찮았겠지."

진갑이 고개를 끄덕여 긍정했다.

"그 말대로요."

강연수는 잠시 배를 잡고 웃다가 진정하고 물었다.

"그래서 그 나태신공이 추 장로님의 제자의 제자에게 전해진 것이로 군요. 그런데 그 나태신공이란 어떤 무공인가요?"

"그건 나도 모르오. 나도 궁금해서 이 친구에게 물어보고 대련해 보자고 청했지만 싫다는 거요."

"귀찮아서?"

"그렇소."

피식거리던 강연수는 여태환을 돌아보았다. 대체 나태신공이란 어떤 무공일지 궁금했다. 잠시 고민하던 그녀는 결정을 내리고 여태환에게 말했다.

"좋아요. 우리 이렇게 해봐요. 내가 검으로 찌를 테니 당신은 그 나태신공이란 것을 펼쳐 막거나 피해봐요."

여태환은 말했다.

"귀찮으니 그만둡시다."

"당신은 귀찮을지 몰라도 나는 반드시 해봐야겠어요. 그럼 찌를 게 요. 하나, 둘, 셋!"

그녀는 혹시나 여태환이 다칠까 봐 언제라도 멈출 수 있도록 약간 느린 속도로 검을 찔렀다. 그녀의 검술 실력으로 느린 속도였지, 보통 사람이 보면 기겁을 할 정도로 전광석화와 같은 속도였다. 그러나 여태환은 검이 바로 앞까지 다다라도 꼼짝도 하지 않았다. 배의 한 치 앞에서 검을 멈춘 강연수는 물었다.

"아니, 왜 피하지 않죠?"

"그야 당신이 멈출 것을 알고 있었으니까."

강연수는 조금 화가 났다.

"이번에는 진짜로 찌를 거예요. 다쳐도 난 몰라요."

"그렇다면 한 가지 부탁을 하지. 내 사부님에게 지금 내가 하는 말을 전해주시오."

그리고는 줄줄 말을 하는데 들어보니 다름 아닌 유언이 아닌가? 강연수는 어이가 없어서 물었다.

"아니, 왜 유언을 하는 거죠?"

"그야 당신이 날 찌른다면, 난 저세상으로 갈 수밖에 없지 않겠소."

"피하면 되잖아요!"

여태환은 긴 한숨과 함께 말했다.

"검을 피한다니 그건 너무나……."

"너무나?"

"귀찮은 일이오."

"어이구야~"

강연수는 두 손 두 발 다 들고 항복할 수밖에 없었다. 장소산 역시 동감이라 여태환이 원하는 대로 업어다가 수레에 옮겨 실어주었다.

'그러고 보니 수레를 줄 때 필요할 것이라는 말이 이것 때문이었군.'

방주의 제자씩이나 되면서 개방 대회에 참석하지 않은 이유도 자연히 짐작이 갔다. 장소산은 진갑이나 여태환이나 전혀 기대할 수 없으니, 무림맹에 도착해서의 일은 모두 자신이 할 수밖에 없다고 생각했다.

"에휴~ 어쨌든 무림맹으로 계속 갑시다."

수레에 탄 진갑과 여태환은 한 명은 앉고, 한 명은 누운 채로 아무 말 없이 그저 그렇게 있었다. 둘 다 누가 말을 걸지 않는 한 자기 스스로 말을 시작하지 않으니, 둘은 하루종일 같이 있어도 단 한 마디도 하지 않았다. 강연수는 어떤 일이 있어도 둘이 있는 수레 뒤로 가지 않았다.

"저 둘의 침묵 사이에 있으면 내가 이상해질 것 같아."

강연수의 말이었다.

3

문제가 있는 인간이 둘이나 있었지만, 말썽은커녕 너무나 조용하니 특별한 문제없이 여행은 계속되었다. 그러나 천마산이라는 산을 넘게 되면서 생각지도 않은 문제가 나타났다. 무기를 든 다섯 명의 남자가 앞을 가로막은 것이다.

"멈추어라! 더 이상 가지 못한다."

장소산은 수레를 세우고 눈살을 찌푸렸다.

'산적을 만나다니.'

재수가 없다고 생각했던 그는 곧 생각을 바꾸었다. 산적 따위에게 당할 리도 없고, 오히려 기분 전환이 될지도 모른다는 생각이 들었다.

'이 기회에 일행의 실력을 시험해 보자.'

그는 고개를 돌려 뒤에 타고 있는 여태환과 진갑을 바라보고는 말했다.

"산적이 나왔습니다."

산적들은 장소산이 자신을 무시하자 화가 났다.

"내 말이 안 들리나!"

그 소리에 생각에 빠져 있던 진갑이 정신을 차렸다.

"무슨 일이야?"

"산적이 나왔어요."

장소산은 산적들을 가리키고 설명하고는 진갑에게 말했다.

"처리해 주세요."

진갑이 물었다.

"왜 내가 해야 하지?"

"그야 방주님이 진 형님을 일행에 포함시킨 것은 호위를 위해서가 아닙니까. 그러니까 여행을 방해하는 적이 나오면 당연히 진 형님이 처리해야지요."

"그건 그러네."

진갑은 고개를 끄덕이고는 수레에서 내려 산적들 앞에 섰다. 산적들은 인상을 쓰며 물었다.

"지금 우리와 싸우겠다는 거냐?"

"당신들이 순순히 비켜주면 싸울 이유는 없지."

"피를 봐야 정신을 차릴 놈이로구나."

산적 하나가 소리치며 도를 내려쳤다. 진갑은 가볍게 피하고는 발로 복부를 찼다. 산적은 숨이 막히는 충격에 비명도 못 지르고 기절했다.

"이놈이!"

산적들은 상대의 무공이 보통이 아님을 깨닫고 동시에 덤벼들었다. 진갑은 그 자리에 서서 허리를 트는 것만으로 간단히 공격을 피하며 발로 한 번씩 산적들을 찼고, 한 방에 한 명씩 산적들은 그대로 기절해 쓰러져 버렸다.

“우와, 세다!”

강연수가 감탄을 터뜨렸다. 그녀의 무공만으로 산적 다섯을 처리하는 것쯤은 간단한 일이지만, 진갑처럼 허리를 틀어 피하고 발로 차는 단 두 가지의 간단한 동작만으로 다섯이나 되는 적을 모두 쓰러뜨린다는 것은 어림도 없는 일이었다.

“그렇긴 한데…….”

장소산은 아쉬운 표정을 지었다. 진갑의 동작이 너무 간단하다 보니 강한 것은 알겠는데 어느 정도 수준인지 짐작할 수 없었기 때문이다.

“자, 그럼 갑시다.”

산적 처리가 끝나자 장소산이 다시 출발할 것은 재촉했다. 그런데 진갑이 쓰러진 산적들을 들여다보며 고개를 갸웃거리는 것이었다.

강연수가 물었다.

“무슨 문제 있어요?”

“이 산적들의 무공이 좀 이상해서.”

“무공?”

무기 한 번 휘두르면 바로 쓰러져 버리니 장소산이나 강연수는 상대의 무공에 대해서 전혀 알 수가 없었다. 그런데 진갑은 그것만으로도 상대의 무공에서 뭔가를 찾아낸 모양이었다.

장소산이 의아해하며 물었다.

“이 산적들의 무공이 무슨 문제가 있습니까?”

“내 생각에 이자들의 무공은 청주 개한문의 것 같아.”

진갑의 대답에 장소산은 그 의미를 생각해 보다 물었다.

“그러니까 이자들은 산적이 아니라 무림문파의 제자들이란 말입니까?”

"그래."

장소산은 다시 물었다.

"청주 개한문이란 어떤 문파입니까?"

"몰라."

진갑의 대답에 장소산은 어이가 없어졌다.

"아니, 초식 조금 보고 개한문이라는 것을 알 정도로 개한문의 무공을 잘 알면서 어떻게 개한문이 어떤 문파인지 모를 수가 있습니까?"

"그거야 방 내의 무공 서적에 개한문의 무공은 적혀 있지만, 개한문이 어떤 문파인지는 안 적혀 있었단 말일세."

장소산은 진갑에게 물어보는 것은 포기하고 강연수에게 물었다.

"개한문이 어떤 문파인지 아시오?"

"모르겠는데."

그때 수레 뒤에 누워 있던 여태환이 입을 열었다.

"청주 개한문은 자기 지역에서 점포들의 보호비로 먹고 사는 정사 중간의 문파이지. 현 문주는 후태추란 자로, 문파나 문주나 별로 알려지지 않았지."

장소산은 알았다고 고개를 끄덕이고는 생각에 잠겼다.

"그런데 왜 그 개한문이 자기 지역에서 한참은 떨어진 이 산에서 행인들의 물건을 터는 일을 시작한 거지?"

"고민할 것 없이 물어보면 되잖아."

강연수가 쓰러진 자들을 가리켰다. 장소산은 고개를 끄덕이고는 여태환에게 물었다.

"개한문과 가까운 큰 문파가 있습니까?"

"칠성방과 어느 정도 왕래가 있다고 하더군."

장소산은 기절한 자 중 가장 먼저 덤벼든 사람의 얼굴을 툭툭 쳐 깨웠다. 그자는 정신을 차리자 주변을 둘러보고 자기 동료들이 모조리 쓰러져 있자 안색이 새파랗게 질렸다.

"사, 살려주십시오!"

장소산이 물었다.

"너희 후 문주는 왜 너희들보고 이런 일을 시킨 것이냐?"

그자는 어리둥절해했다.

"저희 문주님을 아십니까?"

장소산은 빙그레 웃고는 대답했다.

"너희는 청주 개한문의 제자들이 아니냐. 후 문주와 우리 칠성방과는 전부터 잘 알던 사이다."

개한문 제자의 얼굴이 환해졌다.

"아, 칠성방 분들이셨군요."

"그래, 칠성방의 둘째인 가신풍이라고 하면 아실 것이다."

스스로를 가신풍이라고 소개한 장소산은 이어 강연수, 진갑, 여태환을 소개했다.

"저기 소저는 화산의 강 소저이고, 여기 너희들과 싸운 분은 공동파의 연 소협, 그리고 뒤에 누워계신 분은 황보세가의 황보 공자시다."

강연수는 장소산이 전에 자신들의 일행인 가신풍, 황보룡들로 소개하는 것을 보고 웃음이 터질 뻔한 것을 참았다. 개한문 제자는 소개를 듣고 고개를 끄덕이다가 장소산과 진갑의 남루한 복장을 보고 의심스런 표정이 되었다.

'강 소저는 확실히 명문의 여식 같지만 남자들은 꼭 거지들 같군.'

장소산은 상대의 의심을 눈치채고 변명을 지어냈다.

"지금 우리들 복장이 좀 그렇지? 우리는 천하를 떠돌며 협객행을 하고 있었는데, 도중에 불쌍한 백성들을 보고 재물을 나누어주다 보니 옷까지 벗어주게 되어버렸네."

그리고는 강연수에게 눈짓을 보냈다. 뭔가 믿을 만한 증거를 보이라는 것이었다. 강연수는 속으로 웃고는 검을 뽑아 휘둘렀다. 순식간에 허공에 수십 송이의 검화가 생겨났다가 사라졌다.

장소산이 손뼉을 치며 갈채를 보냈다.

"강 소저의 매화검은 실로 대단하오. 이미 상승의 경지에 이르렀구려!"

개한문 제자는 검법은 잘 몰랐지만 화산의 매화검법이 허공에 검화를 만들어낸다는 이야기 정도는 워낙 유명해서 들어본 적이 있었다. 신분이야 지어낼 수 있지만 수십 년을 수련한 무공을 일시에 지어낸다는 것은 불가능하다는 말을 떠올린 개한문 제자는 이들의 말을 믿지 않을 수 없었다.

아니, 믿기 싫어도 무조건 믿어야 했다. 자신은 상대방에게 목숨 줄이 맡겨져 있는 상태가 아닌가!

장소산은 상대가 믿는 눈치이자 물어보았다.

"그런데 왜 개한문의 제자인 그대들이 이런 곳에 있었던 것이지? 나는 영락없이 산적인 줄 알았지 뭔가."

"어이쿠! 저희들이 정말 큰 실수를 저질렀습니다. 아무도 산으로 오르지 못하게 무조건 막으라는 문주님의 명령에 그만 눈이 있어도 알아보지 못하고 죄를 짓고 말았습니다."

"산을 올라가지 못하게 막으라고? 아니, 왜?"

개한문 제자는 눈치를 살피며 말을 못하고 머뭇거렸다. 그 모습을 보며 장소산은 속으로 생각했다.

'같은 편이라고 생각하게 하는 편이 진실을 알아내기 쉬울 것 같아서 흉내를 냈는데 역시 너무 어설폈나?'

계획이 실패해도 어차피 밑져야 본전이니 아쉬울 것은 없었다. 장소산이 이번에는 태도를 바꾸어 협박 공갈로 나가려 하는데, 강연수가 말했다.

"말하기 싫으면 그만두라고 해요. 이대로 올라가 후 문주에게 이렇게 물어보면 되는 것 아니겠어요. '아래서 산적들이 길을 막고 덤벼들기에 없애 버리고 왔는데, 후 문주께서는 그자들의 정체를 아십니까?'라고요."

개한문 제자의 얼굴이 흙빛이 되었다. 개한문은 칠성방에 비하면 세력이 보잘것없다. 정말로 장소산 일행이 자신들을 죽이고 그 사실을 말해도, 후 문주는 칠성방의 비위를 상하게 할까 봐 화를 내기는커녕 아예 모르는 사람 취급을 할 것이다. 아니, 잘했다는 소리가 안 나오면 그게 다행이다.

'제길, 이자들이 정말 가신풍 일행인지 아닌지는 모르겠지만, 지금 나는 죽으라면 죽을 수밖에 없는 신세가 아닌가. 나중에 어떻게 되건 일단 당장 살고 봐야겠다.'

생각을 정한 개한문 제자는 사실을 털어놓았다.

"사실대로 말씀드리겠습니다. 대신 문주님께 제가 했던 말을 하지 말아주십시오."

장소산은 속으로 웃으며 고개를 끄덕였다.

"걱정 말고 말해보게."

"저희가 이곳에 온 이유는 영물이 나타났다는 소문 때문입니다."

4

"영물?"

"천 년 묵은 두꺼비라는 말도 있고, 지네라는 말도 있는데 정확한 것은 모릅니다. 하지만 뭔가 나왔다는 말은 사실인 것 같습니다. 그래서 저희는……."

"다른 사람이 영물을 가져갈까 봐 아예 아무도 못 들어가게 산을 막았다 이거로군."

"그렇습니다."

장소산은 잠시 생각해 보고는 말했다.

"이 방법은 좋은 방법이 아닌 것 같군. 아무리 영물이 탐난다 해도 길을 막아 아무 관련 없는 사람들의 통행까지 막는 것은 잘못이 아닌가. 반대로 영물을 탐내서 무인들이 몰려온다면, 여기 있는 자네들만으로 막을 수 있겠는가?"

"옳으신 말씀입니다."

어찌 되었든 자신들과는 상관없는 일이라고 생각한 장소산은 앞으로는 일반 양민들의 길은 막지 말라 말하고는 다시 수레로 올라 출발했다.

그런데 가는 도중 강연수가 말을 꺼냈다.

"그냥 갈 거야?"

장소산은 반문했다.

"그럼 어쩌자고?"

"보통 무인이라면 이런 상황에서 영물을 잡으러 나서는 것이 보통 아니야? 잘하면 무공을 크게 증진시킬 기회잖아.”

장소산은 웃으며 물었다.

“아까 그 사람 말로는 영물이 두꺼비나 지네 같은 거라는데, 잡으면 그걸 먹을 거요?”

“당연히 먹어야지.”

강연수의 대답에 장소산은 놀라 버렸다.

“징그럽지 않소?”

“그야 물론 징그럽지만 무공을 증진시킬 수 있다면 까짓 그거 조금 못 참겠어.”

“거참.”

황당해하던 장소산은 수레 뒤의 두 사람에게 물어보았다.

“두 분은 영물을 잡고 싶습니까?”

진갑이 대답했다.

“무공이란 자기 힘으로 단련하고 익혀서 얻는 것이지. 하지만 내공이 부족해 못 쓰는 무공이 있으니 조금 욕심이 나긴 하군.”

여태환이 대답했다.

“귀찮지만 공짜로 준다면 마다할 이유는 없지. 대신 미리 말하지만, 나보고 도와달라고는 하지 말게.”

강연수가 장소산을 졸랐다.

“어차피 일정도 여유가 있잖아. 밑져야 본전이니 한번 잡아보자. 평생 이런 기회가 다시 온다는 보장도 없잖아.”

세 사람은 모두 장소산을 쳐다보았다. 이곳에서 가장 나이가 많은 사람은 진갑이고, 지위는 여태환이 가장 높다고 할 수 있다. 하지만 둘 다 자신이 직접 나서서 뭔가를 할 생각은 전혀 없는 인간이다 보니 자연 모든 결정권은 장소산에게 돌아갔다.

'으음… 어쩐다?

순간 한 가지 생각이 문득 떠올랐다. 재미있겠다는 생각이 든 장소산은 씨익 웃고는 말했다.

"좋습니다. 영물 잡기를 해보지요. 대신 모두들 내 계획대로 하는 것입니다. 그리고 강 소저는 돈을 좀 내주셔야겠소."

강연수는 선 듯 고개를 끄덕였다.

"그 정도야 문제없지."

장소산 일행은 방향을 돌려 다시 산을 내려갔다. 개한문 제자는 기절한 동료들을 깨워서 자초지종을 설명하는 중이었는데, 장소산 일행이 다시 오는 것을 보고 의아해하며 물었다.

"무슨 일이 있습니까?"

장소산은 대답 대신 진갑에게 지시했다.

"다시 기절시키십시오."

개한문 제자들은 영문도 모른 채 또다시 진갑에게 맞아 기절했다. 장소산은 기절한 다섯을 수레에 싣고는 가까운 마을로 향했다. 그는 마을에 도착하자마자 관아로 가서 수레에 실린 개한문 제자 다섯을 넘겼다.

"산적들을 잡았습니다."

겉보기에 영락없는 산적인 개한문 제자들의 모습에 넘어간 관아의 포두는 개한문 제자들을 관아의 감방 안에 가두었다. 개한문 제자들의 처리가 끝나자 장소산은 일행에게 자신의 계획을 설명했다.

"이제부터 우리는 잠시 이름을 바꾸는 겁니다. 난 가신풍이고, 진 형은 공동파의 연사랑, 여 형은 황보세가의 황보륭이 되는 겁니다. 강 소저는 그대로 강 소저가 되면 되오."

강연수가 물었다.

"아까 개한문 제자에게 한 거짓말대로 행세하자는 거야? 그래서 어떻게 하자는 거야?"

"개한문을 찾아가는 거요. 그리고 함께 영물 찾기를 하는 것이지. 그 넓은 산을 우리 넷이서 찾아서야 어느 세월에 영물을 발견하겠소. 개한문과 함께 찾는 편이 훨씬 수월할 것 아니오."

"하지만 개한문이 우리를 끼워줄까? 그리고 그렇게 찾아봐야 우리 몫이 별로 없을 것 같은데?"

"아니, 영물은 모두 우리가 가질 거요."

"아니, 어떻게?"

장소산은 위풍당당하게 턱을 내밀며 대답했다.

"칠성방의 둘째 공자인 이 몸께서 잡은 영물을 칠성방주이신 아버님의 생신 선물로 바치겠다고 하는데, 감히 개한문의 문주 따위가 뭐라 할 수 있겠소."

강연수는 배를 잡고 웃어 대다가 간신히 참고는 물었다.

"하지만 아까 개한문 제자는 대충 속였지만, 후 문주는 가신풍의 얼굴을 알고 있지 않을까?"

"그러니까 변장을 해야지."

"변장할 줄 알아? 어중간한 변장이면 금방 들켜 버릴 텐데?"

"나는 모르지만 할 줄 아는 사람을 알지. 혹시 천면귀 남이랑이란 이름을 들어보셨소?"

여태환이 대신 대답했다.

"변장술로 유명한 인물이지. 누구도 진짜 얼굴을 알지 못하고 심지어 남자인지, 여자인지도 알 수 없다고 하더군. 그런데 자네가 그 사람과 친분이 있나?"

장소산은 대답했다.

"제가 아닌 저의 사부님과 친분이 있습니다. 오래전 일이긴 하지만 몇 번 만나본 적도 있지요. 만나볼 때마다 다른 얼굴이었지만."

강연수가 말했다.

"그래서 변장한 모습과 다른 것을 알아차릴까 봐 개한문 제자들을 잡아놓은 것이구나. 그런데 그 남이랑이라는 사람을 어떻게 찾지? 그리고 그 사람을 만나러 가다 다른 사람이 먼저 영물을 찾아버리면 어떡하지?"

"그건 문제없소. 그 사람이 있는 곳은 이곳에서 서두르면 하루면 갔다 올 수 있으니. 그 점까지 생각해 두지 않았으면 아예 이 계획을 시작하지도 않았지."

일행은 일단 수레는 객점에 맡기고 빠른 말을 한 사람 앞에 하나씩 샀다. 그런데 여기서 한 가지 문제가 발생했으니, 바로 여태환이었다.

"나보고 말을 몰고 가라고? 싫어!"

여태환을 수레에 태워가게 되면 시간이 너무 지체된다. 할 수 없이 장소산은 그는 놔두고 강연수, 진갑만을 데리고 말을 달렸다.

그들은 그날 밤 외진 길가에 있는 한 객점 앞에 이르렀다. 강연수가 객점의 간판을 보니 '청풍점'이라고 쓰여 있었다.

장소산이 먼저 말을 내려 객점으로 들어갔다. 강연수와 진갑이 뒤를 따라 들어갔다. 객점 안에는 손님이 하나도 없었다. 강연수는 안을 둘러보며 생각했다.

‘허름하고 인적도 드무니 손님이 올 리가 없지.’

계산대 앞에서 꾸벅꾸벅 졸고 있던 점원이 인기척을 느끼고 깨어났다.

“어서 오십시오. 뭘 드시겠습니까?”

장소산이 말했다.

“어화복령탕을 부탁하네.”

강연수는 흠칫했다. 들도 보도 못한 음식 이름이었다.

‘그렇구나, 여기가 그 남이랑이 있는 곳이로구나. 음식 이름이 그 사람과 만날 수 있는 암구호이고.’

그런데 점원은 멀뚱멀뚱 장소산을 보더니 물어보았다.

“그게 뭡니까?”

강연수는 자신의 예상이 틀린 줄 알고 놀랐다. 하지만 장소산은 침착하게 말했다.

“모르겠으면 주방에 가서 물어보시오.”

“예.”

점원은 대답하고는 주방으로 갔다. 장인생 일행은 식탁에 앉아 기다렸다. 잠시 후 뚱뚱한 주방장이 와서는 물었다.

“어화 뭐시기를 시켰다고?”

“어화복령탕이오.”

“그게 뭐요?”

장소산은 여전히 놀라지 않고 말했다.

“모르겠으면 주인에게 가서 물어보시오.”

“알았소.”

주방장이 위층으로 올라갔다. 잠시 후 담배를 입에 문 중년 여인이 나와 말했다.

"어화복령탕인지 뭔지 우린 그런 것 안 팔아."

그러자 장소산은 말했다.

"모르겠으면 남이랑에게 가서 물어보시오."

중년 여인은 담배를 입에서 떼고 장소산을 물끄러미 쳐다보며 물었다.

"누구냐, 넌?"

"사 년 전에 만났는데 잊었습니까? 저, 장소산입니다."

"아, 너로구나!"

강연수가 놀라며 물었다.

"이분이 남이랑이야?"

"그렇소."

장소산이 말한 어화복령탕은 암구호가 아니었다. 있지도 않은 음식 이름을 대고 차례대로 주방장, 주인, 남이랑을 부르는 것이 진짜였던 것이다. 그리고 점원, 주방장, 주인, 셋은 모두 남이랑이 변장한 모습이었다.

장소산은 남이랑에게 함께 온 일행을 소개했다. 남이랑은 고개를 끄덕이고는 물었다.

"그래, 네 사부는 잘 계시냐?"

"그게… 돌아가셨습니다."

남이랑은 놀라며 물었다.

"아니, 어쩌다?"

장소산은 개방 내부의 문제이기 때문에 자세한 사정을 설명하지 못하고 대충 얼버무렸다. 남이랑도 말 못할 이유가 있음을 짐작하고 더 이상 묻지 않았다.

"그 친구가 죽었다니 안타깝구나. 그래, 무슨 일로 날 찾아왔지? 그 사실을 알려주려고 온 것 같지는 않은데."

"부탁할 것이 있어서입니다. 저와 여기 계신 진 형을 변장시켜 주십시오."

"누구로?"

"칠성방의 가신풍과 공동파의 연사랑입니다."

"난 그 둘의 얼굴을 모르는데?"

"얼굴은 여기 강 소저가 잘 알고 있습니다."

남이랑은 잠시 말없이 있다가 담뱃재를 탁탁 털고는 물었다.

"그래서 얼마 줄 건데?"

5

장소산은 진지하게 부탁했다.

"공짜로 안 됩니까?"

"당연히 안 되지. 한 사람 당 천 냥이니까 이천 냥 내."

"…너무 비싼데요."

"그 정도는 받아야 해. 내가 변장하는 것보다 남 변장시켜 주는 것이 훨씬 힘들단 말이야. 게다가 내가 보지도 못한 사람을 설명만 듣고 변장하는 것은 더욱 어려워지지."

장소산은 강연수를 돌아보았다. 이천 냥이라는 거금을 내놓을 수 있는 사람은 그녀밖에 없었다. 그러나 그녀조차 곤란하다는 표정을 지었다.

"나도 지금 가진 돈은 오백 냥 정도밖에 없는데."

별수없이 장소산은 다시 부탁했다.

"좀 깎아주면 안 될까요? 아니면 외상으로 해주던가. 아는 사이끼리 봐주고 그러는 것이 다 사람 사는 인정 아니겠습니까."

"난 너 몰라. 네 사부라면 모를까."

"전에 한 번 봤잖아요."

"한 번 본 것만으로 아는 사이면, 세상에 아는 사람만 수만 명이겠다. 그리고 넌 내 진짜 얼굴도 못 봤잖아."

아무리 부탁해도 남이랑은 끄덕없었다. 장소산은 별수없이 고개를 저었다.

"에휴~ 할 수 없군. 그럼 그냥 포기할까? 영물이라는 것은 먹어도 그만, 안 먹어도 그만이니까."

영물이라는 말에 남이랑은 흥미가 생겼다.

"도대체 뭘 하려는 건데?"

"그게 말이지요."

장소산은 가신풍 일행으로 변장해 영물을 뺏을 계획을 설명했다. 그러자 남이랑은 재미있어 하다가 조금 생각해 보더니 말했다.

"좋아, 내가 공짜로 변장을 시켜주지. 단, 조건이 있어. 나도 이 계획에 참가한다. 그리고 영물의 반을 줘야겠어."

장소산이 영물 이야기를 꺼낸 것은 남이랑을 끌어들여 공짜로 변장을 하려는 생각 때문이었다. 하지만 영물의 반이나 준다는 것은 이쪽의 손해가 너무 크다고 생각했다.

"그건 너무한 것이 아닙니까. 우리는 여기 셋 말고 한 명이 더 있습니다. 다섯이 일을 하는데 한 명이 반이나 가지는 것은 말이 안 됩니다."

그러나 남이랑도 만만치 않았다.

"영물 얻는 데 성공하면 좋겠지만, 실패하면 난 손해만 보는 거잖아. 위험 부담까지 생각하면 그 정도 받는 것은 당연한 거라고. 그리고 그 계획은 내 변장술이 없으면 애초에 시작도 못하는 거잖아."

"실패하면 헛고생해서 손해 보는 것은 마찬가지입니다. 그렇게 따지면 내가 계획을 짜지 않았으면 시작을 못하긴 마찬가지죠."

둘은 한참을 말다툼하더니 식탁을 영물의 몸으로 보고 젓가락으로 금을 그어가며 분배를 논의했다. 서로 한 치라도 더 차지하려는 열의로 협상은 뜨거웠다.

진갑은 다투는 둘은 신경도 안 쓰고 자신만의 세계로 빠져 버렸고, 지켜보던 강연수는 하품이 나오려는 것을 간신히 참았다. 지루하던 협상은 마침내 동틀 녘이 되어서야 끝이 났다. 장소산 일행 쪽이 삼분지 이, 남이랑이 삼분지 일이라는 결론이었다.

'이제야 끝이 났네.'

반쯤 졸고 있던 강연수는 협상 타결 소식을 듣고 정신을 차렸다. 그러나 협상은 그것으로 끝난 것이 아니었다. 장소산이 손바닥으로 얼굴을 쳐 결의를 다지며 말했다.

"자, 그럼 이제 부위별 협상에 들어갈까요? 간부터 할까요, 아님 가장 중요한 내단?"

"내단부터 하지."

강연수는 하마터면 까무러칠 뻔했다. 밤새도록 한 협상은 전체적인 뼈와 고기를 나누는 문제였고, 진짜 중요한 내장 부위는 이제부터 시작이었던 것이다. 강연수는 더 이상 보고 있을 수만은 없어 뺙 소리를 질렀다.

"잠깐 둘 다 내 말 좀 들어봐요!"

장소산과 남이랑이 쳐다보자 강연수는 숨을 고르고 말했다.

"지금 이렇게 다투고 있는 것이 쓸데없는 짓이라는 것을 몰라요? 영물을 잡을 수 있을지 없을지 확실하지도 않는데 말이에요. 줄 사람은 생각도 않는데 어떻게 쓸까 고민한다고, 꼭 그 짝이라고요."

"소저가 뭘 모르는군."

남이랑이 말했다.

"이런 문제는 애초에 시작할 때 확실히 정해놔야 하는 거요. 그래야 나중에 목적을 이룬 후 분배할 때 탈이 없지. 지금 이 정도인데, 실제 영물을 얻으면 다툼이 얼마나 크겠소. 그렇게 되지 않으려면 확실히 못을 박아놔야 하는 거요."

장소산 역시 고개를 끄덕여 동감을 표했다.

"그 말대로지."

"잠깐만 나 좀 봐."

강연수가 손짓하여 장소산을 끌고는 객점 밖으로 나왔다. 그녀는 안에서 듣지 못하게 작은 소리로 장소산에게 속삭였다.

"이런 문제로 싸우다가 영물이 이미 남의 손에 넘어가면 어쩔 거야. 적당히 양보하고 타협을 보자."

사실 그녀는 영물이 목적이라기보다 영물을 잡으려는 과정 자체가 목적이었다. 순전히 재미로 나선 일인데, 골치 아픈 일로 시간 낭비 하고 싶지 않았던 것이다.

"으음……."

장소산은 생각에 잠겼다. 그 역시 재미로 나선 일이긴 마찬가지니 영물이야 누가 가지든 상관이 없었다. 그럼에도 이토록 분배 문제로 실랑이를 벌인 것은 평소의 생활 습관 때문이었다.

"좋소, 당신의 말대로 하지."

고개를 끄덕인 장소산은 남이랑에게 소리쳤다.

"우리가 양보하겠습니다. 간단하게 결판을 보지요. 우리가 내단을 가질 테니 나머지는 모두 당신이 가지는 것으로 하면 어떻습니까?"

남이랑은 인상을 찌푸렸다. 영물이란 내단이 진짜배기인데, 내단만 가진다는 것은 알맹이만 쏙 빼가겠다는 것이 아닌가.

"반대로 내가 내단을 가질 테니, 나머지를 너희들이 가져라."

"그건……."

또다시 실랑이가 벌어지려는 것을 강연수가 장소산의 입을 막아버리고 고개를 끄덕였다.

"좋아요. 그렇게 하기로 해요."

딴생각에 여념이 없는 진갑은 애초에 아무래도 상관없었으니 협상은 그렇게 끝이 났다. 드디어 결론이 나자 남이랑은 장소산 일행을 지하실로 안내했다. 마룻바닥을 들추고 아래로 내려가니 엄청난 수의 옷가지들이 진열되어 있었다.

"여기서 먼저 맞는 옷으로 골라 입어."

강연수는 옷 중에서 가신풍과 연사랑이 입던 옷과 비슷한 것을 찾아내 장소산과 진갑에게 주었다. 둘이 옷을 갈아입자 그녀는 가신풍, 연사랑의 얼굴 모습을 설명했고, 남이랑은 설명에 따라 장소산, 진갑의 얼굴에 점토와 약물을 발라가며 바꾸고 수정을 가했다.

근 한 시진의 변장이 끝나자 장소산과 진갑은 영락없는 가신풍과 연사랑이 되었다. 강연수는 변장을 한 모습을 보고 쿡쿡 웃으며 말했다.

"진짜들에게 좀 미안한데. 나중에 들켜서 곤란해지는 것은 아닌가 모르겠네."

"영물을 얻은 후 곧바로 도망친 후 시치미를 딱 떼고 있어야지. 나중에 가신풍 일행을 만나서 그들이 '강 소저, 누가 우리 행세를 하면서 사기를 치고 다닌다고 합니다' 라고 하면 그대는 '어머, 그런 일이 있었어요? 정말 나쁜 사람들이네요' 라고 대답하고, 후 문주가 '이 여자가 바로 그때 사기꾼 일행이었소' 라고 하면 그대는 '어머, 가짜가 정말 나하고 똑같이 변장을 했나 보네요' 라고 하시오."

장소산의 말에 강연수는 웃음을 참고 말했다.

"가짜의 흉내가 너무 똑같아 진짜와 가짜를 도저히 구별할 수가 없는 것이로구나."

"바로 그거요. 진짜가 가짜가 되고, 가짜가 진짜가 되는 것이지. 돌아가신 사부님도 요즘에는 하도 가짜가 판쳐서 진짜가 가짜 취급을 받는 일도 있다고 하셨는데, 바로 지금이 진짜가 가짜가 되어야 할 때이지."

그때 남이랑이 끼어들어 말했다.

"강 소저의 얼굴도 약간 손을 보는 것이 좋겠군. 너무 똑같으면 나중에 곤란하게 될 수도 있으니까."

그는 강연수의 얼굴에도 약간 손을 가했다. 그리고 자신도 강연수의 설명을 듣고 황보륭으로 변장했다.

"그런데 여 형은 어쩌지?"

강연수의 질문에 장소산이 대답했다.

"여 형도 그냥 두고 강 소저처럼 약간만 바꿉시다. 나중에 개방 방주의 제자 여태환은 가짜였다고 우기면 되는 것 아니겠소."

이렇게 해서 변장을 마친 장소산, 강연수, 진갑, 남이랑은 다시 여태환이 기다리고 있는 마을로 돌아왔다. 남이랑은 누워서 꼼짝도 않는 여태환을 보고는 말했다.

"이 인간은 시체로 변장하면 딱 맞겠군."

그러나 시체를 가지고 가면 이상하게 생각할 것이 뻔했다. 남이랑은 강연수처럼 적당히 손보았고, 강연수는 지금까지 쓰던 수레 대신 마차를 하나 샀다. 가신풍 일행이 낡은 수레를 쓴다고 하면 이상하게 생각할 것이기 때문이다.

마지막으로 관아에 갇힌 개한문 제자들이 잘 있는지 확인하고, 한 달 정도 폭 썩히고 도중에 밖에 연락하지 못하도록 포두들에게 돈을 먹여 손을 쓴 장소산 일행은 다시 천마산으로 올라갔다.

그런데 전에 개한문 제자들을 만났던 그 자리에 이르렀을 때였다. 그때와 똑같이 다섯 명의 남자가 그들의 앞을 가로막았다.

"더 이상 가지 못한다!"

장소산과 강연수는 서로의 얼굴을 보았다. 개한문에서 새로운 제자들로 길을 막게 한 것일까?

"너희들은 뭐 하는 놈들이냐? 개한문이냐?"

장소산의 질문에 그들은 소리쳤다.

"닥치고 어서 내려가기나 해라!"

장소산은 뒤에 있는 진갑을 불렀다. 진갑은 전의 개한문 제자들처럼 간단히 그들을 때려눕혔고, 기가 죽은 그들은 그제야 순순히 대답했다.

"저흰 포한문 제자들입니다."

"포한문? 그건 또 뭐야?"

영물 사건

아무래도 그사이 다른 문파에서도 영물 소문을 듣고 몰려온 모양이었다. 장소산은 눈살을 찌푸리고는 물었다.

"개한문을 아느냐?"

"예, 그 문파는 산의 서쪽을 차지하고 있습니다."

포한문 제자의 설명에 따르면, 지금 영물의 대한 소문을 듣고 몇 개의 문파가 산으로 왔지만 영물은 어디로 사라졌는지 통 보이지가 않는다고 한다. 그런데 서로 영물이 나올 위치를 선점하려고 하다 보니 문파들 간의 영역 다툼이 벌어지게 되었다는 것이다.

"이 근처는 어제까지만 해도 개한문 영역이었는데, 저희 포한문이 빼앗게 되었습니다."

장소산이 이곳을 지키던 개한문 제자를 관아에 처넣어버린 틈을 타서 포한문이 이 지역을 차지한 모양이었다. 일이 좀 이상하게 돌아가는 것 같다는 생각을 하며 장소산은 포한문 제자들을 놓아주고 개한문의 본거지가 있다는 산의 서쪽 지역으로 향했다.

도중에 자기 구역이라며 앞을 막는 자들이 있었지만 진갑의 무공 앞에 그 누구도 일초지적도 되지 못했다. 앞을 막는 자들을 때려눕히며 장소산 일행은 어렵지 않게 개한문의 본거지에 도착할 수 있었다.

"개한문에 무슨 일이냐?!"

장소산은 앞을 막는 자가 개한문을 들먹이자 반가워하며 말했다.

"가서 너희 문주에게 칠성방의 둘째 공자가 왔다고 전하거라."

칠성방이라는 말에 앞을 막고 있던 사람은 깜짝 놀라 고개를 숙이고는 뒤로 달려갔다. 잠시 후 문주로 보이는 쥐꼬리 같은 수염을 기른 중년 남자가 십여 명을 대동하고 헐레벌떡 달려왔다.

"가 공자, 이런 누추한 곳에 어쩐 일이오?"

장소산은 말에서 내려 정중히 인사하고는 웃으며 대답했다.

"누추하다니요. 후 문주님께서도 계신 곳이 어찌 누추하겠습니까?"

개한문 문주 후태추는 겉으로는 웃었지만, 속은 그렇지 않았다.

'이 자식이 영물을 노리고 왔구나. 이거, 완전 죽 쒀서 개 주는 꼴이 되어버리겠구나!'

열이 받다 보니 이런 생각까지 떠올랐다.

'이거, 그냥 확 덮쳐서 산에 파묻어 버려? 아무리 칠성방이라도 내가 한 짓인지 모르면 지들이 어쩌겠어?'

그때 장소산이 일행을 소개했다.

"여기 계신 이분들은 화산파의 강 여협, 공동파의 연 소협, 황보세가의 황보 공자, 개방 방주님의 제자이신 여태환 여 소협이십니다."

들어보니 하나같이 명문대파의 쟁쟁한 후기지수들이다. 후태추는 즉시 머리 속에 떠오른 생각을 지우며 얼굴에 미소를 그렸다.

"소문을 듣자하니 가 공자가 다른 후기지수들과 협객행을 하며 돌아다닌다고 하더니, 바로 그분들이시군. 장차 강호를 떠받들 영웅호걸들을 만나게 되니 실로 영광이오."

후태추는 장소산 일행을 본거지로 안내했다. 개한문 사람들이 자리 잡은 곳은 계곡 사이로, 십여 개의 천막들을 치고 야영을 하고 있었다. 자리를 잡고 차를 대접받은 장소산은 슬슬 본론을 꺼냈다.

"실은 저희가 이곳에 온 것은 영물에 대한 소문 때문입니다."

후태추는 고개를 끄덕이며 속으로 욕을 퍼부었다.

'도둑놈 새끼!'

장소산은 계속해서 말했다.

"실은 이제 얼마 안 있으면 칠성방주이신 저희 아버님의 생신이 다가옵니다. 그래서 뭔가 특별한 선물을 하고 싶은데 영물의 대한 소문이 들리지 뭡니까. 그래서 영물을 잡으러 나섰고, 여기 다른 친구 분들도 기꺼이 돕겠다고 하여 이렇게 모두 함께 오게 된 것입니다."

그리고 그는 후태추의 눈치를 살피며 물었다.

"후 문주님께서도 여기 계신 것을 보아하니 영물 때문으로 보이는군요."

"그렇소."

후태추는 고개를 끄덕이고는 설명했다.

"내가 소식을 들은 것은 두 달 전이오. 우리 문을 드나드는 상인으로부터 이곳 천마산에서 폭풍우 치는 밤에 붉은빛을 띠는 거대한 생명체를 봤다고 하더군. 그래서 몰래 이 근처 주민들에게 수소문해 보니 수백 년 전부터 이곳 천마산에 영물이 있다는 것이오. 단지 소문인 줄 알았던 영물이 실제로 있다는 것이 증명된 셈이지. 그래서 문도들을 이끌고 한 달 전부터 자리를 잡고 찾고 있었소."

장소산은 물었다.

"그런데 이곳으로 오는 도중 보니 다른 문파에서도 와 있는 모양이더군요."

"그것이 참 이상한 일이오. 이곳에 온 것은 우리 개한문이 제일 먼저였소. 소문이 퍼지지 않게 문도들 입단속도 시켰을 뿐 아니라 산에 아무도 드나들지 못하도록 산길을 지키도록 했는데, 얼마 전부터 다른 문파에서도 어떻게 알았는지 나타나기 시작한 것이오."

강연수가 끼어들어 말했다.

"갑자기 산길을 막으니 무슨 일인가 싶어 사람들이 관심을 가지고, 그러다 보니 소문이 퍼진 것이 아닐까요?"

잠시 멍해져 있던 후태추는 정신을 차리자마자 자신의 이마를 치며 화를 냈다.

"그 생각을 못했군! 멍청한 놈 같으니!"

장소산 일행이 쳐다보자 후태추는 급히 말했다.

"이건 여러분이 아닌 나 자신에게 하는 말이오. 난 실수를 하면 이마를 치며 날 욕하는 버릇이 있지요."

'당신 이마가 고생이 많겠군.'

장소산은 속으로 생각하며 말했다.

"현 상황을 보니 경쟁자가 많아 개한문만의 힘으로는 영물을 얻기 힘들고, 설사 얻어도 피해가 만만치 않을 것 같습니다. 그래서 말인데 우리가 힘을 합치는 것이 어떻습니까?"

역시나 후태추가 예상했던 내용이었다.

'그래서 힘은 같이 쓰고, 영물은 너 혼자 먹겠다고?'

후태추는 불편한 심기를 살짝 드러내며 물었다.

"힘을 합치는 것은 좋으나 영물은 하나이니 어쩌면 좋겠소?"

장소산은 생각했다.

'어, 꽤 세게 나오는데?'

그는 웃음을 지으며 설명했다.

"영물을 나누는 것은 어려운 일이지요. 그래서 말인데, 이렇게 하는 것이 어떻습니까. 영물을 저와 문주님 공동의 선물로 저희 아버님의 생신 선물로 바치는 것입니다. 그렇게 하면 만사형통이 아니겠습니까."

'니 아비 배만 불리는데 뭐가 만사형통이냐!'

후태추는 당장이라도 생글생글 웃고 있는 가신풍의 안면에 한 방 먹이고 싶은 것을 꾹 참고 곰곰이 계산을 굴려보았다.

칠성방 방주인 도마(刀魔) 가규는 무공도 절정일 뿐 아니라 자기 멋대로에 욕심이 대단한 자였다. 지금 가신풍의 제안을 어떻게 잘 돌려 거절한다고 하더라도 가신풍이 쪼르르 달려가 제 아비인 가규에게 이 일을 알리면, 가규란 인간은 당장 영물을 내놓으라고 요구할 것이 뻔했다.

안 내놓으면 그대로 멸문인 것이다. 가규란 인간의 비위를 잘못 건드렸다가 망한 문파가 어디 한두 개인가?

'제길, 괜히 왔군. 괜히 왔어!'

그냥 다 때려치우고 돌아가고 싶어졌지만 이렇게 된 이상 그만둘 수도 없다.

'여기서 그만두거나 슬쩍 빠지면 가신풍 녀석이 내가 영물을 갖다

바치기 싫어서 그랬다고 지 아비에게 이르겠지.’

이차피 남의 것이 될 영물을 얻으려고 고생할 것을 생각하니 앞날이 캄캄해졌다. 결국 자신이 할 수 있는 최선의 방법은 영물을 잡아 최대한 자신의 공을 내세워서 가규에게 바치는 것이라고 결론 내린 후태추는 별수없이 고개를 끄덕일 수밖에 없었다.

“참으로 훌륭한 생각이오. 칠성방주께서 이렇듯 훌륭한 효자를 두었으니 실로 그분의 복이 아닐 수 없소.”

“하하, 후 문주님 같은 분이 계시는 것이야말로 저희 아버님의 복이지요.”

후태추는 겉으로는 웃으면서 속으로는 욕을 퍼부었다.

‘개자식! 죽일 놈의 자식! 도둑놈 새끼!’

장소산은 후태추의 표정을 보고 욕하는 것을 눈치챘지만 태연했다. 지금 그가 욕하는 상대는 자신이 아닌 가신풍이니 자신과는 상관없다는 생각이었다.

“자, 그럼 그렇게 하기로 하고 함께 힘을 합쳐 영물 사냥을 해보도록 하지요. 잘 부탁드립니다, 후 문주님.”

“하하, 자네들과 우리가 힘을 합치면 영물은 잡은 것이나 다름없겠군.”

장소산과 후태추는 속마음을 감춘 채 웃는 낯으로 악수를 했다. 뒤에서 보고 있던 강연수는 웃음이 터지려는 것을 간신히 참았다.

일단 장소산 일행은 개한문이 사용하는 천막 두 개를 숙소로 빌리기로 했다. 그곳을 원래 차지하고 있던 개한문 제자들은 밖에서 자게 된 것은 말할 것도 없다. 그렇게 묵는 문제를 해결하자 장소산은 본격적으로 후태추와 영물을 찾는 문제를 의논했다.

"영물을 찾는 데 뭔가 단서가 있습니까?"

장소산의 질문에 후태추는 한숨을 내쉬며 고개를 저었다.

"솔직히 말해 아무것도 없네. 한 달 동안 영물이 살 만한 동굴이나 협곡 등을 샅샅이 뒤져 보았지만 아무것도 못 찾았네."

"영물을 목격했다는 사람이 본 장소가 어딥니까?"

"바로 이 근처네. 그래서 여기에 자리를 잡은 것이지."

장소산은 후태추의 수색 방법에 특별한 문제점은 찾지 못했다. 그렇다면 영물의 정체도 파악 못한 지금 달리 적절한 영물 사냥법이 있는 것도 아니고, 결국 우직하게 차근차근 뒤져보는 수밖에 없었다.

그는 속으로 내심 결정을 내렸다.

'무림맹으로 가는 길이 앞으로 한 달 정도 여유가 있으니까, 그때까지 찾아보고 안 되면 말지 뭐.'

영물을 못 찾는다고 무슨 문제가 생기는 것도 아니기에 여유만만한 장소산은 개한문의 야영지에서 편히 지냈다. 진갑의 경우도 영물 찾기보다 무공 수련에 열심이고, 여태환이야 말할 것도 없어서 개방의 삼인은 말 그대로 놀고 먹었다. 그나마 의욕을 가지고 움직이는 것은 강연수와 남이랑 둘이었다.

그러다 보니 시간이 갈수록 가뜩이나 안 좋던 후태추의 시선은 더욱 안 좋아져 갔다.

'그래, 넌 아무것도 안 하면서 영물 찾으면 공을 싹 가로채겠다 이거지?'

진갑이나 여태환은 남 눈치 따윈 전혀 신경 안 쓰는 사람들이었지만, 장소산은 그렇지 못했다. 후태추의 시선이 갈수록 노골적으로 변해가자 뭔가 하긴 해야겠다는 생각이 슬슬 들기 시작했다.

"후 문주님, 제가 문도들의 수색하는 모습을 쭉 봐왔는데 말입니다."

장소산은 후태추에게 가서 말을 꺼냈다.

"수색 지역이 산의 서쪽 지역으로만 편중되어 있는 것 같습니다."

후태추는 떨떠름한 표정으로 대꾸했다.

"어쩔 수가 없소. 수색 지역을 더 넓혔다가는 다른 문파들과 충돌할 테니까 말이오."

"영물이 다른 지역에 있으면 말짱 헛수고 아닙니까."

"영물을 발견했다는 장소가 이 근처이니 이 근처에서 다시 발견될 확률도 높지 않겠소."

"그거야 어디까지나 확률이지요. 그래서 말인데 다른 문파가 있는 곳도 수색해야 하지 않겠습니까."

"얼마 전에 문도 다섯이 실종되어 아직까지 소식이 없는 일도 있고 하니 함부로 움직이기 어렵소."

"아니, 그런 일이 있었다고요?!"

장소산은 자기가 개한문 제자 실종 사건의 범인이면서도 깜짝 놀라는 표정을 지으며 목소리를 높였다.

"그런 일이 있었다면 진작 말씀하시지 그러셨습니까."

후태추가 영문을 모르겠다는 표정으로 쳐다보자 장소산은 설명했다.

"분명 다른 문파에서 개한문의 제자들을 납치, 감금했을 것입니다. 아니면 이미 살해당했을지도 모르지요. 그렇다면 당연히 다른 문파들이 있는 곳도 조사해 봐야 하는 것 아닙니까?"

"그, 그렇긴 하지만……."

그때 장소산이 음흉한 표정을 지으며 말했다.

"겸사겸사 영물도 찾아보고요."

그제야 후태추는 장소산의 의도를 알아차렸다. 실종된 문도를 찾는다는 명목으로 다른 지역도 수색하자는 것이었다.

'이 자식, 지 애비와는 달리 약아빠졌는데? 나중에 지 형을 몰아내고 칠성방주가 되는 것 아냐?'

후태추는 만일에 대비해 장소산에게 잘 보여두어야겠다는 생각이 들었다.

"참으로 묘안이오. 즉시 그렇게 합시다."

2

평범한 문도로 다른 문파 영역에 들어갔다가는 봉변만 당할 확률이 높다. 장소산은 후태추, 강연수, 남이랑과 열 명의 개한문 제자를 이끌고 다른 문파 구역에 들어가기로 했다. 의욕없음인 진갑과 여태환은 그대로 남았다.

장소산은 여태환은 그렇다 치고 대단한 고수인 진갑을 데리고 가지 못하는 것이 아쉬웠지만 강연수와 자신 정도만 있어도 충분할 것 같고, 만일에 야영지가 습격당할 것에 대비한다고 생각하기로 했다.

"자, 그럼 가십시다."

장소산이 앞장서 나아가고 후태추가 바로 뒤를 따랐다. 이래서야 누가 주인이고, 객인지 모를 지경이었다. 후태추는 좀 기분이 나빴지만 훗날에 대비한다는 측면에서 참기로 했다.

일행이 향한 곳은 천마산의 중심 지역이었다. 문파들 간의 알력이 가장 심한 지역이기도 했다. 얼마 안 가 앞을 가로막는 자들이 있었다.

"여긴 우리 창포문 영역이다. 물러가라."

장소산은 유들유들하게 말했다.

"우린 실종된 문도들을 찾고 있소."

"영물을 찾든, 사람을 찾든 이쪽으로는 들어오지 못한다."

"허허, 이 산이 그대들 것도 아닌데 무슨 권리로 가지 못하게 한단 말인가?"

"우린 문주님의 명령으로 여길 지키고 있다. 문주님께서는 무슨 일이 있어도 이쪽으로 들어오지 못하게 막으라고 하셨다."

장소산의 안색이 험악해졌다.

"그렇다면 아무래도 수상하군. 귀 문에서 우리 문의 제자들을 납치해서 감금한 것이 아닌가? 그 사실을 들킬까 봐 사람을 막는 것이 아닌가?"

앞을 막은 창포문 제자들은 서로의 얼굴을 돌아보았다. 일이 이상해지는 분위기이다. 그리고 무엇보다 상대 수가 훨씬 많아 싸우면 이쪽이 질 것이 뻔했다.

"잠깐, 기다려라. 문주님께 알리겠다."

창포문 제자 하나가 재빨리 말하고는 원군을 부르러 뛰어갔다. 후태추가 이러다가 큰 싸움이 벌어질까 걱정이 되어 장소산에게 말했다.

"가 공자, 일이 너무 커지는 것이 아닐까?"

장소산은 자신있게 대답했다.

"후 문주께서는 걱정 마시고 저에게 맡기십시오."

그는 속으로 이렇게 생각하고 있었다.

'일이 잘못되면 영물 포기하고 도망치면 되는 거지. 나중 일이야 우

리가 알 바 아니지.'

고개를 끄덕이는 후태추 역시 이렇게 생각하고 있었다.

'일이 잘못되더라도 이 녀석 때문이지 내 책임은 아니지. 나중에 잘못되면 자기 방의 공자가 저지른 일이니 칠성방이 알아서 하겠지.'

서로 책임을 떠넘길 작정을 한 장소산과 후태추는 느긋해져서 여유만만하게 기다렸다. 어느 정도 시간이 흐른 후 창포문의 문주 일엽취가 삼십여 명의 제자들을 이끌고 나타났다.

"누가 감히 행패를 부리는 것이냐?!"

창포문주 일엽취는 후태추도 익히 아는 사이였다. 창포문의 전력도 대충 짐작하는 바, 고수들인 가신풍 일행이 있는 이상 상대 숫자가 많지만 충분히 이길 수 있다고 판단한 후태추는 여유있게 앞으로 나서서 말했다.

"오랜만이오, 일 문주."

일엽취도 후태추를 알아보고 일단 인사를 받았다.

"후 문주도 평안하셨소. 그런데 무슨 일로 찾아온 것이오."

후태추는 사건의 주모자가 자신이 아닌 가신풍임을 확실히 하기 위해 장소산을 소개했다.

"여기 계신 공자는 칠성방의 둘째 공자이신 가신풍 가 소협이오. 그리고 뒤의 두 분은 화산파의 강연수 강 여협과 황보세가의 황보륭 공자시오."

들어보니 젊지만 무시할 수 없는 배경을 가진 존재들이다. 일엽취는 기세가 금세 시들해져서 물었다.

"세 분은 이곳에 무슨 일로 오셨소?"

장소산이 나서서 대답했다.

"저희 일행은 우연히 후 문주님을 이 산에서 만나게 되었습니다. 그 런데 후 문주님의 문도 다섯이 실종되었다는 것이 아닙니까? 그래서 사람을 찾아 돌아다니게 된 것이지요."

일엽취가 말했다.

"그럼 영물과는 상관없는 일이군."

"물론 상관없지요."

"그렇다면 만일 우리 영역 안에서 사람을 찾다가 영물을 발견하면 가질 생각이 없겠군."

"아니, 그건 그렇지가 않지요."

장소산은 하하 웃고는 설명했다.

"어떤 사람이 건강을 위해 등산을 한다 칩시다. 만일 그 사람이 등 산 중에 산삼을 발견했을 때, '난 등산하러 왔지. 산삼 캐러 온 것이 아 니다' 라면서 산삼을 그냥 놓고 간다면 세상 사람들이 뭐라 하겠습니 까. 전 결코 세상 사람들에게 바보 취급을 받을 생각은 없습니다."

일엽취의 얼굴이 일그러졌다.

"다른 사람 땅의 산삼을 마음대로 뽑아간다면 도둑이 되는 것이 아 니오?"

"그야 그렇지요. 하지만 이 산은 주인이 따로 있는 산이 아니지 않 습니까. 문주님께서 정 영역을 주장하고 싶으시면, 자신이 주인이라는 땅 문서를 증거로 내놓으시지요."

땅 문서 같은 것이 있을 리가 없다. 일엽취는 험악한 표정을 지으며 목소리를 높였다.

"정녕 해보자는 것인가?!"

이렇게 되자 장소산 쪽에서 움찔했다. 상대가 목숨 건 싸움도 불사

할 태도가 보이자 이건 좀 아니라는 생각이 든 것이다.

'아니, 그깟 보신 음식 따위에 왜 이리 강경해?'

장소산 입장에서 영물이란 먹으면 몸에 좋은 것, 즉 그의 기준에서 보신 음식 정도에 불과했다. 거기다 영물이라는 것이 당장 보이지도 않는 현 상황에서 영역 싸움은 그다지 의미가 없다. 영역을 내줘도 나중에 영물만 가로채면 그만 아닌가?

그러니 이쪽 세를 과시하면 자연히 어려움을 알고 물러날 것이라 생각했는데, 일엽취란 인간은 머리보다는 몸이 먼저 가는 사람인 모양이었다.

'싸우면 우리가 이길 것은 당연하지만 이 정도 일에 피를 보고 싶지는 않는데…….'

장소산이 고민하는데 후태추가 옆에서 부추겼다.

"상대가 주제도 모르고 까부는데 본때를 보여주는 것이 어떻소?"

후태추의 개한문과 일엽취의 창포문은 위치도 가깝고, 세력도 비슷해 적은 아니지만 어느 정도 알력이 존재하고 있었다. 그래서 후태추는 이 기회에 한 번 창포문을 짓밟아 우위를 차지하고 싶었다.

하지만 장소산은 싸우다 사람이 죽는 사태는 보고 싶지 않았다. 그래서 헛기침을 하고는 일엽취에게 말했다.

"일 문주께서 너무 성급하신 것 같습니다. 화를 죽이고 차분히 생각해 보시는 것은 어떻습니까? 내일 다시 오기로 하지요."

그리고는 일행을 이끌고 본거지로 돌아왔다. 후태추는 왜 거기서 물러나야 하느냐고 투덜거렸지만 장소산은 외면하고 생각에 잠겼다.

'내일 정말로 싸우게 될 경우에는 일격에 제압하여 승부를 결정지어야겠다.'

　이렇게 결정을 내린 그는 강연수와 진갑을 불렀다. 오늘 창포문과 내면한 곳에서 적당한 매복 위치를 지정한 그는 둘에게 계획을 설명했다.

　"내가 신호를 보내면 둘이 뛰어들어 일 문주를 제압하는 겁니다."

　다음날 장소산, 남이랑, 후태추들은 개한문 제자들을 이끌고 다시 어제 장소로 향했다. 그런데 막상 그 장소에 가보니 창포문뿐만 아니라 산에 있는 다른 문파의 사람들까지 잔뜩 몰려와 있는 것이었다.

　일엽취는 어제보다 더욱 기세가 살아서 장소산에게 소리쳤다.

　"야, 가가야, 네가 칠성방을 믿고 기세가 살아 날뛰는 모양인데, 까부는 것도 여기까지다!"

　장소산은 일이 이상하게 돌아간다고 생각하면서도 여유있게 부채를 꺼내 펴 부치며 물었다.

　"하하, 내가 칠성방을 믿고 까부는 것이라면 일 문주께서는 무엇을 믿고 설치는 것이오? 여기 모인 다른 문파 사람들?"

　상대의 수는 백여 명에 달했다. 하지만 여러 문파가 뒤섞인 집단은 한 번 기세가 꺾이면 흩어지기 마련이다. 장소산은 두려워할 것은 없다고 생각했다.

　그런데 상황은 장소산의 예상과는 달랐다. 일엽취는 소리쳤다.

　"듣고 놀라지나 말아라. 곧 그분들이 오실 것이니까, 꽁무니 뺄 준비나 하시지."

　"그분들?"

　의문을 표하던 장소산은 어디선가 방울 소리가 들려오는 것을 느꼈다. 방울 소리는 점점 가까워지더니 여덟 명의 장정이 가마 하나를 메고 달려오는 것이 보였다. 방울이 잔뜩 달려 있는 가마는 지붕이 있고 사방이 막혀 안을 들여다볼 수 없었다. 여덟 명의 가마꾼은 가슴을 드러내고 얼굴과 온몸에 기괴한 문양을 그려놓고 있었다.

선두에 선 가마꾼이 목소리를 높여 소리쳤다.

"각 문파들은 천년마교의 사자를 영접하라!"

말이 끝남과 동시에 창포문 이하 이곳의 사람들은 양쪽으로 갈라져 절하며 외쳤다.

"천년마교 만세! 만만세!"

장소산은 현 상황을 이해할 수 없어 눈만 동그래져서 보고 있었다. 여기서 왜 갑자기 마교가 튀어나온단 말인가?

그는 이해할 수가 없어 옆에 있는 후태추에게 물어보았다.

"도대체 어떻게 된 영문입니까?"

"글쎄?"

후태추는 인상을 쓰며 생각하다가 입을 열었다.

"그러고 보니 얼마 전부터 마교가 다시 모습을 드러냈다는 소문이 들렸네. 단순히 소문이라고 생각했는데 설마 정말로 나타날 줄이야."

마교가 정사대전 끝에 멸망한 것은 백오십 년쯤 전의 일이다. 그 후 오십여 년 전쯤 다시 마교가 모습을 드러냈다가 사라졌다. 그때 마교의 세력 일부가 어둠 속으로 숨어들었는데, 무림맹이 조사했지만 결국 찾지 못했다고 한다.

'설마 그 마교가 다시 나타난 것인가?'

그러는 사이 가마는 장소산 일행 앞에 멈추었다. 장소산 일행은 다른 문파 사람들과는 달리 그대로 서 있었는데, 앞에 선 가마꾼이 호통을 쳤다.

"절을 하지 않고 무엇 하는 것이냐?!"

후태추는 절을 해야 할지 말아야 할지 판단을 내리지 못하고 무릎을 굽힌 어정쩡한 자세로 눈치를 살폈다. 반면 장소산은 꼿꼿이 선 채 가마를 쳐다보았다.

'네가 진짜 마교의 사람이라도 개방의 제자인 내가 고개를 숙일 이유는 없지.'

그는 당당히 선 채 말했다.

"가마 안에 계신 분은 누구요? 어디 얼굴 한번 봅시다."

가마꾼이 호통쳤다.

"안에 계신 분은 본 교의 호교법왕이시다. 네놈 따위가 감히 볼 수 있는 분이 아니시다."

"하하, 그런 말을 듣고 나니 더 보고 싶어집니다."

장소산은 말을 하면서 열심히 머리를 굴렸다.

'정말 안에 마교의 호교법왕이 있다면 엄청난 고수일 것이다. 마교의 무리와 이곳의 문파들이 한꺼번에 덤벼든다면 우리와 개한문으로는 당해낼 수 없다. 하지만 정말 이자들이 마교의 무리들일까?'

그 말을 곧이곧대로 믿기에는 너무 상황이 갑작스럽다. 장소산은 달려들어 확 가마를 뒤집어볼까, 아니면 적당히 고개를 숙이고 상황을 지켜볼까 고민했다.

그런데 그때였다. 산 아래쪽에서 낭랑한 노랫소리가 들려왔다.

"청산은 고고하니 영원을 살아가니, 찰나를 살아가는 미물에 비할 바가 아니리. 청산의 깊은 뜻을 모르고 어리석은 미물들은 청산 위에 서서 하늘 높은 줄 모르고 으스대는구나. 아아, 어리석은 미물들이여!"

처음에는 수리 밖에서 들려오는 듯했는데, 마지막은 어느새 바로 앞에 이르러 있었다. 장소산은 노랫소리의 주인공의 내공과 경공에 놀랐다.

'도대체 누구지?'

나타난 사람은 한 쌍의 남녀였다. 남녀 모두 스물 안팎의 장소산과 비슷한 나이였는데, 남자는 현양한 풍채의 공자였고, 여자는 보기 드문 아름다운 미녀였다.

사람들은 이야기 속에서나 나올 것 같은 멋진 한 쌍의 남녀를 보고 잠시 말을 잃었다. 그때 가마 안에서 목소리가 들려왔다.

"무슨 일이냐?"

마교의 가마꾼이 정신을 차리고 소리쳤다.

"너희들은 뭐 하는 것들이냐?"

남녀 중 남자가 웃음을 지으며 대답했다.

"저희는 멀리 산동에서 온 사람들로 전 한중평, 이쪽은 제 누이 채영신이라고 합니다. 마교의 호교법왕님께 예물을 바치러 왔지요."

예물이라는 말에 가마꾼은 좋아하며 고개를 끄덕였다.

"좋은 마음가짐이구나. 그래, 어서 내놓아보거라."

"예."

한중평은 고개를 숙이고 가마로 다가갔다. 그런데 품에서 예물을 꺼내는 척하다가 갑자기 가마를 발로 뻥 차버리는 것이 아닌가?

"옛다, 이것이 내 예물이다!"

3

갑작스런 발차기에 가마는 중심을 잃고 기우뚱했다. 가마꾼들은 버티지 못하고 넘어졌고, 가마가 그 위로 떨어졌다.

“아이쿠!”

가마꾼들은 비명을 내질렀고, 가마는 산 경사를 타고 두 바퀴나 굴러 떨어졌다. 가마 안에서도 비명 소리가 들려왔다.

“아이고, 나 죽네!”

이곳에 모인 사람들 모두 황당하다는 표정을 지었다. 도저히 마교의 호교법왕이라고는 생각할 수 없는 경박한 비명 소리였다. 잠시 후 반쯤 부서진 가마 안에서 한 사람이 엉금엉금 기어나왔다.

“이게 웬 날벼락……”

투덜거리던 사람은 주변의 시선이 자신에게로 향하는 것을 보고 입을 다물었다. 엉거주춤 일어난 그는 주변을 두리번거렸다. 도망갈 곳을 찾는 모양이었으나 사방이 모두 사람들로 인해 막혀 있었다.

“형님.”

여덟 명의 가마꾼이 그에게 다가와 모였다. 좀 전까지의 기세등등하던 모습과는 달리 기가 팍 죽은 모습이었다.

일엽취가 소리쳐 물었다.

“너희들은 뭐냐? 진짜 마교의 무리들이냐?”

가마 안에 있던 남자가 어물어물 입을 열었다.

“그러니까 그게……”

“확실하게 말해라!”

“아이고, 죽을죄를 지었습니다. 목숨만 살려주십시오!”

마교의 무리들이 가짜라는 것이 판명 나는 순간이었다. 나타난 남녀 중 여자인 채영신이 그들을 보고 빙그레 웃고는 자상한 목소리로 물었다.

“사실대로 말해보시오. 당신들은 누구고, 왜 마교의 무리 행세를 한 것이오?”

“예예, 저희들은 독고구승이라고 합니다.”

“독고구승?”

“예예, 저희들이 아홉 명이기도 하고, 강호에 나온 후 제대로 한 번 이겨본 적이 없어서 한 번만이라도 이겨봤으면 좋겠다고 생각해서 지은 별호이지요.”

사람들 사이에서 웃음소리가 간간이 들려왔다. 채영신 역시 웃으며 다시 물었다.

“왜 마교 행세를 한 것이지?”

“그러니까 저희들은 영물이 나왔다는 소문을 듣고, 영물을 먹으면 무공이 강해지지 않을까 기대하고 여기까지 오게 되었습니다. 하지만 이미 산에는 여러 문파가 영물을 노리고 모여 있었습니다. 경쟁자가 너무 많고, 설사 운 좋게 영물을 잡아도 우리들의 약한 무공으로는 금방 빼앗길 것 같았지요. 어쩔 수 없이 포기할까 생각했는데, 막내가 기가 막힌 묘책을 생각해 냈습니다.”

“마교 행세를 하는 것 말이로군.”

“예, 그렇습니다. 마교를 행세해서 영물을 손에 넣는다는 계획이지요. 마교의 호교법왕이 교주께 바칠 것이라고 하면 다른 문파가 영물을 손에 넣어도 내놓을 수밖에 없을 것 아니겠습니까. 영물을 얻은 후 가마를 없애고 변장을 풀면 우리 짓인지 아무도 모를 테고 말이지요.”

이야기를 듣던 장소산은 속으로 실소했다.

‘가짜 행세할 대상이 다를 뿐, 나와 똑같은 생각을 했었군.’

장소산이 나서서 물어보았다.

“왜 호교법왕이라고 한 것이오? 기왕 가짜 행세할 거 교주라고 할 것이지."

독고구승의 첫째는 머리를 긁적이며 대답했다.

"교주라면 부하들을 잔뜩 대동할 것 아닙니까. 우리 아홉이서 그 정도까진 무리였지요."

사람들은 하도 어이가 없고 허탈하여 화를 낼 기운도 없었다. 한심하다는 눈으로 독고구승들을 바라보고 있는데, 그때 한중평과 채영신이 슬그머니 빠져나가려 했다.

"잠깐만!"

독고구승보다 두 남녀에 대해 더 주의를 기울이던 장소산은 즉시 소리쳐 둘을 붙잡고는 물었다.

"깜박 속을 뻔한 우리를 도와주셔서 감사합니다. 그런데 두 분께서는 뭐 하시는 분이신지요? 무슨 이유로 이곳까지 오셔서 가짜를 밝혀내신 겁니까?"

장소산의 질문에 한중평은 낭랑히 웃었다.

"하하, 저희는 그저 바람 따라 구름 따라 떠도는 사람들일 뿐입니다."

말을 마치자마자 한중평과 채영신은 경공을 펼쳐 순식간에 눈앞에서 사라졌다.

'그냥 보낼 수야 없지!'

장소산은 이제 영물 따위는 아무래도 상관없었다. 저 두 남녀의 정체를 밝혀내는 것이 더 중요하다고 생각한 그는 즉시 바닥을 박차고 두 남녀를 추적해 갔다.

달리다 뒤를 보니 남이랑이 따라오고 있었다. 그 역시 두 남녀의 정체에 흥미가 이는 모양이었다. 굳이 말을 안 해도 생각이 통한 장소산과 남이랑은 전력으로 경공을 전개해 달려갔다.

한중평과 채영신의 경공이 대단하긴 했지만, 장소산과 남이랑의 경공도 이에 못지않았다. 양쪽은 일정 거리를 둔 채 계속해서 달려갔다. 경공을 전개해 쫓아가면서 장소산은 조금씩 걱정이 되었다.

'분명 쫓아가고 있는 것을 알 텐데 아무 행동도 취하지 않는군. 우리가 지쳐 더 이상 쫓아오지 못하는 것을 기대하는 것일까?'

기왕이면 은밀히 쫓아가고 싶었지만 상대가 전력으로 경공을 전개하는 이상, 이쪽도 전력으로 쫓는 수밖에 없었다. 함정으로 유인하는 것이 아닐까 하는 생각도 들었지만 그렇다고 놓칠 수는 없었다.

한중평과 채영신은 다른 곳으로 가지 않고 천마산의 이곳저곳을 계속해서 돌고 돌았다. 그렇게 한참을 달리기 시작하자 마침내 남이랑이 지쳤는지 속도가 떨어지기 시작했다.

'이거 안 좋은데?'

상대는 아직도 지친 기미를 보이지 않고 있다. 경공 하나만 보아도 일류고수가 틀림이 없다. 여기서 남이랑이 떨어져 버리고 장소산 혼자 둘의 협공을 받게 되면 승산이 없었다.

'진갑과 강 소저가 같이 있으면 좋았을 텐데.'

장소산이 상대를 쫓는 데 급해 둘을 놓고 온 것을 후회하고 있을 때, 돌연 상대방이 걸음을 멈추었다. 장소산과 남이랑 역시 멈추자 양쪽은 좁은 산길에서 서로 마주 보는 형국이 되었다.

한중평이 장소산과 남이랑을 살피더니 웃음을 지으며 칭찬했다.

"무공이 훌륭하오. 여기까지 우릴 따라오다니 젊은 나이에 대단하오."

장소산은 상대를 경계하면서 입을 열었다.

"실례를 용서하시오. 두 분에 대해 알고 싶은 마음에 그리되었소."

한중평은 낭랑히 웃었다.

"하하, 호기심이 많은 분이로군. 그래, 뭐가 그리 궁금하시오?"

"물론 두 분의 정체이지요. 그리고 왜 두 분이 가짜 마교 무리의 정체를 폭로했는지, 그리고 어떻게 마교 무리가 가짜인지 단숨에 알아냈는지 등등입니다."

"이거 너무 궁금한 것이 많으셔서 그대의 궁금증을 제대로 풀어드릴 수 있을지 자신할 수가 없군요."

그때 채영신이 한중평에게 말했다.

"하찮은 일에 너무 시간을 낭비했어요."

한중평은 고개를 끄덕였다.

"알겠소. 조금만 기다려 주시오. 저 호기심 많은 친구 분을 그냥 돌려보내면 너무 섭섭하지 않겠소."

그는 잠시 생각하더니 장소산에게 말했다.

"그대의 호기심을 풀어주고 싶은 마음이 없는 것은 아니지만, 우리에게도 사정이 있어서 일일이 대답해 줄 수는 없소이다. 그래서 말인데 내기를 하는 것이 어떻겠소?"

"내기라니. 무슨 내기?"

한중평은 발끝으로 자신의 앞에 선을 그리더니 그 앞에 섰다.

"당신이 날 공격해서 내가 선 뒤로 물러나게 되면 질문에 대답해 주지. 한 발짝 물러설 때마다 한 가지씩. 어떻소, 제법 재미있지 않겠소?"

"참 재미있겠군요. 그럼 그쪽의 조건은 뭡니까? 내가 당신을 조금도 움직이게 못한다면 말이오."

"아차, 그건 생각해 보지 않았군요. 뭐가 좋을까나……."

한중평은 잠시 생각해 보더니 손바닥을 치고는 말했다.

"그대가 내 발밑에 엎드려서 살려달라고 빌기로 하지."

장소산은 생각해 보았다. 일단 조건은 자신에게 대단히 유리하다. 하지만 그만큼 함정이 있을 가능성이 높다. 어떻게 할까 고민하는데 한중평이 말했다.

"자신이 없으시오? 그럼 이렇게 해주면 어떻소?"

그리고는 몸을 돌려 등을 내보였다. 장소산은 자신을 무시하는 태도에 화가 치밀어 올랐다.

"하하, 날 이렇게 배려해 주시니 안 할 수가 없겠습니다!"

그는 말을 하면서 맹렬히 돌진하였다. 한중평은 장소산이 가까이 오기를 기다렸다가 허리를 숙이며 발차기를 날렸다.

'이 정도로는!'

장소산은 몸을 숙여 피하면서 힘껏 장력을 내뿜었다. 그런데 그때 갑자기 발밑이 푹 꺼지는 것이 아닌가?

"앗!"

쳐보지도 못하고 장소산의 몸은 아래로 떨어져 내렸다. 당황한 중에도 장소산은 몸을 돌려 자세를 잡으며 아래를 살폈다. 아래에는 날카로운 죽창들이 세워져 있었다. 그는 무공총람 신법편에 익힌 수법으로 공중에서 회전하며 발끝으로 죽창의 끝을 피해 밟았다. 대나무의 탄력으로 죽창이 구부러지며 생긴 탄성을 이용해 장소산은 위로 뛰어올랐다.

"훌륭한 신법!"

한중평의 소리가 들리며 사람 하나가 떨어져 내려왔다. 장소산은 반사적으로 권을 뻗으려다 상대를 알아보고 급히 손을 멈추었다.

'남이랑!'

한중평이 어느새 남이랑을 잡아 아래로 던진 것이었다. 남이랑과 부딪치는 바람에 올라가는 힘을 잃은 장소산은 다시 아래로 떨어졌다.

"으윽!"

바닥에 떨어진 장소산은 신음을 흘렸다. 떨어지면서 아래에 세워진 죽창을 부러뜨리긴 했지만 몇 군데 찔린 것이다. 다행히 대나무를 비스듬히 자른 엉성한 죽창이고, 급소는 피했기 때문에 부상은 심하지 않았다.

"당했군."

몸을 일으키며 장소산은 생각했다. 이 함정은 누군가가 영물을 잡으려고 파놓은 것이 분명했다. 한중평이 추격을 받을 때 계속 천마산 이곳저곳을 빙빙 돈 것은 적당한 함정을 찾기 위해서였고, 내기를 하자는 것은 함정에 빠뜨리기 위해서였다.

그것도 모르고 장소산은 한중평을 최대한 물러나게 하기 위한 공격의 위력을 내기 위해 힘껏 체중을 실어 진각을 밟아버려 함정에 빠져버린 것이다.

'바보 같이 완전히 상대방의 속임수에 넘어가 버렸구나!'

위에서 한중평의 소리가 들려왔다.

"괜찮소? 어디 다치진 않았소?"

잘도 속여놓고 걱정해 주는 척하다니! 장소산은 화가 치밀어 소리쳤다.

"고양이가 쥐 생각해 주셔서 감사하오!"

"하하, 목소리를 들으니 멀쩡한 것 같군. 그러면 약속대로 내기에 졌으니 내 발밑인 그곳에서 엎드려 살려달라고 비시오. 그럼 내가 꺼내

드리지."

장소산도 자존심이 있어서 그렇게 할 수는 없었다.

"당신이 날 속였으니 이건 정당한 내기가 아니오. 따라서 절대 빌 수 없소!"

"이런, 그렇다면 할 수 없지."

한중평은 근처의 커다란 바위를 들고 와서는 말했다.

"당신이 약속을 지키지 않으니 난 별수없이 제재를 가할 수밖에 없 겠소. 그러니 고생 좀 하시오. 당신은 무공도 훌륭하고 호기심도 많으 니 충분히 빠져나올 수 있을 것이오. 우린 바쁜 일이 있어서 이만 실례 하겠소."

그는 바위로 함정을 막아버렸다. 그리고는 손을 탁탁 떨고는 채영신 과 함께 어딘가로 사라져 버렸다.

4

위가 막혀 버리자 함정 안은 빛이 들어오지 않아 한 치 앞도 볼 수 없을 정도로 깜깜해졌다. 장소산은 일단 손으로 주변을 더듬으며 위험 한 죽창들을 모조리 부러뜨렸다. 주변의 안전을 확인하자 그는 호흡을 고르고 힘껏 뛰어올랐다.

함정의 깊이는 이 장이 채 되지 않았다. 힘껏 뛰니 위로 치켜 올린 손에 입구를 막은 바위가 만져졌다. 장소산은 그대로 바위를 밀어보려 했지만 바위는 꿈쩍도 하지 않았다.

"빌어먹을!"

허공 중에 있어서는 제대로 힘을 쓸 수가 없다. 장소산은 뛰어오르는 것은 포기하고 벽을 더듬어 기어올랐다. 그러나 이번에도 마찬가지였다. 입구 앞까지 기어올라 바위를 밀어보려고 힘을 쓰면 발밑이 견디지 못하고 무너져 버렸다.

'이거 안 좋은데?'

재수없으면 꼼짝없이 갇혀 굶어 죽을지도 모른다는 생각이 들었다. 장소산은 남이랑을 불러보았다.

"남 선배님, 뭔가 방법이 없을까요?"

대답 소리가 없었다. 이상하다는 생각이 든 장소산은 바닥에 누워 있는 남이랑을 흔들어 보았다.

"남 선배님."

대답 대신 낮은 신음 소리가 들려왔다. 그제야 그에게 뭔가 이상이 있다는 것을 깨달은 장소산은 당황했다.

"남 선배님, 어디 다쳤습니까?"

이번에는 신음 소리도 없었다. 장소산은 당황했다. 다친 것 같은데, 깜깜해서 얼마나 다친 건지 짐작을 할 수 없었다.

'이런 내 부주의다!'

한중평에게 속았다는 사실에 분해서 남이랑에게 생각이 미치지 않았다. 화를 내는 데 정신이 없어 남이랑이 다쳤다는 것도 모르고 있었던 것이다.

'이럴 줄 알았으면 그냥 살려달라고 빌 걸 그랬다!'

후회하면서도 그는 품을 뒤졌다. 부채와 화섭자를 찾아내자 그는 화섭자로 부채에 불을 붙여 남이랑에게 가까이 가져갔다. 앞으로는 특별한 상처가 안 보여 몸을 뒤집어보니 죽창 하나가 그의 등에 박혀 있었다.

"이런!"

아까 떨어질 때 운 나쁘게 찔려 버린 모양이었다. 그 외에는 다른 상처가 없는 것으로 보아 떨어질 때 충격으로 기절한 모양이었다.

"다행히 큰일은 아니군."

장소산은 소매를 찢어 임시로 붕대를 만들었다. 그런데 그때 부채의 불이 꺼져 버렸다.

"할 수 없지."

장소산은 손끝의 감각만을 의지해 남이랑의 상의를 벗기고 상처에 붕대를 감았다. 그런데 옷을 벗기고 붕대로 감다 보니 자연스럽게 남이랑의 맨살을 만지게 되었는데, 손끝에서 느껴지는 피부의 느낌이 부드러운 것이 도저히 나이 많은 사람의 것이 아니었다.

'이것참, 이상하네? 주안술 같은 것을 익힌 건가?'

남이랑은 그의 사부인 채평안과 친구 사이이니 최소한 나이가 쉰이 넘을 것이다. 그런데 손끝의 느낌은 꼭……

"아기 피부 같네."

이상하다는 생각이 들고 감촉도 부드러운 것이 좋아서 장소산은 계속해서 더듬어보았다. 그때 보드랍고 말랑말랑한 살덩이가 만져졌다.

"어이쿠!"

장소산은 깜짝 놀라 손을 뗐다. 자신이 만진 것은 분명……

"젖가슴! 여자였단 말인가?"

놀란 그는 좀 더 확실히 하기 위해 얼굴을 만져보았다. 눈, 코, 입, 만져지는 얼굴은 분명 남자의 것이었다.

"참, 황보륭으로 변장하고 있었지."

깜깜한 곳에서 손끝의 감각만으로 만지니 변장한 부분과 원래 피부와의 차이를 확실히 구분할 수 있었다. 장소산은 목 부위의 이음새를 찾아내 잡아뜯었다. 얇은 가짜 피부가 뜯어져 나갔다.

"어디 보자."

다시 얼굴을 더듬어 보았다. 남자 얼굴이었다. 하지만 장소산은 이 얼굴도 가짜라는 것을 알아차릴 수 있었다. 밝은 곳에서 눈으로 보았다면 속았겠지만, 어두운 곳에서 예민해진 손끝의 감각이 진짜 피부와 가짜 피부를 구별해 주었다.

'이중 가면이로군.'

두 번째 가짜 피부도 뜯어내었다. 그제야 진짜 얼굴이 드러났다. 장소산은 조심스럽게 더듬어 보았다. 작고 오목조목한 눈, 코, 입을 느낀 그는 상대가 여자라는 것을 확신했다. 그것도 어린 소녀였다.

"으음……."

얼굴을 더듬는 느낌에 소녀는 깨어났다. 등에서 느껴지는 통증에 신음을 흘리며 그녀는 물었다.

"여긴 어디지?"

영락없는 남자의 목소리였다. 장소산은 냉랭한 목소리로 물었다.

"그러는 당신이야말로 누구지?"

"무슨 소리지?"

"왜 남이랑 행세를 했지? 네 정체가 뭐야?"

뭔가 잘못되었다는 것을 깨달은 소녀는 얼굴을 더듬어 보았다. 변장이 모두 벗겨져 있었다. 그리고 보니 상의도 벗겨지고 붕대가 감겨 있었다. 소녀는 찢어지는 듯한 목소리로 소리쳤다.

"당신, 나한테 무슨 짓을 한 거야!"

소녀의 목소리는 여성의 것으로 바뀌어 있었다. 장소산은 지지 않고 소리쳐 물었다.

"그러는 당신이야말로 왜 남이랑 행세를 했지? 진짜 남이랑은 어디 있는 거요?!"

소녀는 외쳤다.

"당신이 내 옷을 벗긴 거야? 내 몸을 본 거야?!"

"상처를 치료하느라 벗겼지만 당신 몸은 못 봤소."

"저, 정말?"

"그렇소. 이렇게 깜깜한데 무슨 수로 보겠소."

장소산은 말하며 속으로 생각했다.

'보지 않고 손으로 느꼈지.'

그쪽으로는 생각이 미치지 못한 소녀는 상대가 자신의 몸을 못 본 것에 안심하고 안도의 한숨을 내쉬었다. 장소산은 조금은 험한 목소리로 다시 물었다.

"그것보다 왜 남이랑 행세를 한 거요? 혹시 진짜 남이랑을 해쳤다면 각오해야 할 거요."

소녀는 퉁명스럽게 대꾸했다.

"누가 가짜라는 거야? 내가 진짜 남이랑이야."

장소산은 코웃음 쳤다.

"말이 되는 소리를 하시지. 진짜 남이랑은 나의 사부님과 이십 년을 사귄 친구 사이요. 당신 나이는 많아봐야 스물이 되지 않았을 것 같은데, 어머니 뱃속에서부터 사부님과 사귀었단 말이오?"

소녀는 피식 웃고는 대답했다.

"그럴 수도 있겠지. 이른 먹은 노인이 열 살짜리 꼬마보고 삼촌이라고 할 수도 있는 것 아니야."

장소산은 인상을 썼다.

"제대로 대답 안 하면 가만 안 두겠소."

"가만 안 두면? 어쩌겠다는 거지?"

"당신 스스로 생각해 보시지."

소녀는 생각해 보다가 뭔가를 떠올리고는 떨리는 목소리로 물었다.

"당신 설마… 설마……."

'설마'가 뭘 말하는 건지는 모르겠지만 효과가 좋은 것 같아 장소산은 일단 고개부터 끄덕이고 봤다.

"바로 그 설마요."

"색마! 음탕한 놈!"

장소산은 묻고 싶어졌다.

'당신 머리 속이야말로 음탕한 것 아니오?'

그는 속마음을 감추고 말했다.

"혼나기 싫으면 사실대로 말하시오."

소녀는 잠시 묵묵히 있다가 마침내 사실을 밝혔다.

"당신 사부의 친구인 남이랑은 나의 사부예요."

"그럼 그분은?"

"몇 년 전에 돌아가셨죠."

장소산은 고개를 끄덕였다. 확실히 소녀의 변장술은 남이랑에게 전수받은 것이 아니라면 흉내 낼 수 없는 기술이었다.

"남이랑의 제자였군. 그런데 왜 사실을 밝히지 않고 남이랑 행세를 한 거요?"

소녀는 쳇 하고 혀를 차더니 말했다.

"내가 남이랑인데 뭐가 남이랑 행세를 했다는 거예요. 사부님이 돌아가시고 내가 남이랑의 이름을 이어받았으니 난 거짓말한 적이 없어요."

"그렇다면 최소한 나에게만은 선대의 남이랑이 돌아가셨다고 말해 주어야 하는 것 아니오? 나의 사부님과 당신 사부님과는 친구 사이인 데."

"내가 남이랑의 제자이고, 어린 나이라는 것을 알면 사람들이 만만하게 볼 것 아니겠어요. 이번 일만 해도 당신이 영물의 내단을 나에게 주기로 약속했겠어요?"

장소산은 소녀가 사람들에게 얕보일까 봐 사부인 척했다는 사실을 알 수 있었다.

"좋소, 당신이 거짓말을 하지 않았다고 인정하지. 그래서 당신의 진짜 이름이 뭐지? 설마 남이랑의 이름을 이어받기 전까진 이름이 없었던 것은 아니겠지."

"사부님은 날 수초라고 불렀어요."

"좋소, 수초 소저. 일단 자세한 것은 여길 나가고 생각해 보기로 합시다."

장소산은 현재 상황을 수초에게 설명해 주었다. 수초는 상황이 좋지 않은 것을 깨닫고 어두운 목소리로 물었다.

"그럼 이제 어떡하면 좋죠?"

"지금까지 내가 곰곰이 생각해 봤는데. 벽의 흙을 파서 바닥에 쌓아 올리는 것이 좋겠소. 일단 바위가 손에 닿는 높이까지 쌓으면 바위를 치우고 나갈 수 있을 거요."

"좋아요. 그렇게 하도록 하죠."

"꽤 힘든 작업일 텐데 상처는 괜찮소?"

"아프긴 하지만 움직이지 못할 정도는 아니에요."

장소산은 가신풍 행세를 하기 위해 차고 있던 칼로 벽의 흙을 부수어 긁어냈고, 수초는 그렇게 모인 흙을 쌓아올려 다졌다. 그런데 작업을 시작한 지 얼마 되지 않았을 때였다. 장소산의 머리 위로 물방울 하나가 똑 떨어졌다.

"어?"

장소산은 작업을 멈추고 벽에 귀를 대어보았다. 곧 그는 당황하여 소리쳤다.

"이거 큰일났군!"

수초가 의아해하며 물었다.

"무슨 일이죠?"

"비가 오고 있소."

5

입구를 막아놓은 바위 틈 사이로 물이 새어 들어오고 있었다.

"서두릅시다. 자칫하면 이곳이 물로 가득차 버릴 거요!"

장소산의 말대로 시간이 지나자 바닥으로 물이 차 오르기 시작했다. 급해진 장소산과 수초는 정신없이 벽을 파고 흙을 쌓았다. 흙에 물이 스며들자 작업은 더 쉬워졌지만, 그만큼 바닥에 차 오르는 물도 많아졌다.

작업이 끝났을 때는 물이 목까지 차 올랐을 때였다. 장소산은 급히 바위를 밀어버리고 수초를 끌고 밖으로 나왔다. 살았음을 실감하며 둘은 바닥에 드러누워 비를 맞으며 한참 동안 그렇게 있었다. 둘은 약속이나 한 듯 동시에 고개를 돌려 얼굴을 보았고, 흙탕물에 범벅이 된 서로의 얼굴을 보고 웃었다.

빛이 있는 곳에서 본 수초의 얼굴은 아직 소녀 티가 가시지 않은 16세쯤 되어 보이는 소녀의 모습이었다. 귀엽게 생겼다는 생각을 하며 장소산은 일어났다.

"돌아갑시다. 다른 사람들이 걱정하겠소."

"잠깐만요."

수초는 변장 도구를 꺼내 다시 자기 얼굴을 황보륭으로 변장시켰다. 그리고는 장소산에게 다짐받았다.

"다른 사람에게는 내 정체에 대해 말하지 말아줘요."

"아니, 왜?"

"당신에게 들킨 것은 어쩔 수 없지만, 그렇다고 다른 사람들에게까지 맨 얼굴을 보이고 싶지는 않아요. 변장의 명수 남이랑이 한 사람에게 얼굴을 보였다는 것만으로도 이미 충분한 수치라고요."

"알았소."

장소산은 약속을 하고, 둘은 개한문의 야영지가 있는 곳으로 향했다. 그런데 얼마 가지 않았을 때였다.

"어, 저게 뭐지?"

빗속에서 무언가가 꿈틀거리고 움직이는 것이 보였다. 붉은빛이 도는 커다란 생명체, 그것은 다름 아닌…….

"영물이다!"

수초가 소리치며 뛰어가자 장소산도 뒤를 따랐다. 다가가 영물의 정체를 파악한 둘은 경악하여 할 말을 잃었다. 영물의 정체는 놀랍게도…….

"지렁이?"

하고 많은 생물 중에 하필이면 지렁이라니! 장소산과 수초는 황당함에 한동안 입을 벌리고 할 말을 잃었다. 한참 후에야 장소산이 간신히 말을 내뱉었다.

"과연 그랬었군."

수초가 물었다.

"뭐가 그래요?"

"지금까지 여러 문파가 산을 뒤졌지만 영물을 못 찾은 이유는 영물의 정체가 지렁이라 땅속에 있었기 때문이오. 그리고 전의 영물을 목격했다는 사람이나, 우리가 지금 영물을 발견할 수 있었던 것은 비가 와서 땅속에서 숨을 쉴 수 없는 지렁이가 밖으로 기어나왔기 때문이지."

장소산의 설명에 고개를 끄덕인 수초는 말했다.

"어찌 되었든 우리가 영물을 발견했으니 운이 좋군요. 그러니 도망치기 전에 당신이 빨리 잡아요."

눈앞의 꿈틀거리는 지렁이는 크기만 일반 지렁이보다 엄청나게 크다는 것뿐이지 다른 점은 없었다. 몸이 날쌘 것도 아니고, 독이 있는 것도 아니고, 단단한 발톱이나 껍질이 있지도 않다. 한마디로 잡는 것은 식은 죽 먹기나 다름이 없었다.

하지만 장소산은 인상을 썼다. 징그러운 것이 혐오감이 느껴져 도무지 잡고 싶은 마음이 들지 않았다.

"당신이 잡는 것이 어떻소? 영물의 가장 중요한 내단을 가지기로 했으니 그 정도는 해야지."

그러자 갑자기 수초가 주저앉아 신음 소리를 냈다.

“아아, 등에 찔린 상처가……."

“…엄살 피우지 마시오.”

엄살이 안 통하자 수초는 방법을 변경했다.

“원래 거지들이 뱀 같은 걸 잘 잡는다고 하잖아요. 그러니 이런 일에는 당신이 전문가 아니에요?”

“거지라고 다 그런 것은 아니지. 난 뱀 같은 거 잡아본 적이 없소.”

“그럼 이번 기회에 경험을 쌓아봐요.”

할 수 없이 장소산은 지렁이에게 다가갔다. 좀 더 가까운 곳에서 지렁이를 보게 된 그는 지렁이의 앞부분을 보고 또 한 번 기겁을 해야 했다. 지렁이 앞부분의 살 부분의 모양이 꼭 잔뜩 인상을 찌푸린 사람 얼굴 같았기 때문이다.

“이거 왜 이래?”

“왜 그래요?”

장소산의 설명을 들은 수초는 손뼉을 치며 기뻐했다.

“그럼 확실히 영물이 분명하군요. 이름이 분명 인면토룡일 거예요.”

“인면토룡이라… 정말 그런 영물이 있긴 한 거요?”

“지금 눈앞에 있잖아요. 그러니까 도망치기 전에 어서 잡아요.”

긴 한숨을 내쉰 장소산은 칼을 뽑아 들었다. 인면토룡은 길이가 일장 정도에 굵기는 팔뚝만 했다. 잠시 망설이던 그는 단숨에 허리를 내려쳤다.

푸악!

인면토룡의 허리는 단숨에 두 동강이 나버렸다. 동시에 몸 안의 내용물이 쏟아져 나오며 엄청난 악취가 퍼졌다.

“우웩!”

　장소산은 즉시 코를 막고 물러났다. 수초 역시 다가가려다가 포기하고 물러났다. 둘은 잠시 떨어지는 빗물에 악취가 씻겨지길 기다렸다.

　"내단이 있을지 모르겠군."

　떨떠름한 표정으로 중얼거린 장소산은 다가가 인면토룡을 살피려다 생각을 바꾸어 물러났다.

　"내가 잡았으니 내단을 꺼내는 것은 당신 몫이오."

　"아이, 그러지 말고 마저 해주지."

　수초가 애교를 부리자 장소산의 표정이 더 일그러졌다.

　"행동하기 전에 지금 당신 얼굴을 생각하고 하시지? 그리고 내단은 당신이 가지기로 하지 않았소?"

　그제야 자신이 남자 황보륭으로 변장하고 있다는 것을 상기한 수초는 할 수 없이 인면토룡에게 다가갔다. 악취를 참으며 단도로 배를 가르고 한참을 찾던 그녀는 마침내 내단을 찾아냈다.

　"찾았다!"

　장소산이 보니 수초의 손에 연분홍 빛을 띠는 갓난아기 주먹만한 둥근 덩어리가 있었다. 묘한 향과 빛깔을 내는 것을 보니 확실히 내단이긴 한 모양이었다.

　'과연 먹으면 효과가 있을까?'

　그는 먹어서 내공이 일 갑자가 늘어난다고 해도 그다지 먹고 싶지 않다는 생각이 들었다.

　"휴우~ 어찌 되었든 뒤처리를 합시다."

　영물을 자신들이 잡은 사실을 알면 영물을 찾으러 온 다른 문파들의 집중 공격을 받을 우려가 있다. 장소산은 내키지는 않지만 인면토룡의 시신을 끌어다가 자신들이 빠졌던 함정에 넣고는 흙을 덮어 흔적을 지왔다.

‘함정을 팠던 자들이 와서 볼 수도 있지만 새로 구멍을 파긴 시간이 걸리니 할 수 없지.’

일단 산에서 내려가 변장을 풀면 다른 문파들이 자신들이 영물을 찾은 것을 알아도 문제가 되지 않는다. 가신풍 일행이 영물을 찾은 줄 알지, 가신풍으로 변장한 자신들의 짓인 줄은 모를 테니까.

장소산과 수초는 뒤처리를 끝내고 개한문의 야영지로 돌아왔다. 강연수가 걱정하고 있다가 돌아온 둘을 보며 기뻐했다.

“어떻게 된 거야?”

장소산은 자기들 일행만을 모아 수초의 정체만을 빼고 있었던 일을 설명했다. 강연수는 영물을 찾았다는 말에 기뻐했다가 영물의 정체가 지렁이라는 말에 실망을 금치 못했다.

“내단을 빼도 영물을 잡으면 먹을 것이 많을 줄 알았는데. 결국 남이랑 혼자만 덕을 봤군.”

장소산이 장난스럽게 말했다.

“내공을 늘릴 수 있다면 두꺼비나 지네도 상관없다고 하지 않았소. 지렁이는 약으로도 쓰이는 것이니 한번 먹어보는 것이 어떻소?”

“됐네!”

수초 혼자만 내단을 얻어 덕을 보았지만 다들 별다른 유감은 보이지 않았다. 모두들 이미 상당한 수준의 무공 성취를 이룬 사람들이었기에 요행에 기댈 필요를 못 느꼈기 때문이다.

“그럼 영물 일은 끝났으니 귀찮은 일이 생기기 전에 빨리 여길 떠납시다.”

장소산은 한중평 일이 마음에 걸리긴 했지만 지금 찾아봐야 이미 늦은 것을 알기에 마음에 두지 않기로 했다. 곧바로 후태추에게 가서 일이 생겨 떠날 수밖에 없게 되었으니 나중에 영물을 잡게 되면 칠성방으로 보내달라고 했다.

사정을 모르는 후태추는 알았다 하고는 속으로 생각했다.

'미쳤다고 잡은 영물을 칠성방으로 보내겠냐? 내가 먹어버리고 못 잡았다고 우기면 되지.'

비는 그사이 그쳐 있었다. 장소산 일행은 개한문 사람들과 작별을 고한 후 마차를 타고 원래 여행으로 돌아가 산을 넘었다. 산을 넘은 후 보는 사람이 없자 일행은 즉시 마차를 버리고 변장을 풀었다. 그리고 근처 농가에서 수레를 빌리니 누가 봐도 완전히 다른 일행이 되었다.

수초는 황보륭의 변장을 풀고 늙은 노파로 변장했다. 장소산 외의 다른 사람들은 그녀가 장소산 사부의 친구라 알고 있었기에 나이 많은 사람으로 변한 것을 이상하게 여기지 않았다. 단지 남자에서 여자로 완벽히 바뀌니 변장술이 대단하다고 여길 뿐이었다.

"그럼 남이랑께서는 볼일이 끝났으니 돌아가시겠군요."

장소산은 수초가 어린 소녀인 것을 알면서도 비밀을 지키겠다는 약속 때문에 정중히 말했다. 수초는 별 생각 없이 고개를 끄덕이려다가 장소산의 태도를 보고 재미있겠다는 생각이 들었다.

"나도 같이 가겠다."

강연수가 물었다.

"왜요?"

"이 인면토룡의 내단을 얻긴 했지만, 어떻게 복용해야 할지 모르지 않느냐. 잘못 먹었다가 오히려 몸을 해치면 큰일이지. 무림맹이라면 사람도 많고, 각지의 사람들이 모여 있을 테니 내단의 복용법을 아는 사람이 있겠지."

장소산은 내키지 않는 표정으로 말했다.

"우리가 한 짓이 들통나면 큰일인데……."

"흘흘, 걱정 마라. 내가 그것도 모를까 봐."

수초가 합류한 일행은 별다른 일 없이 여행을 계속했다. 그런데 천마산을 떠난 지 삼 일째 되는 날이었다. 객점에 들러 식사를 주문하려고 하는데, 누군가 반가운 목소리로 말을 걸어왔다.

"강 소저!"

돌아보니 다름 아닌 가신풍이었다. 뒤에는 황보륭도 같이 있었다. 얼마 전까지 가짜 행세를 하다 진짜를 만나자 모두들 속으로 조금 뜨끔했다.

第十九章

무림맹

"어머, 두 분을 여기서 다시 만나게 되네요."

강연수가 속마음을 감추고 반가운 척을 했다. 그녀를 마음에 두고 있던 가신풍은 좋아하며 다른 곳의 의자를 끌어다가 강연수의 옆에 앉았다. 황보륭 역시 뒤이어 앉았다. 강연수가 일행을 소개해 주었다.

"여기 세 분은 개방의 분들이에요."

여태환과 진갑에 이어 장소산을 소개하자 황보륭이 고개를 끄덕이고는 말했다.

"사부님의 일에 대해서는 참으로 유감입니다. 하지만 일이 잘 수습되어서 다행입니다."

황보륭과 가신풍은 장소산의 사부 채평안이 살해당하는 장소에 있었다. 뿐만 아니라 개방 내의 반란 사건의 경과까지 이미 알고 있는 모양이었다.

'하긴 둘 다 대문파의 자제들이니 정보통이 있겠지.'

장소산은 생각하며 감사를 표했다.

"생각해 주셔서 감사합니다."

반면 가신풍은 무섭게 장소산을 노려보았다. 그에게 있어 장소산은 당장이라도 때려죽이고 싶은 연적이었던 것이다.

이어 강연수는 수초를 소개하려고 했는데, 그전에 수초가 직접 나서서 말했다.

"여 파파라고 부르시게."

황보륭과 가신풍은 처음 들어보는 이름이었지만 상대가 일흔이 넘어 보이자 정중히 예의를 표했다. 강연수는 황보륭과 가신풍도 장소산 일행에게 소개한 다음에 물었다.

"그런데 두 분은 여긴 어쩐 일이시죠?"

가신풍이 대답했다.

"황보 형이나 저, 둘 다 무림첩을 받고 문파의 대표로 무림맹으로 가는 중입니다."

무림맹이 각 대문파에 무림첩을 보냈고, 황보륭의 황보세가나 가신풍의 칠성방 둘 다 무림첩을 받을 만한 대문파임을 볼 때 그다지 놀라운 사실은 아니었다.

'하지만 황보세가나 칠성방이나 달랑 자식 하나씩만 보내다니. 어지간히도 무림맹의 부름을 신경 쓰지 않았군.'

현 무림맹의 위상이 어느 정도인지 여실히 드러나는 모습이 아닐 수 없었다. 하긴 개방 역시 젊은 사람 셋만을 보낸 것을 보면 별 차이가 없다고 장소산은 생각하며 입을 열었다.

"이거참, 우연이군요. 사실 저희도 개방 대표로 무림맹에 가는 중입니다.”

“그것참, 잘됐군요. 그럼 무림맹까지 같이 가는 것이 어떻습니까?”

황보륭의 말에 장소산은 지금 천마산에 있던 문파들이 영물을 빼앗으려 나타난다면 재미있어지겠다고 생각하며 고개를 끄덕였다.

“여럿이 가면 말벗도 되고, 위험할 때 서로 도울 수도 있을 테니 좋겠지요.”

강연수는 황보륭은 그렇다 쳐도 가신풍과는 같이 가는 것이 싫었지만, 얼마 전에 저지른 찔리는 짓 때문에 대놓고 싫은 내색을 하지 못했다. 그 외 다른 사람들도 별 불만이 없어 다 함께 가는 것으로 결정이 되었다.

“그런데 무림맹에서 왜 무림첩을 보낸 것일까요?”

식사가 끝난 후 장소산이 말을 꺼냈다. 그러자 황보륭이 차를 한 모금 마시고는 입을 열었다.

“사실 무림첩은 삼사 년에 한 번 꼴로 보내졌습니다. 정기적인 일이라고나 할까요. 무림맹이 자신의 존재감을 보이려는 행동이라고 할 수 있지요.”

“그렇군요.”

과거에 여러 번 되풀이된 일이라 개방 방주도 그렇고, 다들 무림맹의 부름을 심각하게 생각하지 않은 모양이었다.

‘그냥 대충 산천유람한다고 생각하면 되겠네.’

그런데 황보륭의 말은 아직 끝난 것이 아니었다.

“그래서 저도 출발할 때만 해도 이 일을 심각하게 생각하지 않았습니다. 그런데 오는 도중 전해 들은 소문을 보니 지금까지의 단순한 무림첩이 아닌 모양입니다.”

강연수가 의아해하며 물었다.

"무슨 소문인데요?"

"마교가 모습을 드러냈다고 합니다."

"풋!"

수초가 하마터면 마시던 찻물을 뿜어낼 뻔했다. 모두가 쳐다보자 그녀는 얼른 입가를 닦으며 말했다.

"난 신경 쓰지 말고 계속 말하게."

황보륭이 고개를 끄덕이고는 말을 이어나갔다.

"사실 마교에 대한 소문은 전부터 계속 있어왔습니다. 대부분 뜬소문이었지요. 하지만 최근에는 다릅니다. 실제 증거가 발견되기 시작한 것입니다."

강연수가 천마산의 독고구승을 떠올리고는 웃으며 말했다.

"단순히 마교의 위명을 빌리려는 가짜들이겠지요."

"그럴까요? 하지만 이름을 빌릴 수는 있어도 무공을 흉내 낼 수는 없을 텐데요."

장소산 일행의 표정이 살짝 변했다. 천마산의 가짜가 아닌 다른 뭔가가 있었던 모양이다. 수초가 물었다.

"무슨 일이 있는 건가?"

"예, 한 달 전쯤에 산동에 있는 작은 문파가 무슨 일인지 하룻밤 사이에 전멸한 일이 있습니다. 그런데 시체의 상태를 조사해 본 결과, 혈마수라는 마교의 마공을 맞은 흔적이라는 겁니다."

일순 그 자리에 긴장감이 감돌았다. 장소산은 천마산의 일을 떠올리며 곰곰이 생각해 보았다.

'그러고 보면 독고구승 같은 자들이 마교 행세를 하는데 하나도 아닌 여러 문파들이 넘어간 것은 이상한 일이다. 이미 문파들 사이에 마교가 나타났다는 사실이 퍼져 있는 것이 아니었을까? 그래서 마교 무리의 등장을 의심하기보다 자연스럽게 받아들였다고 보면 맞아떨어진다.'

순간 그의 머리 속에 가짜 마교 무리를 밝혀낸 두 남녀가 떠올랐다.

'확실히 그들은 분명 산동에서 왔다고……'

강연수가 물었다.

"그렇다면 이번 무림맹의 소집은 정기적인 것이 아닌 마교의 출현 때문이라는 건가요?"

"그럴 가능성이 있습니다."

장소산이 의문을 표했다.

"그것참, 이상하군요. 우리가 받은 무림맹의 서신에는 그런 언급이 전혀 없었습니다. 정말 마교의 출현 때문이라면 그 사실을 밝혀 각파의 주요인물들이 모이도록 해야 하지 않았을까요? 기밀 때문에 서신으로 힘들다고 해도 최소한 중대한 일이라는 말 정도는 들어가 있어야 했을 것 아닙니까?"

황보륭이 설명했다.

"서신을 보냈을 때는 무림맹도 모르고 있었을 겁니다. 그 사건이 일어났을 때는 이미 서신을 보낸 후였을 테니까요. 또한 시체를 조사해 마공의 흔적을 알아낸 것은 최근의 일이니까요. 전후야 어찌 되었든 무림맹에 가면 마교의 출현에 대한 논의가 분명 있을 것입니다."

잠자코 있던 여태환이 입을 열었다.

"어찌 되었든 앞으로는 조심하는 것이 좋겠군. 무슨 일이 생길지 모르니까."

모두들 고개를 끄덕여 동감을 표했다.

황보륭과 가신풍이 합류한 일행은 무림맹으로의 여행을 계속했다. 그런데 한 숲 속을 통과하고 있을 때였다. 수레에 누워 눈을 감고 있던 여태환이 갑자기 입을 열었다.

"피 냄새가 난다."

즉시 일행은 걸음을 멈추고 주변을 경계했다. 잠시 주변을 살폈으나 아무 일도 안 일어나자 가신풍이 퉁명스럽게 말했다.

"아무것도 없는데?"

장소산이 냄새를 맡아보고는 여태환에게 물었다.

"피 냄새 같은 것은 안 느껴지는데요?"

여태환이 수레에서 내려서는 숲 속의 한 방향을 가리켰다.

"저쪽이다."

그리고는 앞장서 걸어가기 시작했다. 여태환은 지금까지 식사와 볼일 볼 때 외에는 수레에서 내려본 적이 없다. 그런 그가 스스로 일어나 제 발로 걸어가다니! 평소라면 놀랍다고 소리칠 일이었지만, 심상치 않은 분위기에 일행은 입을 다문 채 그를 따라 걸어갔다. 얼마 안 가 다른 사람들도 피 냄새를 느낄 수 있었고, 모두들 여태환의 능력에 감탄했다.

'개코네.'

피 냄새를 따라 좀 더 내려갔을 때 그들의 눈에 쓰러져 있는 한 사람이 발견되었다. 다가가 살펴본 일행은 안색이 변했다. 장소산이 굳은 표정으로 중얼거렸다.

"죽었군."

단순히 죽은 시체였으면 일행이 이렇게 놀라지는 않았을 것이다. 시체의 복장은 다름 아닌 곤륜파의 것이었다. 황보륭이 품을 뒤져 도첩을 찾아냈다.

"신수, 곤륜의 서열은 청, 해, 신이니 신이면 삼대제자로군요."

시체는 가슴에 구멍이 뚫려 있었다. 구멍 안을 살펴본 황보륭은 떨리는 목소리로 말했다.

"이건 투심수?"

수초가 물었다.

"투심수? 그게 어떤 무공이지?"

"투심수는 무공이 아닙니다. 손을 사람의 갈비뼈 사이에 박아 넣어 심장을 빼내는 수법을 통 털어서 투심수라고 합니다. 무공은 아니지만 이렇게 사람을 살해하려면 수공이 최상승의 경지에 이르러야 하고, 무엇보다 놀라운 잔인성이 필요하지요."

황보륭은 굳은 표정으로 말을 이었다.

"옛날 마교의 절정고수들이 잘 쓰던 수법이라고 합니다."

일행은 긴장하여 주변을 살폈다. 조용한 숲 속에는 당장이라도 터질 듯한 긴장감이 감돌았다. 그때 여태환이 턱짓을 하며 말했다.

"저쪽에도 시체가 있는데?"

가서 보니 역시나 곤륜파 제자의 시체였다. 여태환이 다시 한 방향을 가리켰다. 그곳으로 나아가니 길이 나오고 곤륜파 제자 네 명의 시체가 나왔다. 그중에 하나는 나이가 많은 노도사였다.

황보륭이 가라앉은 목소리로 말했다.

"이분은 제가 압니다. 해연 진인이라고, 곤륜파의 이름 높은 검도고수이십니다."

여태환이 주변의 사투의 흔적을 보고는 말했다.

"시체를 찾아 본래 길에서 벗어났는데 다시 길로 돌아왔군. 이 사람들은 우리와 마찬가지로 무림맹으로 가는 중이었겠지. 그러다 이곳에서 습격을 받았다."

그는 바닥에 엎드려 살피고는 주변의 나무들을 만져 보더니 고개를 끄덕였다.

"곤륜파는 모두 일곱 명이고, 그중 두 명은 일류급 고수였다. 적은 하나였다. 적은 나무 위에 숨어 있다가 두 명의 일류고수 중 하나인 해연을 기습해서 죽였다. 곤륜파는 즉각 반격했으나 다시 세 명이 더 죽었다. 상대를 당할 수 없다는 것을 깨달은 곤륜파 제자들은 도망치기 시작했다."

그는 다시 왔던 길을 되돌아가 두 구의 시체가 있는 곳에 이르렀다.

"여기서 도망치다 잡혀 두 명이 죽었다."

여태환은 주변을 살피고는 한 방향을 정하고 뛰기 시작했다. 다른 사람들도 즉시 그 뒤를 따랐다. 한참을 달려가자 공포에 질려 입을 벌리고 죽어 있는 노도사의 시체가 나타났다.

"여기까지 도망친 것을 보니 상당한 고수였군. 하지만 겁에 질린 나머지 제대로 반격 한 번 못해보고 죽었군."

말을 마친 그는 나무 위를 올려다보며 물었다.

"내 추측이 어떤가, 맞는 것 같나?"

모두 깜짝 놀라 나무 위를 쳐다보았다. 나무 위에서 두 명의 인영이 떨어져 일행 앞에 섰다.

"훌륭하시오. 역시 개방에는 인재가 많군."

나타난 사람들을 본 장소산은 깜짝 놀랐다. 천마산에서 만났던 한중평, 채영신이 아닌가!

가신풍이 허리에 차고 있는 도에 손을 가져가며 물었다.

"너희들은 뭐 하는 놈들이냐?"

한중평은 그를 보고 반가워하며 손을 들었다.

"이거 호기심 많은 분 아니시오. 다시 만나니 반갑소이다."

2

장소산은 뜨끔했다. 전에 한중평을 만났을 때 그는 가신풍으로 변장하고 있었다. 그래서 한중평은 가신풍을 장소산으로 알고 아는 척을 한 것이다. 그는 변장했던 일이 탄로날까 봐 급히 끼어들어 물었다.

"당신이 흉수인가?"

한중평은 고개를 저었다.

"틀렸소."

갑자기 채영신이 한중평의 귀에다 대고 귓속말을 했다. 한중평은 고개를 끄덕이고는 묘한 미소를 지으며 장소산을 쳐다보았다. 장소산은 엄청 기분이 나빠졌다.

'설마 눈치챈 건가?'

황보륭이 한중평을 향해 물었다.

"당신이 흉수가 아니라면 왜 이곳에 있는 거요? 그리고 왜 숨어 있었지?"

"우리 역시 당신들과 마찬가지로 흔적을 따라 이곳까지 온 것이오. 우리가 이곳에 도착했을 땐 이미 흉수는 사라지고 없었고, 흔적을 찾고 있을 때 당신들이 오는 소리가 들려 일단 숨어본 것이오. 흉수가 다시 돌아온 건지도 모르니까."

“그걸 증명할 증거는 있소? 당신들이 흉수가 아니란 증거 말이오.”

한중평은 어깨를 으쓱하고는 대답했다.

“흉수는 한 명인데, 우리는 둘이오. 숫자가 안 맞지 않나.”

여태환이 말했다.

“흉수가 한 명인 것을 어떻게 알지? 당신은 흉수가 누군지 알고 있나 보군.”

“그럴 리가? 난 그저 상황 증거를 보고 추측한 것뿐이오.”

“거짓말.”

한중평은 인상을 찌푸렸다.

“무슨 근거로 내가 거짓말을 했다는 거요?”

“우리는 이곳까지 오며 시체들을 샅샅이 살폈지. 그런데 우리 이전에 누군가 시체를 살핀 흔적은 없었어. 우리보다 한발 앞서 두 명의 인물이 흔적을 따라간 것은 사실이지. 확실히 그 흔적은 있었으니까. 하지만 그 두 명은 흉수를 쫓는 것만 신경 썼지 시체는 살피지 않았다.”

“그래서 그게 어떻다는 거요?”

“보통 무인들은 이런 상황이 닥치면 우선 흉수의 수법과 당한 사람이 누군지 살피기 마련. 그래야 상대의 무위와 수법을 짐작할 수 있고, 주제도 모르고 쫓아가다 비명횡사당하지 않으니까. 하지만 당신은 그런 것은 신경 쓰지 않았어. 그건 이미 흉수가 누군지 알고 있기 때문이 아닌가?”

한중평은 쓴웃음을 짓고는 채영신을 돌아보며 말했다.

“이거 상대가 보통이 아닌데?”

잠자코 있던 채영신이 나서서 입을 열었다.

“확실히 당신의 추측이 맞아요. 하지만 흉수가 누군지 밝힐 수는 없어요."

황보릉이 물었다.

"무엇 때문이오?"

"그야 그럴 만한 사정이 있기 때문이지요."

"결국 말 못하겠다는 소리로군."

"맞아요."

가신풍이 소리쳤다.

"자신이 흉수이기 때문에 말 못하겠다고 하는 것은 아닌가? 수작부리지 말고 사실대로 불어라!"

한중평은 웃으며 물었다.

"당신이 포두라도 되시오? 뭘 믿고 날 심문하려 하는 것이오?"

"뭘 믿느냐고?"

가신풍은 웃으며 한중평에게 다가가더니 재빠른 손놀림으로 그의 손목을 낚아챘다.

"내 실력을 믿지."

"아, 그러시오?"

한중평은 대꾸하고는 가볍게 손목을 떨쳤다. 잡은 손이 떨어지며 가신풍은 뒤로 한 걸음 물러섰다. 그의 눈에는 놀라움이 서려 있었다.

단순히 잡은 것처럼 보이지만 가신풍의 손아귀는 쇠갈고리처럼 단단하게 죄어져 있었다. 보통 사람이라면 온 힘을 다해 발버둥쳐도 벗어날 수 없을 텐데, 한중평은 손목의 힘만으로 간단히 떨쳐 낸 것이다. 언뜻 평범한 것 같지만 높은 무공이 뒷받침되지 않으면 할 수 없는 일이었다.

이곳에 있는 사람들은 모두 상당한 무공의 소유자들이었다. 모두들 좀 전에 가신풍과 한중평이 한 수를 겨루었고, 명백히 가신풍이 패했음을 느꼈다.

'이놈이!'

가신풍에게는 엄청난 굴욕이었다. 더구나 마음에 두고 있는 강연수 앞에서 이런 모습을 보였다는 사실에 부끄러움이 변해 분노가 되었다. 그는 즉시 허리춤의 도를 뽑아 들었다.

"좋아, 어디 한번 붙어보자!"

예전에 설죽산장에서 상대를 얕보다 낭패를 당한 것을 교훈 삼아 바로 도를 뽑아 든 것이다. 한중평은 뒷짐을 지고는 여유롭게 대응했다.

"도신의 도법을 감상할 수 있다니 마다할 수 없겠지. 다만 도신 본인이 아니라는 사실에 아쉬움을 감출 수 없구려."

가신풍은 더욱 화가 치밀었다.

"네놈이 감히 나의 아버님의 도를 감상할 자격이 있을까? 내가 시험해 주겠다."

한중평이 피식 웃고는 대꾸했다.

"그럼 나 역시 시험해 주겠소. 당신이 도신의 무공을 이어받을 자격이 있는지."

가신풍은 더 이상 참지 않고 도를 내려쳤다. 수십 개의 도영이 순식간에 한중평의 사방을 포위했다. 한중평은 옆에 있던 채영신을 물러나게 하고는 자신도 재빨리 뒤로 물러났다.

가신풍의 도법은 팔비신도란 이름답게 엄청나게 빨랐다. 쉴 새 없이 쏟아지는 소나기처럼 공격을 퍼부었다. 하지만 한중평은 도의 폭풍우 속에서도 아슬아슬하게 공격을 피해가며 여유를 보였다.

싸움을 지켜보던 여태환이 곁에 있는 진갑에게 작은 소리로 물었다.

"어떤가?"

진갑은 고개를 저었다.

"가신풍의 팔비신도는 확실히 빠르긴 하지만 그것뿐이군. 그럴 거면 차라리 검을 쓰는 것이 낫지. 도법의 가장 중요한 위력이 빠져 있어."

"상대인 공자의 무공은 어떤가?"

진갑은 잠시 생각하다 이번에도 고개를 저었다.

"잘 피하긴 하지만 그뿐이군. 단!"

"단?"

"지금 보이는 것이 진정한 실력이라고 볼 수 없군."

진짜 실력을 숨기고 있다는 것이다. 여태환은 다시 물어보았다.

"자네가 저 둘과 싸우면 어떨까?"

"가신풍은 십 초, 저 공자는……."

잠시 망설이던 진갑은 말했다.

"진짜 실력을 드러내게 하는 데 삽십 초. 승산은 진짜 실력을 본 후에야 생각해 볼 수 있겠군."

여태환은 놀랐다. 진갑의 무공은 절정의 경지에 이르러 있었다. 청년고수 중에서도 이름 높은 가신풍을 십 초면 이길 수 있다고 단언할 정도의 실력인 것이다. 그런데 한중평은 실력을 알아보는 데만 삽십 초가 걸리고 승패를 알 수 없다니…….

'어찌 되었든 저 둘은 이 사건에 중요한 사실을 알고 있다. 이대로 보낼 수는 없다.'

마음속으로 결정을 내린 여태환은 진갑에게 작은 소리로 말했다.

"보여줄 수 있겠나? 저자의 무공을."

진갑은 고개를 끄덕이고는 성큼성큼 걸어가 둘의 싸움 사이로 들어가 버렸다. 가신풍은 도를 휘두르다 앞에 진갑이 나타나자 깜짝 놀랐지만, 힘을 대해 휘두른 도를 도중에 멈추는 것은 불가능했다.

"앗!"

구경하던 모두가 깜짝 놀라 소리치는데 진갑이 손을 들어 내려쳐 오는 도의 옆면을 슬쩍 밀었다. 도는 방향을 돌려 땅바닥을 내려쳤고, 그 사이 진갑의 다른 손이 가신풍의 가슴을 밀었다.

"어? 어?"

가신풍은 진갑이 미는 힘을 견디지 못하고 열 걸음이나 물러나서야 멈출 수 있었다. 강연수가 놀라 소리쳤다.

"대단한 무공!"

진갑은 가신풍은 신경 쓰지 않고 한중평을 돌아보며 말했다.

"내가 상대하겠네."

한중평의 얼굴에서 여유만만한 미소가 사라졌다.

"이거 큰일났군요."

진갑이 한 발짝 앞으로 나서며 주먹을 뻗었다. 그러자 그 순간 웅 하는 파공음이 울려 퍼지는 것이 아닌가? 한중평이 급히 옆으로 몸을 날려 피하자 뒤에 있던 나무가 쿵 하는 소리를 내며 진동했다.

황보륭이 놀라 눈을 부릅뜨며 소리쳤다.

"엄청난 권! 저 나무의 가운데를 잘 보시오."

그 말에 나무를 살펴본 사람들은 눈이 휘둥그레졌다. 나무의 중심이 주먹 모양으로 푹 파여 있었다. 진갑의 주먹의 위력이 조금도 흩어지지 않고 몇 장 앞의 나무에까지 전해진 것이었다. 직접 나무를 때려도 단단한 나무에 상처를 남기기 힘든데, 몇 장의 거리를 두고 이렇게 할 수 있다니! 모두들 진갑의 무공에 놀라지 않을 수 없었다.

싸우다 방해받은 것에 화가 나 소리치려던 가신풍도 나무의 자국을 보는 순간 목구멍까지 올라온 말이 쏙 들어가고 말았다.

'천하의 적수가 드물다 자신하는 나의 아버님조차 권에 있어서는 저 자에게 미치지 못하겠구나!'

진갑은 공격을 이어가지 않고 잠자코 있다가 한중평에게 말했다.

"실력을 감추어서는 날 당하지 못할 것이네."

한중평은 쓴웃음을 짓고는 대꾸했다.

"이거 정말 야단났군요."

진갑이 다시 성큼성큼 한중평에게 다가가며 주먹을 날렸다. 단지 상대에게 걸어가며 가끔 주먹을 날리는 단순한 동작이었지만, 그때마다 웅 하는 파공음이 울려 퍼지며 한중평은 다급히 몸을 날려 피했다. 가신풍의 도에 비하면 단조롭고 느리기 짝이 없었지만, 한중평은 여유라고는 찾을 수 없는 낭패한 모습으로 도망치지 바빴다.

"이, 이거… 정말… 죽겠……."

한중평이 말조차 하기 힘들어 할 때였다. 진갑이 바닥을 미끄러지듯 이동하며 장법으로 공격을 변화시켰다. 지금까지 단조롭고 느린 변화와는 정반대로 빠르고 변화무쌍한 공격이었다.

생각지도 못한 급격한 공격의 변화였다. 지켜보던 모두는 놀라며 한중평이 이 공격을 도저히 피하지 못할 것이라고 생각했다. 그러나 그 순간 한중평의 눈빛이 변했다. 그는 몸을 뒤로 젖히는 것과 동시에 진갑의 턱을 노리며 발길질을 날렸다.

"앗!"

한중평의 발이 진갑의 왼손에 막혀 있었다. 진갑의 손바닥도 한중평의 가슴에서 한 치 차이로 닿지 않고 있었다. 한중평이 단순히 몸을 젖

혀 피하기만 했다면 결코 진갑의 손을 피하지 못했을 것이다. 피함과
동시에 날린 발길질을 막기 위해 진갑은 왼손을 방어로 돌리지 않으면
안 되었고, 그 때문에 공격의 기세가 약해져 한중평은 피할 수 있었던
것이다.

설명은 길었지만 단 한순간의 일이었다. 진갑의 공격이 변한 것이나
한중평의 대응이 워낙 순식간이어서 지켜보던 사람들이 놀라 소리를
질렀을 때는 모든 것이 끝난 후였다.

"훌륭하군."

진갑의 말에 한중평도 대꾸했다.

"당신 역시."

말이 끝나기가 무섭게 진갑은 왼손으로 막고 있는 한중평의 발을 잡
아 비틀려고 했다. 한중평은 즉시 발을 움츠려 피함과 동시에 오른손
을 갈고리처럼 만들어 진갑의 머리를 후려쳤다. 진갑은 뒤로 물러나는
대신 한중평을 향해 몸통 박치기를 날렸다.

그 순간 한중평은 미꾸라지처럼 진갑의 몸을 미끄러져 피하더니 다
섯 손가락을 모아 진갑의 척추를 찍으려고 했다. 진갑은 미리 예상하
고 있기라도 한 것처럼 팔꿈치로 뒤에 있는 한중평을 노렸다.

상황을 지켜보던 사람들은 양쪽의 높은 무공과 격렬한 싸움에 놀랐
다. 장소산 역시 마찬가지였다. 하지만 그가 진짜 놀란 이유는 따로 있
었다. 한중평이 진갑의 공격을 피하고 반격을 가하는 동작은 다름 아
닌 무공총람 신법편과 수공편의 무공이 아닌가!

'어째서 저 사람이 무공총람의 무공을?!'

한중평과 진갑의 싸움은 순식간에 십 초를 넘기고 이십 초에 이르렀

다. 지켜보는 사람들은 둘의 높은 무공과 격렬한 싸움에 놀라고 있었지만, 여태환만은 달랐다. 그는 지금의 격렬한 대결은 단지 탐색전에 불과하다는 사실을 알고 있었다.

진갑은 아직 자신의 실력을 드러내지 않았다. 한중평 역시 자신의 진정한 무공을 사용하지 않고 있었다.

'스물, 스물하나……'

여태환은 대결을 지켜보며 속으로 초식 수를 세고 있었다. 진갑은 삼십 초면 한중평의 진정한 실력을 드러내게 할 수 있다고 했다. 그는 평소에는 주전자의 물 하나 끓이는 것도 제대로 못하는 인간이었지만, 무공에 있어서만은 그 누구보다 믿을 수 있었다.

현재 진갑은 일부러 한중평보다 반수 정도 앞서는 실력을 내고 있었다. 한중평이 숨기고 있는 실력을 조금 드러내면 진갑 역시 실력을 좀 더 올리는 식이었다. 그러다 보니 양쪽 모두 초식이 오갈수록 숨기던 실력이 점점 드러내져 갔다.

장소산은 처음에는 한중평이 무공총람의 무공을 쓰는 것을 보고 놀랐지만, 점차 마음을 진정시키며 둘의 싸움을 찬찬히 살펴보았다. 혼자 수련할 때와는 달리 많은 것을 깨달을 수 있었다. 어떤 순간에 어떤 무공을 사용해야 적절한지, 상대의 공격에 어떻게 하면 효과적으로 대응할 있는지, 둘의 대결은 그야말로 훌륭한 스승이었다.

그런데 그가 정신없이 싸움을 지켜보고 있을 때 옆에 있던 강연수가 중얼거리는 소리가 들려왔다.

"무공총람이 아니야."

장소산은 흠칫 놀라 강연수를 쳐다보았다.

'무슨 소리지?'

영락없는 무공총람의 무공인데? 이상하다고 생각하는데 강연수가
다시 중얼거렸다.

"비슷하지만 달라."

3

그 말을 듣고 장소산은 대결을 다시 자세히 살펴보려 했다. 하지만
장소산이 아는 신법편과 수공편의 무공은 가끔 단편적으로 나오는 정
도라 비교하기에는 턱없이 부족했다.

그러는 사이 초식은 이십팔 초에 이르렀다. 대결은 계속해서 반수
위의 실력을 내고 있던 진갑의 우위였다. 한중평은 상대의 무공에 놀
라고 이런 식으로는 결국 패할 수밖에 없다고 판단했다.

'할 수 없지.'

결심한 그는 왼손을 슬그머니 등 뒤로 돌렸다.

'비장의 한 수로 일격에 승부를 결정짓는다!'

그런데 그때 나직한 목소리가 귓가에 들려왔다.

"그만둬요."

채영신의 전음이었다. 한중평이 흠칫 놀라는 순간, 지금까지 잠자코
지켜보고만 있던 채영신이 바람처럼 진갑의 등 뒤를 공격했다.

움직이기 직전까지 그 누구도 그녀의 움직임을 예상하지 못했고, 알
아챘을 때에는 이미 진갑의 바로 뒤에 도착해 있었다. 귀신같은 놀라
운 신법이었다.

'확실히 비슷하지만 다르다!'

장소산은 채영신의 움직임이 정과 동을 하나로 하라는 무공총람 신

법편의 가르침을 충실히 따르고 있기는 하지만 뭔가 다르다는 것을 느낄 수 있었다.

갑자기 채영신의 기습을 받게 되었지만 진갑은 보통 고수가 아니었다. 즉시 몸을 뒤집으며 채영신을 상대하려 했다. 그런데 채영신은 미리 예상하고 있었는지 몸을 회전하여 뒤로 돌아갔다. 진갑이 몸을 돌렸을 때, 채영신 역시 돌아가 그녀는 여전히 진갑의 등 뒤에 있었다.

진갑은 상대의 신법에 놀라면서 몸을 돌리며 주먹을 날렸다. 하지만 이번에도 그는 헛방을 날렸다. 이미 채영신은 한중평의 손을 잡고 몇 장 뒤로 물러나 있었다. 진갑은 쓴웃음을 짓고는 말했다.

"마교의 무공은 역시 놀랍군. 나이도 젊은 두 명의 무공이 이 정도라니."

장소산 일행은 깜짝 놀랐다. 저 둘이 마교의 후예란 말인가? 채영신은 담담한 목소리로 말했다.

"본 교의 최고 무공을 익힌다 해도 당신 정도의 고수는 천에 하나 나올까 말까 해요. 개방의 무공 역시 훌륭합니다."

이 말은 스스로 마교란 것을 시인한 것이나 다름없었다. 일행은 즉시 싸울 준비를 취했다. 상대가 마교라면 절대로 이대로 돌려보낼 수 없는 것이다.

"역시 너희들이 흉수였군!"

가신풍의 외침에 채영신은 고개를 저었다.

"우리의 짓이 아닙니다."

"너희의 짓이 아니면 한패가 한 짓이겠지. 너희가 한 짓과 뭐가 다르단 말인가!"

채영신은 가신풍을 쳐다보더니 말했다.

“그렇다면 당신은 천 명이 넘는 사람을 살해했고, 수십 명의 아녀자를 능욕했군요.”

“무, 무슨 헛소리냐! 난 그렇게 많은 사람을 죽이지 않았고, 무엇보다 아녀자를 능욕한 일이 없다!”

“당신 말에 따르면 한패가 한 짓이면 본인이 한 것과 다를 바 없다면서요. 이것은 당신네 칠성방이 한 짓이니 당신이 한 것과 다름이 없지요.”

잠시 말문이 막혔던 가신풍은 소리쳤다.

“말장난으로 지금 상황을 모면할 수 있을 줄 아느냐?!”

채영신은 이번에는 여태환을 바라보며 물었다.

“당신도 곤륜파 사람들을 살해한 것이 우리의 짓이라고 생각하나요?”

여태환은 반문했다.

“흉수가 사용한 무공은 마공이 맞소?”

“맞아요.”

“마공은 마교의 무공이 아니오?”

“본 교의 무공이 맞아요.”

“당신들은 마교의 사람이 아니오?”

“마교란 말은 듣기 그렇지만, 당신들이 말하는 마교 소속이 맞아요.”

“그런데도 흉수는 당신들과는 관계없다는 것이군.”

“맞아요.”

강연수가 황당해하며 말했다.

“스스로 다 시인해 놓고 자신과 관계없다고 우기다니.”

장소산이 설명해 주었다.

"저 소저의 말은 자신들과 관계없는 흉수가 마교의 무공을 익히고, 그 무공으로 살인을 저지르고 다닌다는 말이오."

"아, 그렇군."

여태환 역시 알고 있는 듯 별 반응 없이 계속해서 질문했다.

"나의 사부님을 만나본 적 있소?"

"당신 사부가 누군데요?"

"개방 방주시오."

장소산은 질문을 듣고 여태환이 저 둘을 과거 개방 방주 사공방으로부터 타구봉을 빼앗아간 자들로 의심하고 있다는 것을 알아차렸다.

'확실히 지금의 나이와 높은 무공을 볼 때 충분히 가능성 있다.'

하지만 채영신은 고개를 저었다.

"이름은 들어보았지만 만난 적은 없어요."

여태환은 고개를 끄덕였다.

"좋소, 믿어주지."

일행은 깜짝 놀라 그를 쳐다보았다. 어떻게 이렇게 쉽게 마교 사람의 말을 믿어줄 수 있단 말인가? 여태환은 모두의 시선을 받으며 계속 말해갔다.

"단, 당신들이 우리가 모르는 흉수의 정보를 알고 있는 것만은 사실이지. 그렇다면 모든 사실을 솔직히 말해주어야겠소."

채영신은 고개를 저었다.

"생각지도 않게 당신과 저 고수 때문에 우리의 정체가 드러나고 말았어요. 이것만으로도 돌아갈 면목이 없는데 여기서 더 많은 것을 드러낼 수는 없어요."

"그렇다면 힘으로 당신들을 잡을 수밖에. 당신 둘의 무공이 대단하긴 하지만 여기 있는 우리들을 당하지는 못할걸."

채영신은 고개를 끄덕이고는 솔직히 인정했다.

"당신 말대로예요. 하지만 우리가 순순히 당할 것이라 생각하면 오산이지요."

그녀는 품에서 노란색 구슬을 꺼내 보였다.

"이것은 독단이에요. 깨뜨리면 십 장 안의 모든 생명이 죽게 되죠. 당신들이 우릴 강제로 잡으려 하면 이걸 깨뜨리겠어요."

일행은 깜짝 놀라 뒤로 물러섰다. 하지만 여태환은 그 자리에서 선 그대로 담담히 말했다.

"이 정도로 강한 독이면 설사 해독약이 있어도 당신들 역시 무사하긴 힘들걸?"

채영신은 빙긋 웃었다.

"맞아요. 최후의 순간에 사용하라고 받아온 독이죠. 저 역시 이걸 깨뜨리고 싶지는 않아요. 그러니 순순히 뇌주시면 감사하겠어요."

여태환은 웃으며 어깨를 으쓱했다.

"거지들은 장사에는 서툴지. 다만 무슨 일을 하던 수고를 했으면 뭐라도 건지는 것이 있어야 한다는 것은 알고 있지."

"그럼 타구봉은 어때요?"

개방 소속의 삼 인은 흠칫했다. 여태환이 인상을 찌푸리며 물었다.

"나의 사부님을 만난 적이 없다고 하지 않았소?"

"만난 적은 없지만 타구봉을 누가 가지고 있는지는 알고 있죠."

"그게 누구요?"

"약속을 하면 말해드리지요. 누가 가지고 있는지 말해주는 대신 우릴 놓아주시면 되요."

여태환은 쓴웃음을 짓고는 말했다.

"기왕이면 타구봉을 직접 찾아주면 좋겠는데."

"저도 그랬으면 좋겠지만 저의 힘만으로는 힘들어요. 당신들 개방의 힘이면 가능할지도 모르지요."

잠시 생각하던 여태환은 표정을 풀고 말했다.

"좋소, 말해보시오."

"지수."

"지수?"

"타구봉을 가지고 있는 사람의 이름이지요. 자, 그럼 저흰 가보겠습니다."

채영신은 한중평과 함께 경공을 펼쳐 떠나려 했다. 황보륭이 그들을 가로막았다.

"달랑 이름 하나 말해주고 끝이라니 너무한 것 아니오?"

"전 분명 약속을 지켰어요. 안 그런가요?"

채영신은 여태환을 쳐다보았다. 여태환은 생각에 잠겨 있다가 그녀의 질문을 받자 고개를 끄덕이고는 가라고 손짓했다.

"감사합니다."

싱긋 웃고는 채영신이 황보륭은 지나쳐 가려는데, 이번에는 가신풍이 가로막고 나섰다.

"개방은 너희를 놓아주려는지 몰라도 난 아니다!"

그러나 한중평이 손을 뻗어 가신풍의 멱살을 움켜잡고는 뒤로 휙 던져 버리며 소리쳤다.

"개방이 막지만 않으면 너희들 따위 내 상대가 아니다!"

황보륭은 한중평의 무공이 자신보다 위라는 사실을 알았다. 확실히 한중평의 말대로 개방의 진갑이 나서지 않는 한 이 둘을 잡을 수 없다고 판단한 그는 순순히 물러섰다.

"상황을 잘 파악하시는 분이로군."

한중평은 웃으며 채영신과 함께 숲 속으로 사라져 버렸다.

"자, 그럼 우리도 갈 길을 갑시다."

여태환은 말하고는 앞장서 원래 길로 가서 수레에 누웠다. 그리고 언제 그랬냐는 듯 평소의 모습으로 돌아가 눈을 감아버렸다. 진갑 역시 한중평이 펼친 무공을 연구하느라 멍하니 정신을 놓아버렸다. 다른 사람이 이것저것 물어보려 했지만 둘 다 자신만의 세계에 빠져 한 마디도 하지 않았다.

"저 둘에게 뭐라 하든 소용없습니다. 어서 갈 길이나 갑시다."

장소산의 말에 일행은 다시 무림맹으로 향했다. 그로부터 며칠 후 일행은 무림맹 총단에 도착하게 되었다.

무림맹은 하나의 커다란 성이었다. 성문 앞에 멈춰선 일행은 문지기에게 자신들의 신분을 밝히고 안으로 들어가려 했다. 그런데 그때 뒤에서 한 무리의 사람들이 오는 것이 보였다.

"다른 문파 분들이 오셨나 봅니다. 기다렸다 인사를 나누고 함께 들어가십시다."

황보륭의 말에 일행은 뒤에서 오는 사람을 기다렸다. 한 대의 마차에 말을 탄 십여 명의 일행이 정문 앞에 멈춰 섰다. 앞에 선 마차에서 한 사람이 내리는 것을 본 순간 장소산은 표정이 묘해졌다.

숭산파 장문 임한정이었던 것이다.

4

장소산은 정식으로 개방의 대표 중 하나로 무림맹을 방문했다. 또한 주변 인물들이 모두 그의 이름을 알고 있는 이상 이제 와서 정체를 숨길 수는 없었다. 장소산은 씁쓸한 표정을 지으며 생각했다.

'언젠가 이런 날이 올 줄은 예상했지만 그날이 바로 오늘이었군.'

일행 중 강연수가 가장 먼저 임한정에게 인사를 했다.

"임 숙부님."

"오오, 연수로구나."

임한정은 반가워하며 인사를 받았다.

"여긴 어쩐 일이냐. 화산파 대표로서 오게 된 것이니?"

"아니에요. 개방 분들과 같이 왔어요."

개방이라는 말을 듣자마자 임한정의 표정에는 미미하게 당황스러움이 생겨났다. 강연수는 곧바로 장소산을 소개했다.

"임 숙부님도 잘 아시죠? 장소산이예요."

"뭐?"

임한정은 깜짝 놀라 장소산을 보았다. 언뜻 보았을 때는 알아보지 못했지만 소개를 받고 자세히 살펴보자 장소산이 분명했다.

장소산은 웃음을 지으며 정중히 인사했다.

"임 장문인님, 오랜만입니다."

"아? 아아."

그때 마차 안에서 한 소녀가 뛰어내렸다. 바로 임예정이었다. 그녀는 마차 안에 있다가 장소산이라는 말을 듣고 참지 못하고 뛰어내린 것이다.

"장 소협!"

장소산은 웃음 지으며 인사했다.

"임 소저, 오랜만입니다. 그동안 더욱 아름다워지셨군요."

임예정은 사 년 전의 처음 만났을 때를 떠올리고는 가볍게 고개를 숙였다.

"장 소협께서도 더욱 헌양해지셨습니다."

인사를 마친 그녀는 소녀다운 웃음을 지으며 말했다.

"사 년 전에 큰 은혜를 입고도 제대로 감사 인사를 드리지 못해 그동안 내내 마음에 걸렸습니다. 늦었지만 지금에야 인사를 드리겠습니다."

그녀는 흙바닥인 것도 상관하지 않고 무릎을 꿇고 고개를 숙였다. 숭산파 장문의 금지옥엽 딸이 무릎을 꿇자 주변의 사람들 모두 놀람을 금치 못했다.

'도대체 사 년 전에 무슨 일이 있었기에?'

장소산 역시 놀라지 않을 수 없었다.

'이 아이는 정말 남이 최선을 다하지 않을 수 없게 만드는구나.'

그는 급히 임예정을 잡아 일으켰다.

"이렇게까지 안 하셔도 되오."

"사 년 전 저희 가족의 목숨을 구해주신 은혜를 생각하면 백 번 고개 숙여도 어찌 많다 할 수 있겠습니까."

임예정은 마차 안에 있는 어머니 이매산도 불러 은인 장소산을 소개하고 인사하도록 했다. 그렇게 되자 다음은 임한정 차례였다.

"아버님, 아버님."

"어?"

멍해져 있던 임한정은 딸의 부름에 정신을 차렸다.

"장 소협께 인사를 드려야지요."

"아, 알았다."

임한정은 장소산에게 고개 숙여 인사했다.

"사 년 전 일은 정말 고맙고 미안하네."

장소산은 속으로 웃음을 참으며 답했다.

"괜찮습니다. 다 지난 일인 걸요."

다른 사람들은 답례의 말치고는 좀 이상하다고 생각했지만 임한정만은 그 안의 의미를 알 수 있었다.

'이미 지난 일이니 잊어주겠다는 것인가?

믿어야 할지 말아야 할지 감을 못 잡고 있는데 장소산이 임예정을 보며 말했다.

"참으로 딸을 훌륭하게 키우셨습니다. 따님의 말 한마디면 어떤 어려운 일도 마다하지 않고, 어떤 나쁜 기억도 사라져 버릴 것 같습니다."

장소산의 말은 딸을 봐서 지난 일은 잊어주겠다는 뜻이었다. 임한정은 멍해져 있다 간신히 정신을 차렸다.

"고, 고맙네."

정문 앞에서 서로 간의 인사를 끝낸 사람들은 무림맹 안으로 들어갔다.

무림맹은 과거 정파에서 합심해서 자금과 인력을 대 만든 하나의 성이었다. 십 리에 걸쳐 수많은 전각이 있고, 논과 밭이 있어 안에서 자급자족이 가능하게 했다. 마교와의 결전을 위해 만들어진 요새로, 이 성을 건설할 때 든 비용이 황금으로 수백 관에 이른다고 한다.

그러나 수많은 사람들의 땀과 노력으로 건설된 이 성도 지금은 적인 마교가 존재하지 않아 유명무실할 뿐이다. 최대 만 명 이상이 거주할 수 있는 성안에는 현재 천여 명만이 살고 있고, 그것도 대부분은 일반 양민으로 일반 현과 그다지 다를 것이 없었다.

처음 무림맹이 생겼을 때는 잠시 길을 걸어가도 수많은 무림의 쟁쟁한 고수들을 만날 수 있었지만, 지금은 농사꾼이나 건달들이 눈에 띌 뿐이니, 현 무림맹의 모습을 잘 보여주는 점이 아닐 수 없었다.

일행은 안내를 받아 내성으로 들어갔다. 각 문파들끼리 따로 전각을 배정받아 개방 소속의 장소산, 여태환, 진갑과 동행인인 수초는 다른 사람들과 헤어져 개방이 묵는 전각에 자리를 잡았다.

"그럼 편히 쉬십시오. 맹주님과의 만남은 내일 예정되어 있습니다."

안내인이 물러가자 여태환과 진갑은 역시나 바로 구석에 처박혀 침묵에 들어갔다. 수초까지 인면토룡의 효능을 알아보겠다며 서고를 찾아 나가 버리자, 장소산은 순식간에 혼자가 되어버렸다.

"썰렁하군."

강호의 대방파인 개방이 배정받은 곳답게 넓은 전각에 달랑 혼자 서 있으니 썰렁하기 짝이 없었다. 수백 명이 묵을 수 있는 건물에 달랑 세 명, 그것도 두 명은 존재감이 전혀 없는 사람들이다 보니 그럴 수밖에 없었다.

장소산은 별로 할 일도 없어 앞마당에서 무공 수련을 하기로 했다. 반각 정도 수련하고 있는데, 담 밖에서 그를 부르는 소리가 있었다.

"장 소협!"

누군가 하고 나가보니 임예정이었다.

"무슨 일이오?"

임예정은 배시시 웃으며 대답했다.

"무슨 일이긴 무슨 일이겠어요. 장 소협 만나러 왔지요."

장소산은 어떻게 대응해야 할지 난감해졌다. 임예정 본인에게는 아무 유감도 없지만 문제는 그녀의 부친이다. 옛일은 잊겠다는 말을 남기긴 했지만 그 말을 곧이곧대로 받아들일지, 믿지 못하고 자신을 해치려 들지 알 수 없었기 때문이다.

"강 소저는 없소?"

"언니는 어머니하고 화산파 일행을 찾아갔어요. 그보다 우리 둘이 무림맹 구경하러 가요."

임예정은 장소산의 팔을 잡아끌었다. 장소산은 당황해 버렸다.

"아, 임 소저."

"우리 이제 그렇게 부르는 거 그만둬요."

"그럼 뭐라 부르나?"

"전 장 오라버니라고 부를 테니까, 장 오라버니는 임 매라고 부르세요."

장소산은 임예정을 쳐다보았다. 그녀는 이제 열여섯 살, 소녀에서 어엿한 처녀가 되어가는 나이였다. 그다지 여자에게는 관심없는 장소산이었지만, 그녀가 잡고 있는 자신의 팔 감촉에 묘한 기분이 들었다.

"알았어. 그럼 예정이라고 부를게."

장소산은 말하며 잡힌 팔을 슬쩍 뺐다. 하지만 임예정은 곧바로 다시 잡아서 끌어당겼다.

"자, 가요."

엉겁결에 끌려간 장소산은 무림맹 이곳저곳을 구경 다니게 되었다. 임예정은 평소의 예의바른 모습과는 달리 끊임없이 재잘거렸다.

“원래 이곳은 과거 마교의 후예 소요유가 사파의 무리들을 이끌고 정파연합과 결전을 벌인 곳이래요. 저기 저 높은 탑이 보이죠? 저기가 바로 소요유와 무언계가 최후의 대결을 벌인 탑인데, 둘의 대결이 얼마나 대단했는지 싸움의 여파로 탑 전체가 폭삭 무너져 내렸다지 뭐예요. 지금 저 탑은 그때를 기념하기 위해 무너진 탑을 다시 지었다고 하더라고요.”

장소산은 장난을 좋아하긴 했지만 또래와 놀아본 기억이 별로 없었다. 그래서 임예정과 어울리는 것이 어색했지만, 그녀의 재잘거림을 듣다보니 자신도 모르게 즐거워지는 것을 느꼈다.

시간이 흘러 날이 어두워지자 장소산은 임예정과 헤어져 전각으로 돌아왔다. 그런데 전각에는 강연수가 기다리고 있었다.

“무슨 일이야?”

“어, 뭐, 그냥.”

강연수는 대답하고는 장소산을 살펴보며 물었다.

“어디 갔다 왔어?”

“그냥 무림맹 여기저기를 구경하다 왔어.”

“으응, 그렇구나.”

잠시 땅을 보고 있던 강연수는 고개를 들었다.

“우리 대련해 보지 않을래?”

“대련?”

“그래, 사 년 전에는 많이 했잖아. 그동안 서로 간에 얼마나 실력이 늘었나 확인해 볼 겸.”

“좋아.”

둘은 앞마당에서 대련을 시작했다. 무기를 사용하지 않는 대결이었

다. 수백 초를 겨루었지만 승부가 나지 않았다. 땀에 흠뻑 젖은 둘은
저녁에 부는 바람에 상쾌함을 느끼고 마주 보며 웃었다.

강연수가 말했다.

"무승부네."

장소산이 고개를 끄덕이려 하는데, 뒤에서 말소리가 들려왔다.

"아니, 강 소저의 승리요."

언제 왔는지 진갑이 대련을 구경하고 있었다. 그는 장소산과 강연수
의 무공을 평했다.

"둘은 실력이 비슷하긴 하지만 결정적으로 장소산에게는 없고, 강
소저에게는 있는 것이 있지. 실전에서 싸웠다면 패하는 것은 장소산이
되었을 거야."

장소산이 물었다.

"제가 부족하다는 것이 뭡니까?"

"승부 감각."

"승부 감각?"

"그래, 생사가 교차하는 한순간에 승부를 결정 짓는 감각이라고나
할까? 강 소저는 이 점이 대단히 뛰어나군. 아마도 천부적으로 타고났
을 거야. 하지만 장소산 쪽은 아직 좀 모자라는군."

장소산은 고개를 끄덕였다. 진갑이 하는 말이니 틀림이 없을 것이
다.

'하긴 무기를 들고 싸웠다면 내가 익힌 봉술로는 검술이 특기인 그
녀를 이기지 못했을 것이다.'

생각에 잠겨 있는 장소산의 어깨를 두드리며 강연수가 말했다.

"신경 쓰지 마. 사 년 전만 해도 내 쪽이 우세했는데 벌써 따라잡았

잖아. 아마 몇 년 후면 날 능가할걸?"

그러나 진갑이 또다시 딴지를 걸었다.

"그건 아니지. 장소산의 무공은 기초가 부실하거든. 급히 대충 쌓아 올린 것이라 지금까지 성장은 빨랐을 테지만, 이제 올라갈 만큼 올라갔으니……."

"진 대협!"

강연수가 급히 그의 말을 가로막았다. 장소산은 그녀가 신경 써준다는 것을 알고 웃어 보였다.

"괜찮아."

전에 사부에게도 지적받아 이미 알고 있는 사실이었다. 장소산은 아무렇지 않은 표정으로 강연수를 화산파 일행이 묵는 전각으로 배웅해 주고 돌아왔다. 그런데 이번에는 진갑 대신 여태환이 누워 있다가 그를 흘금 보고는 말했다.

"풍류공자로군."

"예?"

무슨 소리를 하는지 영문을 몰라 하는 장소산에게 여태환은 엄지손가락을 들어 보이며 말했다.

"의자매를 동시에 공략하다니 실로 대단하군. 자넨 무공보다 풍류공자의 소질이 풍부하군."

장소산은 반박하는 대신 여태환을 들어다가 앞마당에 내려놓아 주었다. 여태환은 자기 발로 안으로 들어가지 않고 그대로 앞마당에 누워 있다가 밤늦게 수초가 돌아오자 말했다.

"이보시오, 낭이랑. 날 집 안으로 들여놓아 주지 않겠소?"

깜깜한 밤에 여태환의 등장에 깜짝 놀랐던 수초는 그를 들어다가 담장 밖으로 던져 버렸다.

현재 무림맹의 맹주란 직위는 대문파들에게 계륵이라고 할 수 있었다. 그것도 독이 든 계륵이었다. 맛있을 것 같은데 막상 먹으려고 보면 먹을 것이 없고, 자칫하면 자기 몸까지 망치게 되는 것이다.

무림맹주라는 이름은 그럴듯하지만 막상 그 자리에 올라봤자 강호의 영향력은 거의 없는 것이나 다름없고, 이름값을 하려다 보면 자기 문파만 손해를 보기 때문이었다.

전전대 무림맹주인 남궁천의 경우가 대표적인 예였다. 그는 순전히 무림맹주라는 감투 한 번 쓰고 싶다는 열망 하나로 맹주가 되길 자청했고, 별로 할 맘이 없는 다른 문파들은 얼씨구나 하고 이 귀찮은 직함을 맡겼다.

그런 그를 기다리고 있던 것은 마교와의 대결도 아니고, 강호의 음모도 아니었다. 금방이라도 쓰러질 것 같은 부실한 무림맹의 재정이었다.

무림맹주가 자기 집안의 가주라는 사실만으로 남궁가는 그동안 쌓이고 쌓인 부실 재정의 상당수를 감당해야 했고, 남궁천이 맹주로 있던 십 년이라는 기간 동안 남궁가는 가문의 엄청난 재산을 절반이나 날려 버려야 했다. 그 일이 있고 나서 무림맹주란 직위는 더 더욱 기피 직함이 되어버렸다.

그런데 현재 무림맹의 맹주는 다름 아닌 전전대 무림맹주 남궁천의 아들인 남궁현이었다. 그가 자신의 아버지가 앉았던 무림맹주의 자리를 자청했을 때 사람들은 놀라지 않을 수 없었다.

'부자가 합심하여 집안을 말아먹으려고 작정을 했단 말인가?!'

남궁가의 어른들이 그만두라 말리고 윽박지르며 애원도 했지만 남궁현은 결국 자신의 뜻을 관철하여 맹주가 되고 말았다.

물론 그는 아버지처럼 단순히 감투 하나 쓰고 싶어서 맹주가 된 것은 아니었다. 그는 야망이 있었다. 자신과 자신의 집안을 강호제일로 만들고 말겠다는 야망이었다. 그에게 있어 무림맹주란 자리는 목적이 아닌 수단에 불과했다.

"역시 마교가 드디어 모습을 드러냈군."

보고를 받은 남궁현은 빙그레 웃으며 중얼거렸다. 남궁가의 가신이자 무림맹의 정보부장 위정평은 떨떠름한 표정으로 보고를 계속해 갔다.

"하지만 조사해 보면 대부분 마교의 이름을 빌린 사기꾼들에 불과합니다. 마교의 위명을 빌려 행세해 보자는 속셈이지요."

"대부분이라는 말은 일부는 진짜가 있단 말이 아닌가. 개방 일행이 발견했다는 곤륜파 일행 전멸과 마교의 남녀만으로도 마교가 활동을 개시했다는 증거로 충분하다."

"물론 그렇긴 합니다만, 그들이 마교란 것도 확신하기 어렵습니다."

"이보게, 위 총관."

위 총관이라는 말에 위정평은 움찔했다. 그는 원래 남궁가의 총관이었다. 남궁가에서 남궁현이 사고 칠 것에 대비해 감시역으로 무림맹에 집어넣은 것이다. 오랜 세월 남궁가에서 함께 지내왔기에 남궁현이 위 총관이라고 정중하게 부를 때는 자신의 주장을 관철하기 위한 설득에 들어가려는 준비 단계라는 것을 잘 알고 있었다.

역시나 위정평의 예상대로 남궁현은 말해갔다.

"마교란 존재는 없어진 지 오래된 지금까지 강호의 무인들의 의식 깊은 곳까지 영향을 미치고 있네. 마교라고 사칭하는 것만으로도 중소 문파들이 쩔쩔매고 넘어가는 가는 것만 봐도 잘 알 수 있지. 이번 사건의 무리들이 마교든 마교가 아니든 그건 중요하지 않아. 우리 무림맹이 그들을 토벌하여 강호에 더 이상 마교 따위는 발붙일 곳이 없다는 사실을 각인시켜 주면 되는 것이네. 알겠나?"

"…예."

"이번 일은 우리들에게도 좋은 기회야. 무림맹이 이토록 힘이 없는 것은 쓸 힘이 없어서가 아닌 힘을 쓸 일이 없었기 때문이네. 마교 토벌이 원래 무림맹의 창설 목적인 이상, 이번 사건 해결을 통해 무림맹의 위상을 높일 수 있겠지. 알겠나?"

"예."

대답은 했지만 위정평은 속으로 한숨을 내쉬고 있었다. 그라고 그걸 왜 모르겠나. 하지만 그가 원하는 것은 무림맹의 위상 증대가 아니었다. 그저 남궁현이 정해진 무림맹주의 임기를 아무 일 없이 채우고 물러나길 바랄 뿐이다.

'사건을 해결하려면 경비가 필요하고, 달리 돈 들어올 데가 없으니 남궁가에 의지하게 될 텐데 집안 어른들이 알면 펄쩍 뛰겠군.'

그의 속도 모르고 남궁현은 계속 말해갔다.

"그들은 곤륜파 사람들을 일곱이나 죽였어. 가까운 곳에 있던 우리가 먼저 정보를 입수했지만, 곧 곤륜파에도 전해지겠지. 하지만 이번 사건 해결의 주도권을 곤륜파에 넘겨서는 절대 안 되네. 우리 무림맹이 해야 해. 마교토벌은 무림맹의 임무니까 말이야. 무슨 말인지 잘 알겠나?"

"예."

"그러니까 되도록 곤륜파로 소식을 전하는 것은 미루게. 물론 일부러 그랬다는 티를 내지 않도록 조심하고."

"예."

위정평은 대답을 하며 남궁현을 흘끔 보았다. 마교 출현을 근심하기보다 장난감을 얻은 아이마냥 좋아죽겠다는 표정이었다.

'혹시 사건의 배후가 자긴 거 아냐?'

생각이 떠오른 순간 위정평은 가슴이 철렁했다. 만일 정말로 그것이 사실이라면, 단순히 돈 문제가 아닌 집안 전체가 망할지도 모르는 일이었다.

"가주, 아니, 맹주님, 혹시 말입니다."

"응, 뭔가?"

"이번 사건이 말입니다. 혹시 누군가의 음모가 아닐까요?"

"음모?"

남궁현은 잠시 곰곰이 생각하다 돌연 주먹을 불끈 쥐고 부르르 떨며 외쳤다.

"음모든 뭐든 전력으로 때려부술 뿐이다!"

위정평은 고개를 저었다. 남궁현은 누가 부자지간 아니랄까 봐 아버지 남궁천과 하는 짓이 똑같았다. 어렵고 자기 싫은 것은 무시해 버리고 뭐든지 자기 좋은 쪽으로만 생각하는 성격, 그러면서 욕심은 많아서 남 위에 서려고 기를 쓴다.

'설마 저 성격에 머리 굴려 음모는 못 짜겠지.'

그는 안심하며 내일 참석한 문파들의 모임 일정을 설명하고 집무실을 나섰다. 혼자가 된 남궁현은 자리에 앉아 방문록을 보며 무림맹으로 온 문파들이 명단을 확인했다. 잠시 후 누군가 문을 두드렸다.

"맹주님, 저 우경입니다. 부르셨다고 들었습니다."

"들어오게."

기골이 장대한 남자가 들어왔다. 그가 들어오자마자 남궁현은 반가운 표정을 짓고는 말했다.

"자네가 조사한 정보는 틀림이 없었네. 곤륜파 일행이 마교의 습격을 받았네. 마교가 다시 활동을 시작한 거야. 훌륭하게 일을 처리했어."

"칭찬해 주시니 영광입니다."

"그런데 그 외에도 마교 소속이라는 두 남녀가 출현했다고 하더군. 스스로 밝힌 이름이 한중평과 채영신이라고 하던데, 그들이 누군지 짐작이 가나?"

우경은 고개를 젓고는 말했다.

"곧 조사해 보겠습니다."

남궁현은 흐뭇한 표정으로 우경을 바라보았다. 그는 지금까지 맡긴 일을 실망시킨 적이 한 번도 없다.

'이런 부하를 구하긴 정말 어려운 일이지. 이쯤에서 칭찬을 좀 해서 나에게 더욱 충성하게 만드는 것이 좋겠군.'

생각을 정한 그는 입을 열었다.

"내가 맹주 직에 올라보니 무림맹이란 조직은 해이해짐의 극치더군. 문파에서 천덕꾸러기 신세인 녀석들이나 잔뜩 쫓겨와 있고 말이야. 그나마 흙 속의 진주라고, 그런 인간 중에서 자네 같은 인재가 있었다니 나에게는 천운이라 할 수 있을 것이야."

“모두 맹주님께서 이끌어주신 덕분입니다.”

“내가 본가에서 데려온 자들은 쓸모가 없어. 나를 따르기보다 본가의 어른들을 따르는 자들이지. 내가 무슨 일을 하려고만 하면 쪼르르 달려가 본가에 보고하겠지. 지금은 본가의 무인들이 무림맹의 주축을 담당하고 있지만, 앞으로 마교 토벌이 시작되면 조직의 규모를 늘려야 할 테고, 본가의 인물들은 뒤로 물릴 생각이야. 그때가 되면 자네가 정보부장 자리를 맡게 될 것이네.”

“감사합니다.”

“자네, 종남파 출신이라고 했지?”

“예.”

“지금처럼 열심히 일해주면 내가 뒤에서 밀어주지. 그렇게 되면 종남파 장문인 자리도 문제없을 거야.”

우경은 감격한 표정으로 납작 엎드렸다.

“분골쇄신! 맹주님을 위해 목숨을 바치겠습니다.”

“밤이 늦었으니 그만 가보게.”

고개를 숙이고 우경은 나갔다. 자신의 방으로 돌아온 그는 바닥을 뜯어 그 속의 상자를 꺼냈다. 상자 안에는 소머리 가면이 들어 있었다.

가면을 챙기고 상자를 원래 자리에 넣은 그는 방을 빠져나왔다. 무림맹에는 안 쓰고 버려둔 전각이 무수히 많았다. 소머리 가면을 쓴 그는 그중 한 전각 앞에 섰다.

“천명을 받고…….”

그가 말을 하자 전각 안에서 응답 소리가 들려왔다.

“마를 멸한다.”

우경은 전각 안으로 들어갔다. 여우 가면을 쓴 남자가 기다리고 있었다. 고개를 숙인 그는 보고를 올렸다.

"남궁현은 절 완전히 신뢰하고 있습니다. 그는 예상대로 이 기회에 마교를 토벌하고 무림맹의 힘을 떨치려 합니다."

"잘했다."

"그런데 마교 소속이라는 두 남녀가 그 장소에 출현했다고 합니다. 이름이 한중평과 채영신이라고 하더군요."

"그런가?"

잠시 곰곰이 생각하던 여우 가면은 고개를 끄덕였다.

"그들도 보고만 있을 수는 없다고 생각했겠지. 하지만 스스로를 드러내지 못하고 할 수 있는 일이 얼마나 될까. 오히려 우리가 이용하기 좋을 뿐이다."

그는 우경에게 명령했다.

"무림맹의 조직을 이용해서 그 둘의 행방을 추적해라. 위정평이 눈치채지 못하도록 조심하고. 그가 사실을 알면 분명 널 의심하고 조사할 것이다. 만일의 경우를 대비해 당분간은 연락하지 않도록 해라."

"예, 그런데 그 둘을 찾아내면 어떻게 할까요? 없앨까요?"

"너의 무공으로는 그 둘의 적수가 안 될 것이다. 하지만 무림맹의 이름으로 정파의 고수를 동원할 수 있다면 없앨 수 있을지도 모르겠군. 그래, 할 수 있으면 해봐라. 하지만 일부러 무리를 할 필요는 없다. 소를 위해 대를 버리는 우를 범하지 말도록."

"알겠습니다."

"이만 가봐라."

우경이 물러간 후 여우 가면은 그 자리에 그대로 앉아 있었다. 한참 후 또다시 전각 밖에서 목소리가 들려왔다.

“천명을 받고……..”

여우 가면은 답했다.

“마를 멸한다.”

곧바로 한 사람이 담을 넘어 들어왔다. 허름한 옷을 입은 늙은 농부였다. 여우 가면이 그를 보고 말했다.

“몰라보겠군, 최진방. 진짜 농부 같아.”

최진방이 웃으며 답했다.

“진짜 농부 맞네. 정말로 여기서 농사를 짓고 있으니까.”

第二十章

임한정의 선택

최진방은 자신의 옷에 묻은 먼지를 탁탁 털고는 여우 가면 앞에 앉았다. 여우 가면은 그의 행색을 살펴보고는 말했다.

"잘도 무림맹 안에 잠입하고 있었군."

"별로 어려운 일도 아니었어."

최진방은 피식 웃고는 설명했다.

"말이 무림맹이지 일반 성과 다를 것도 없더군. 제대로 경비를 서는 녀석도 없고. 일단 성 안으로 들어와서는 돈을 써서 땅을 좀 빌렸지. 예전에 은신하고 있을 때도 농사꾼이 되었었거든."

"농사가 천직인가 보군."

"그런 것이 아니라 무인이라는 녀석들은 하나같이 일반 평민, 특히 농사꾼들은 신경도 쓰지 않거든. 심지어 예전에 나와 원한이 있는 녀석 집 앞에서 한 반년 동안 농사짓고 산 적도 있는데, 내가 일하는 앞을 매일 지나가면서도 모르고 있더라니까. 멍청한 녀석. 내가 밤에 녀석의 방으로 들이닥치니까 그제야 하는 소리가 '헉! 누구냐?' 더군."

여우 가면은 고개를 끄덕이고는 본론으로 들어갔다.

"임한정의 일은 어떻게 되어가지?"

"아, 그거? 며칠 후 슬슬 그를 찾아갈 생각이야."

"그렇다면 아직 착수도 하지 않았다는 말이군."

"모든 일에는 시기가 중요한 법이야."

최진방은 히죽 웃고는 설명했다.

"개방의 반란 계획이 표면상으로 실패했지. 그 사실을 전해 들은 임한정은 굉장히 불안해하겠지. 이번 무림맹의 무림첩을 받고 장문인인 자신이 직접 참가한 것도 자세한 상황을 알고 싶어서일 것이야. 그런데 하필이면 이곳에서 장소산을 만나고 말았지."

여우 가면은 고개를 끄덕였다.

"그의 불안감이 더욱 커졌겠군. 그때를 노려 그에게 손을 내민다니 아주 좋은 생각이오. 하지만 그렇다면 장소산을 만나 당황하고 있을 오늘 당장 찾아가는 편이 낫지 않나?"

"아니, 그건 그렇지가 않아."

최진방은 고개를 젓고는 말했다.

"임한정 녀석은 생각보다 말을 잘 안 듣는 녀석이라서 말이야. 내가 전에 장소산의 탈출 소식이 전해졌을 때, 시기라고 생각해 찾아갔다가 험한 꼴만 당했지. 또 그런 꼴은 당하고 싶지 않단 말일세."

"그렇다면 어떻게 할 생각이오? 이 정도로도 임한정을 회유할 수 없다면 아예 회유가 불가능한 것 아닌가?"

최진방은 실실 웃고는 대답했다.

“그건 그렇지가 않지. 그 녀석에게는 약점이 있거든. 바로 끔찍이 생각하는 딸이지.”

“딸을 납치라도 할 생각인가?”

“그런 식의 강경책은 오히려 적을 만들 수도 있어. 우리가 할 일은 그저 며칠만 기다리면 되는 것이네.”

“기다리면 뭔가 저절로 되는 것이라도 있나 보군.”

“바로 그걸세!”

최진방은 히죽 웃고는 말했다.

“임한정의 딸이 장소산에게 호감을 가지고 있다네. 오늘도 낮에 내내 같이 돌아다니고 있더군. 생각해 보게, 임한정 입장에서 애지중지하는 딸이 자신이 함정에 빠뜨린 남자와 친하게 지내는 꼴을 보면 심정이 어떨지.”

여우 가면은 덤덤히 대답했다.

“당황스럽겠지.”

“당황 정도가 아니지. 혹시나 딸에게 사 년 전 일을 말하지 않을까, 나에게 복수하려고 딸을 어떻게 하지 않을까, 그야말로 똥줄이 타겠지.”

최진방은 한참을 키득거리고서야 계속해서 말해갔다.

“임한정은 개방이 자신을 잡아 벌하는 것은 담담히 받아들일지도 모르지만, 딸이 무슨 일을 당하거나 진실을 알고 자신을 경멸하면 견디지 못할 위인이야. 다시 말해, 장소산이 복수하겠다고 찾아오는 것보다 딸과 같이 다니는 지금 상황이 더 힘들다는 것이지. 우린 임한정이 좀 더 똥줄이 타게 만든 다음 찾아가면 되는 것일세.”

여우 가면은 잠시 생각해 보고는 고개를 끄덕였다. 이 일은 회주가 최진방에게 일임한 일이다. 자신은 경과를 지켜보며 도울 수 있는 것은 돕고, 결과가 나오면 보고만 올리면 된다.

"그나저나 장소산 하나를 잘도 두고두고 이용해 먹는군."

"흐흐, 그럴 것이 아니면 사 년 전에 이미 죽었겠지. 내가 그 녀석을 살려둔 것은 바로 지금처럼 써먹기 위해서였어. 내가 협박하는 것보다 녀석이 협박하고 내가 회유하는 것이 훨씬 효과가 좋으니까. 녀석은 내가 바라는 것 이상으로 잘해주고 있어. 개방 일도 그렇고, 이번 숭산파 일도 그렇고, 그 녀석이 없었으면 이렇게 일이 매끄럽게 잘 풀리지 않았을 거야."

"장소산은 당신의 손에 놀아나는 꼭두각시에 불과하다는 말인가?"

최진방은 히죽 웃고는 고개를 끄덕였다.

"그래, 맞아."

"하지만 조심하는 것이 좋을 거요."

"뭐가 말인가?"

"장소산은 나무 인형이 아닌 어디까지나 살아 있는 사람이니까. 더구나 당신과는 확실한 적대 관계, 언제 당신의 심장을 노릴지 모르지. 개방의 심경초가 그의 손에 죽었다는 것을 잊으면 안 되지."

최진방은 잠시 표정이 굳어졌지만 곧 다시 빙그레 웃었다.

"물론 잊지 않아. 이번 일로 장소산 녀석도 죽을 거야. 임한정을 회유할 때 그 대가로 장소산의 목숨을 주지 않으면 안 되니까. 그리고 그 일은 자네 쪽에서 해주었으면 해. 내가 할까도 생각했지만, 녀석의 무공이 생각보다 만만치 않은데다가 주변에 강력한 고수들도 많아서 부담이 되거든."

"어떻게 말이오?"

"장소산은 마교의 무리들에게 살해당한다. 이렇게 하면 지금 우리 계획에도 도움이 되고 일석이조겠지? 나머지는 자네들 쪽에서 편한 대로 하면 돼."

여우 가면은 고개를 끄덕였다.

"과연, 이때쯤 사건 하나를 터뜨려 주면 적당하다고 생각하고 있었는데 잘되었군. 하지만 기왕 죽일 바에는 일개 제자가 아닌 거물이 좋을 텐데."

"그럼 개방 방주 제자라는 녀석을 덤으로 같이 죽이던가."

"알겠소. 나는 근처에서 대기하고 있을 테니까, 언제라도 필요하면 날 부르시오. 말만 하면 장소산을 죽여주지."

최진방은 만족한 표정을 짓고는 물었다.

"임한정을 회유하는 데 성공하면 약속대로의 대가를 주는 것이겠지? 무공총람 수비편을 말이야."

"물론이오. 회주께서 그 정도 약속을 어길 것 같소?"

"헤헤, 믿지 않는 것은 아니지만 되도록 빨리 받고 싶어서 말이야. 내가 회를 위해 일한 지 벌써 수년이 지났잖아? 내 나름대로는 열심히 일했다고 생각하는데 기대하던 소득이 영 없다는 생각이 좀 드는군."

여우 가면은 덤덤하게 대꾸했다.

"우린 약속을 충실히 지켰소. 우리가 한 약속은 당신이 우리 일을 돕고, 우리는 당신이 무공총람을 찾는 것을 돕는다. 이것이 아니었나? 우리는 약속대로 무공총람 내공편이 주가장에, 심공편이 개방의 추월락에게, 수공편이 숭산파에 있다가 임한정 손에 들어간 사실을 알아냈지."

최진방은 쓴웃음을 짓고는 말했다.

"하지만 그 내공편은 반쪽짜리였어. 추월락 녀석도 심공편을 다른 데다 팔아먹어 가지고 있지 않았고.”

“추월락에게 어디다 팔았는지 알아내지 못했소?”

여우 가면의 질문에 최진방의 얼굴이 사정없이 구겨졌다.

“그 자식은 심심하면 거짓말이더군. 내가 사주는 음식을 실컷 처먹고는 오늘은 화산에 있다고 하다가 내일은 봉래산에 두고 왔다나? 손가락 몇 개 잘라 버리며 고문하고 싶었지만, 녀석의 무공도 만만치 않고 주변에 다른 개방 고수들까지 있어서 참을 수밖에 없었지. 그런데 정체를 숨기고 녀석의 비위를 맞추느라 보름을 꼬박 고생하여 간신히 알아내 보니, 내가 전에 죽여 버렸던 헌시광에게 넘겼다는 거야. 부랴부랴 헌시광 집에 가보니 다른 책들에 섞여서 책장수에게 팔아버렸다더군.”

생각만 해도 화가 치미는지 식식거리던 최진방은 간신히 진정하고는 말했다.

“현재 권편과 불완전한 내공편은 내가, 신법편, 수공편은 장소산 녀석이, 수비편은 당신들이 가지고 있지. 하지만 그 외 퇴편과 점혈편은 사 년 전 숭산파 일 이후 행방불명, 심공편 역시 누군지 모르는 책장수가 가져갔다고 하고, 나머지 장편과 박투편, 완전한 내공편 역시 여전히 행방불명이야.”

최진방은 투덜거리며 말했다.

“수년을 일해서 내가 얻은 것은 달랑 권편, 반쪽짜리 내공편, 임한정 녀석이 써준 수공편 필사본, 결국 확실히 얻은 것은 달랑 권편 한 권뿐이라니 자네가 내 입장이라면 기분이 어떻겠나?”

잠자코 듣고 있던 여우 가면이 입을 열었다.

“하지만 퇴편, 점혈편을 잃은 일은 당신의 미숙함이 부른 결과가 아니오?”

최진방은 눈살을 찌푸리며 말했다.

"당신들이 날 적극적으로 도와주었다면 그렇게 되진 않았겠지. 나 혼자 계획을 세우고 움직이다 보니 그놈들을 놓쳐서 일이 그렇게 된 것 아닌가."

"결국 하고 싶은 말은 그것이었군. 우리가 좀 더 당신의 무공총람 모으는 일을 돕게 하고 싶으면, 당신 역시 우리를 위해 성과를 내시오. 그러면 우리도 적극적으로 당신을 도울 테니까. 그리고 이번 일을 처리하면 수비편이 기다리고 있지 않소."

최진방은 고개를 끄덕이고는 한숨을 내쉬었다.

"에휴~ 할 수 없구만. 난 이만 가겠네."

그가 담장을 넘어 가버리자 혼자가 된 여우 가면은 그가 사라진 방향을 바라보며 중얼거렸다.

"어리석은 자. 한낱 무공 비급에 연연하여 인생의 대부분을 바치다니. 무공총람 열 권을 모두 모으면 천하제일고수라도 될 수 있을 거라고 생각하는 건가? 천하제일고수가 될 수 있는 분은 오직 회주 한 분뿐이다."

2

최진방의 예상대로 임한정은 초조했다. 딸 예정은 벌써 사흘째 일어나서 아침을 먹으면 장소산에게로 쪼르르 달려가곤 했다.

'다 큰 계집애가 사내놈에게 가는 꼴이라고는!'

물론 진정한 속내는 그것이 아니었다. 장소산이 자신이 과거에 한 짓을 밝히면 그의 인생은 그것으로 끝장이 난다. 가지 말라 하고 싶지만 왜 그러냐고 물을까 봐 겁나 말을 꺼낼 수도 없었다.

예전 최진방이 협박할 때는 어디 밝힐 테면 밝혀봐라. 당당히 진실 앞에 서겠다는 생각을 한 적도 있었다. 하지만 하나뿐인 사랑하는 딸이 자신을 경멸할지도 모른다는 생각만 들면 자다가도 벌떡 일어날 지경이었다.

"여보, 무슨 걱정이라도 있어요?"

아내인 이매산이 물어왔다. 임한정은 속마음을 감추고 웃어 보였다.

"걱정은 무슨……."

"무림맹에 온 다음부터 밤에 좀처럼 잠들지 못하고 뒤척거리잖아요. 말해봐요, 무슨 일인데 그래요? 함께 해결책을 생각해 봐요."

그러나 임한정은 사실을 절대 말할 수 없었다.

"그저 요즘 강호가 뒤숭숭하고 마교가 모습을 드러낸다고 하니, 한 문파를 책임지는 사람으로서 생각할 것이 많아서 그렇소."

적당히 둘러대어 대답한 그는 혼자서 밖으로 나왔다. 그가 향하는 곳은 개방 일행이 묵고 있는 전각이었다.

임한정이 개방 일행이 묵는 전각으로 가는 것은 장소산을 만나기 위해서가 아니었다. 장소산은 지금쯤 임예정과 무림맹 이곳저곳을 구경 중일 것이다. 장소산을 만나 어떻게 할 생각인지 확실하게 듣고 끝장을 보든지 말든지 확실히 하는 것이 낫다는 생각이 들긴 했지만, 차마 그를 만날 엄두가 나지 않았다.

그가 오늘 이곳에 온 이유는 장소산이 사 년 전의 일을 개방의 윗선에 보고했는지 알아보기 위해서였다. 잠시 마음을 가다듬는 시간을 가진 그는 문을 두드렸다.

"실례하오."

아무 반응이 없었다.

'아무도 없나?'

그는 좀 더 소리를 높여 소리쳤다.

"실례하오!"

여전히 반응이 없었다. 그는 이번에는 내공을 담았다.

"실례하오!"

내공을 실은 목소리가 주변에 가득 울려 퍼졌다. 그러나 여전히 반응이 없었다.

'전부 나가고 아무도 없나 보군.'

임한정은 어딜 가야 개방 사람을 만날 수 있을까 생각하며 몸을 돌렸다. 그런데 그때 그의 귓가에 작은 소리가 들려왔다.

"들어오시오."

너무 작아 못 들을 뻔했다. 임한정은 혹시나 하고 다시 소리쳐 보았다.

"실례하오!"

그리고는 귀를 기울이니 과연 소리가 들려왔다.

"들어오시오."

임한정은 문을 밀어보았다. 힘없이 문이 돌아갔고, 전각 안의 마당이 보였다. 그러나 안으로 들어가 둘러보아도 여전히 아무도 없었다.

"실례하오!"

"들어오시오."

여전히 들릴락 말락 한 소리였다. 임한정은 정신을 집중해 소리를 들어 들려오는 방향을 알아차렸다.

'저기다!'

신법을 전개해 담장 위로 올라간 그는 어리둥절했다. 한 거지가 담장 밖에서 누워 있었다. 전각 안에서 들려오는 줄 알았던 대답 소리는 밖에서 나오고 있었던 것이다.

"거기서 뭐 하나?"

거지는 대답했다.

"아무것도 안 합니다."

임한정은 곰곰이 생각해 본 결과, 그가 무림맹으로 들어갈 때 소개받았던 개방 장문의 제자 여태환이라는 것을 기억해 낼 수 있었다.

'그런데 그가 왜 여기 있지?'

그러고 보니 그저께 무림맹주의 회견 때 장소산이 대신 참석하여 그가 아파 자신이 대신 왔다고 했다. 무림맹 입구에서 봤을 때도 수레에 누워 있었다.

'아파서 일어나질 못하나? 아니, 그러면 집 안에 있지 왜 밖에 있겠어?'

여태환 주변에는 먹고 남긴 그릇들이 잔뜩 쌓여 있었다. 며칠간 계속 여기 누워 있었던 모양이다.

"자네, 어디 아픈가?"

임한정이 묻자 여태환은 대답했다.

"숭산 장문이시군요. 전 멀쩡합니다."

"그런데 왜 여기 있나?"

"삼 일 전 어떤 사람이 절 여기다 던졌습니다."

"다쳐서 움직이지 못하나?"

"제 팔다리는 멀쩡합니다."

"그럼 일어나 안으로 들어가지 왜 계속 여기 있나?"

“일어나기 귀찮아서요. 일하는 하녀는 음식은 갖다 줘도 절 옮겨주지는 않더군요.”

“……”

임한정이 황당해하고 있는데 여태환이 말했다.

“마침 잘 찾아오셨습니다. 절 좀 들고 뒷간으로 데려가 주시지 않겠습니까? 삼 일을 참았더니 슬슬 한계가 온 것 같군요.”

임한정은 장문인이나 되는 자신이 왜 남의 시중을 들어야 하냐고 대꾸하고 싶었지만, 원하는 정보를 얻으려면 잘 보여야 될 것 같아 여태환을 안아 들고 뒷간으로 갔다.

“감사합니다. 좀 기다려 주시면 더욱 감사겠습니다.”

“알았네.”

뒷간으로 들어간 여태환은 한참이 되어서야 나와서는 말했다.

“그럼 이번에는 집 안으로 데려다 주십시오.”

임한정은 이번에도 여태환을 들고 집 안으로 향했다. 그런데 가면서 생각해 보니 지금 하고 있는 짓도 그렇고, 냄새 나는 뒷간 앞에서 기다리던 것도 그렇고, 영 기분이 나빴다. 그는 조금은 불만을 담아 여태환에게 물어보았다.

“자넨 뒷간 가는 것도 매번 남의 시중을 받는 건가?”

“아니오. 평소에는 제 발로 갑니다.”

“아니, 그럼 지금은 왜 그러는 건가?”

여태환은 껄껄 웃고는 대답했다.

“하하, 장문께서 제 발 노릇을 대신 해주시는데 뭐 하러 귀찮게 제 발을 씁니까.”

임한정은 들고 있던 여태환을 확 던져 버리고 싶은 것을 꾹 참고 방 안으로 들어가 내려놓았다. 방바닥에 누운 여태환은 말했다.

"감사합니다. 기왕 해주시는 김에 이불을 꺼내 펴주시지 않겠습니까?"

임한정은 치밀어 오르는 화를 꾹 참았다.

'어차피 돈 드는 것도 아니니 그냥 해주자.'

그가 이불을 꺼내 펴주자 여태환은 곧바로 그 위로 기어가서는 이불 속으로 쏙 들어갔다.

"아아, 이불에서 자보는 것이 참으로 오랜만이구나!"

곧바로 수면에 들어갈 태세였다. 임한정은 여태환을 툭툭 치면서 물었다.

"이보게, 내가 왜 찾아왔는지 궁금하지도 않나?"

"왜 찾아오셨습니까?"

"……."

임한정은 말문이 막혔다. 대놓고 장소산이 사 년 전에 내가 한 짓을 까발리지 않았느냐, 라고 물을 수는 없는 노릇이다. 원래 그는 천천히 담소를 나누며 중간에 은근슬쩍 들키지 않게 물어볼 생각이었는데, 일이 이상하게 돌아가 직접적인 질문을 받게 되고 만 것이다.

그는 적당히 돌려 대답했다.

"험험, 개방의 촉망받는 제자인 자네와 만나 강호의 이런저런 일을 이야기 나누고 싶어서……."

"참 한가하신 모양이군요."

임한정은 이렇게 쏘아주고 싶어졌다.

'너보다 한가하겠냐?!'

여태환은 빙그레 웃더니 팔을 들어 이불을 들춰 보이며 말했다.

"심심하시면 마침 이불도 있겠다, 저와 같이 낮잠이나 주무시지요. 자, 사양하지 마시고 들어오세요."

임한정은 마침내 여태환과 대화를 나누는 것을 포기했다.

"…이만 실례하겠네."

방을 나선 그는 돌아갈까 하다가 한 사람에게 생각이 미쳤다.

'맞아, 진갑이라고 또 한 명이 있었지!'

그는 다시 방문을 열고 여태환에게 물었다.

"진갑이라는 자네 동료는 지금 어디에 있나?"

"여기서 서쪽으로 조금 가면 나오는 동산에 있을 겁니다."

'처음으로 도움이 되었군.'

속으로 생각하며 임한정은 고맙다 말하고는 말해준 장소로 달려갔다. 여태환의 말대로 진갑이 그곳에 있었다.

"이보게."

임한정은 반가워하며 그를 불렀다. 그러나 반응이 없이 진갑은 뭔가를 골똘히 생각하면서 나뭇가지로 바닥에 뭔가를 그리고 있었다. 뭔가 하고 임한정이 보니 선으로 사람의 팔다리를 표시한 수많은 그림들이 동산 전체의 땅바닥을 빽빽하게 가득 채우고 있었다.

'이게 뭐지?'

찬찬히 보니 그림의 사람들은 두 명이 짝을 지어 초식을 전개해 서로 싸우고 있었다.

'지금 보니 무공을 연구하고 있구나.'

호기심이 생긴 임한정은 자세히 들여다보았다. 그림의 두 명은 온갖 강호의 잡다한 무공의 초식을 쓰고 있었다. 대부분 알고 있는 무공 초식이고 너무 단순한 그림이라 알아보기 힘들어 그는 곧 흥미를 잃었다.

‘여기서 보고 있으면 곧 날 눈치채겠지. 아니면 잠시 쉴 때 다시 말을 걸기로 하자.’

그러나 그것은 진갑이라는 인간을 잘 모르는 임한정의 판단 착오였다. 진갑은 바로 옆의 임한정의 존재를 아는지 모르는지, 잠시도 쉬지 않고 계속해서 그림을 그렸다. 기다리다 지루해진 임한정은 나무 밑에 앉아 그 모습을 지켜보다가 그만 깜빡 잠이 들었다.

“어?”

정신을 차려보니 밤이었다.

‘어젯밤에 제대로 잠을 못 잤더니만.’

하품을 한 임한정은 진갑을 찾았다. 그러나 진갑은 이미 없었다. 자기 볼일을 다 끝내고 돌아간 모양이었다.

“…황당하군.”

지금 다시 개방 일행의 전각을 찾아가면 장소산이 돌아와 있을 것이다. 임한정은 할 수 없이 숭산파 일행이 묵는 전각으로 터덜터덜 돌아갔다. 그런데 전각의 담장 그림자 아래 한 사람이 웅크리고 앉아 있는 것이 느껴졌다.

“누군가?”

담장 밑의 사람이 대답했다.

“옛 친구일세.”

목소리만으로도 최진방이라는 것을 임한정은 단숨에 알아차렸다.

“여긴 무슨 일이오?”

최진방은 살짝 웃고는 대답했다.

“지금쯤 자네가 날 찾고 있을 것이라는 생각이 들어서.”

그는 일어나서는 흙먼지를 툭툭 털고는 말했다.

"내가 착각한 것이라면 그만 가도록 하지."

말을 마치자마자 그는 미련없이 몸을 돌렸다. 몇 걸음 걸어가는데 뒤에서 부르는 소리가 들렸다.

"잠깐만."

'걸렸군!'

속으로 회심의 미소를 지은 최진방은 고개를 돌렸다.

"나에게 할 말이 있나?"

임한정은 머뭇거리다가 입을 열었다.

"여긴 보는 사람이 있을지 모르니 다른 곳으로 가서 이야기합시다."

임한정은 진갑이 무공을 연구하던 동산으로 최진방을 데리고 갔다. 이곳이라면 주변이 탁 트여 누가 엿들을까 걱정할 필요가 없었다. 동산에 도착하자마자 임한정은 말을 꺼냈다.

"이곳 무림맹에는 무슨 일이오? 당신이 있을 만한 곳이 아닌데."

최진방은 능글맞게 웃고는 대답했다.

"허허, 사람이 있을 데 없을 데가 정해져 있나?"

"정문에서 당신을 알고 통과시켜 주었을 것 같지 않아서 하는 말이오."

"문으로 통과하면 어떻고, 담으로 통과하면 어떻나. 그보다 나에게 하고 싶은 말은 그것이 아닐 텐데?"

임한정은 잠시 말문이 막혔다가 입을 열었다.

"개방에 반란이 일어났다가 진압되었다고 하더군. 당신이 장소산이 개방에 고해바쳐도 아무 일 없을 거라고 한 뜻이 이거겠지?"

최진방은 빙그레 웃고는 긍정도 부정도 하지 않았다.

"그런데?"

“이제 어떡할 거요? 개방의 반란이 실패해 버렸는데.”

“그거야 내가 걱정할 문제가 아니지.”

최진방은 대꾸했다.

“나야 어차피 강호의 정처 없는 떠돌이. 날 미워하는 녀석들이 워낙에 많으니 그중에 개방이 하나 추가되었다 해도 별로 달라질 것도 없네. 자네같이 사회적 지위가 있는 분께서는 걱정이 많이 되시겠지만.”

임한정은 울컥했다가 간신히 진정하고는 말했다.

“당신, 솔직해지는 것이 어떻소? 지금 나보고 당신이 속한 조직으로 들어오라고 찾아온 것 아니오.”

“허허, 그렇다면 자네부터 솔직해지게. 우리 조직의 비호를 받고 싶은 것이 아닌가?”

임한정은 물었다.

“내가 당신 조직에 들어가면 나에게 무엇을 해줄 수 있지? 그리고 내가 무엇을 해야 하지?”

최진방은 웃음을 감추고 대답했다.

“자네 눈엣가시인 장소산을 제거해 주지. 자네가 무엇을 해야 할지는 나도 잘 모르네. 내가 조직의 높은 분이 아니라서 말이야.”

“개방은? 장소산만 죽인다고 다 끝나는 것은 아닐 텐데?”

“허허, 개방 문제는 걱정 안 해도 된다는 말을 벌써 몇 번을 했는지 모르겠군.”

임한정은 흠칫했다.

“개방의 반란이 실패했어도 아직 그 말이 유효하단 말이오?”

“자세한 말은 같은 편이 아니니 말해줄 수 없지만, 특별히 한 가지만 말해주지. 장소산은 사 년 전 일을 개방에 알리지 않았어.”

최진방은 웃으며 말을 이었다.

"그렇다고 장소산만 죽이면 된다고 생각하고 섣부르게 손쓸 생각은 안 하는 것이 좋아. 장소산 녀석의 무공이 사 년 전과는 비교도 안 되게 늘어서 자네의 무공으로는 상대가 안 되거든. 뿐만 아니라 일행 중에 진갑이라는 녀석은 개방 내의 무력 집단인 십간의 첫째로, 현재 자네가 데리고 온 숭산파 고수 전부가 덤벼도 이기기 힘들걸."

임한정은 최진방의 말에서 중요한 사실을 한 가지 알아차릴 수 있었다.

'개방 내에 아직도 한패가 있군!'

그것도 말단이 아닌 고위층의 인물이 분명하다. 그렇기에 개방은 걱정 안 해도 된다고 자신있게 말하고 진갑에 대해 상세히 알고 있는 것이다.

순간 그의 머리 속에 불현듯 스치는 생각이 있었다.

'그래, 잘하면!'

지금까지 임한정은 최진방의 제안에 넘어가느냐, 아니면 죄가 밝혀지고 끝장이 나느냐는 두 가지 길밖에 없다 여기고 있었다. 그런데 그 외에도 다른 길이 있었다는 것을 그는 깨달았다. 바로 제3의 길이!

3

임한정은 가슴이 두근거렸다. 이 제3의 길은 엄청난 위험을 동반한다. 하지만 해낼 수만 있다면 자신은 떳떳해질 수 있다.

'해낼 수 있을까? 너무 무모한 생각이 아닐까?'

최진방은 임한정이 입을 다물고 아무 말도 없자 자신의 제안을 생각하고 있는 줄 알고 기다렸다. 그러는 동안 임한정은 머리 속으로 계속해서 계산을 굴렸다.

'문제는 최진방이 속한 조직의 정체가 무엇인지, 개방 내의 한패가 누구인지 전혀 모른다는 사실이다. 이래서는 아무것도 할 수가 없다.'

임한정은 생각을 멈추고 최진방에게 물었다.

"당신이 속한 조직의 이름이 뭐요?"

최진방은 어깨를 으쓱하고는 대꾸했다.

"이름 따위가 무슨 상관인가. 자네가 우리와 손을 잡는다면 자연히 알게 될 것이네."

"이름도 모르는 조직에 들어갈 수는 없는 것 아니오."

"이름이야 호칭에 불과할 뿐이지. 그 본질과 아무 상관이 없는 것이네."

임한정은 속으로 눈살을 찌푸렸다. 최진방은 조직에 들어가겠다고 하지 않는 한 아무것도 가르쳐 줄 생각이 없는 모양이었다.

최진방은 임한정이 기분 나빠하는 줄 알고 말을 덧붙였다.

"미안하지만 난 말단이라서. 허락을 받지 않으면 가르쳐 줄 수 있는 것이 아무것도 없네."

임한정은 잠시 생각을 하다 떠오르는 것이 있어 말했다.

"그래서야 아무것도 믿을 수가 없지 않소. 난 지금까지 당신 외에 조직의 인물이라고는 단 한 명도 만난 적이 없소. 거기다 이름까지 모른다면 정말 조직이 있기나 한 것인지 의문이오. 어쩌면 당신이 있지도 않은 가상의 조직을 이용해 사기를 치는 건지도 모르지 않소."

그의 말이 일리가 있자 최진방은 인상을 쓰며 고민하다가 입을 열었다.

"그렇다면 한 사람을 만나게 해주지. 그러면 자네에게 많은 것을 말해줄 수 있을 거야."

"그 사람이 누구요?"

"나와 같이 조직에 속한 사람이지. 이름은 모르고 난 호리라고 부르네."

"좋소, 그럼 그 사람을 만나고 나서 조직에 들어갈지 말지 결정하겠소."

"알겠네. 그럼 삼 일 후 지금 이 시각에 여기서 기다리겠네."

약속을 하고 최진방은 사라졌다. 임한정은 세차게 뛰는 심장을 진정시키고 전각으로 돌아왔다.

'이제부터가 중요하다.'

한참을 고민 끝에 임한정은 편지 한 장을 썼다.

다음날 아침 일찍 일어난 그는 또다시 장소산에게 놀러가려는 임예정을 붙잡고 편지를 주었다.

"이것을 장소산에게 주어라. 중요한 것이니 편지를 받을 사람 외에는 아무도 알지 못하게 해야 한다."

임예정은 무슨 편지인지 궁금했지만 아버지의 얼굴을 보니 보통 중요한 것이 아닌 것 같았다. 편지를 품속에 챙긴 그녀는 다부지게 고개를 끄덕였다.

"맡겨주세요."

"잘 부탁한다."

임예정은 쏜살같이 장소산에게로 달려갔다. 일행들과 함께 아침을 먹고 있던 장소산을 붙잡아 아무도 없는 구석으로 끌어당긴 그녀는 편지를 내밀었다.

"아버님이 이 편지를 오라버니에게 주래요. 중요한 것이니까 혼자서만 보래요."

"임 장문인이?"

장소산은 의아해하며 편지를 뜯어 읽으려다 임예정이 쳐다보고 있는 것을 깨닫고 말했다.

"아버님께 편지를 확실히 받았다고 전해 드리럼."

"예!"

임예정이 가자 장소산은 방으로 들어가 편지를 뜯어보았다.

오늘밤 자시에 서쪽으로 오 리쯤 떨어진 곳에 있는 정자에서 둘만이 만나고 싶네. 나와 자네뿐만 아니라 개방에게도 중요한 일일세. 날 믿지 못하겠지만 딸의 얼굴을 봐서라도 한 번만 믿어주기 바라네.

장소산은 턱을 긁으며 생각에 잠겼다. 언젠가 임한정을 만나 사 년 전의 일을 확실히 해야겠다는 생각은 전부터 해왔다. 그러기 위해서는 둘만이 만나 이야기를 하긴 해야 한다. 하지만 정작 임한정의 부름을 받고 만나는 것은 내키지가 않는다.

'날 죽이려고 함정을 파놓았는지 어떻게 아냐고!'

한 번 배신했으니 또다시 배신하지 않으리란 법은 없다. 뿐만 아니라 임한정에게 있어서 자신은 없애지 못하면 안심이 안 되는 눈엣가시가 아닌가.

'그도 그것을 알기에 딸을 보낸 것이겠지. 내가 예정이 준 편지를 받고 그날 실종이라도 된다면, 예정은 분명 편지와의 상관 관계를 떠올릴 테니까 임한정 본인도 곤란해진다. 그래서 딸을 봐서라도 믿어달라는 말을 쓴 건가?

확실히 임한정은 못 믿어도 딸인 임예정은 믿을 만하다고 생각된다. 하지만 그렇다고 아무 준비 없이 갔다가 자칫 비명횡사당하는 것만은 사양하고 싶었다.

'일단 임한정의 말대로 둘만 만날 수 있다면 일단은 안심이다. 사년 전에는 임한정에게 잡혀서 꼼짝없이 당할 수밖에 없었지만, 지금은 싸워도 충분히 승산이 있으니까. 아참! 총이란 것이 있었지.'

예전 임한정과 최진방의 만남을 훔쳐보던 기억이 떠올랐다. 그때 임한정은 서양에서 구해왔다는 총이란 무기로 최진방을 위협하지 않았던가.

'아무 대비도 없다가 그 총이란 무기로 당하면 꼴사납지. 다행히 임한정은 내가 총을 알고 있는 줄 모르니 그 점은 내가 유리하다.'

이것저것 한참을 궁리하던 장소산은 일단 임한정을 만나보기로 마음먹었다. 임한정과의 일도 그렇지만 편지에 적힌 개방에게도 중요한 일이라는 말이 마음에 걸렸기 때문이다.

'조심, 또 조심하면 되겠지.'

그날 밤, 일부러 약속 시간보다 한 시진 일찍 약속 장소로 간 그는 정자 주변을 샅샅이 살폈다.

'일단 함정이나 매복은 없는 것 같군.'

장소산은 근처의 나무 위로 올라가 숨었다. 시간이 되자 임한정이 모습을 드러냈다. 그는 주변을 살피다가 장소산이 보이지 않자 정자 위로 올라가 앉았다. 장소산은 바로 모습을 드러내지 않고 계속 임한정을 지켜보았다.

어느덧 반 시진이 흘렀다. 아무리 기다려도 장소산이 나타나지 않자 임한정은 한숨을 내쉬었다.

"역시 날 믿지 못하는 것인가?"

임한정이 자리에서 일어나 돌아가려 하자 그제야 장소산이 입을 열었다.

"멈추시오."

멈칫 했던 임한정은 두리번거리며 물었다.

"장소산인가?"

"그렇소."

장소산이 내공을 이용해 목소리가 울려 퍼지게 하고 있어서 임한정은 소리가 들려오는 방향을 찾을 수 없었다.

"내공이 몰라보게 늘었군. 나오게. 내가 하고 싶은 말이 있으니."

"지금 이 상태로도 대화는 얼마든지 나눌 수 있소."

"내가 하고자 하는 말은 굉장히 중요한 일이네. 이런 식으로 이야기를 나누다가 누가 엿듣기라도 하면 어떡하나. 걱정 말게, 난 자네와 싸울 생각도 없고 싸워서 이길 자신도 없네."

장소산은 말했다.

"당신은 서양에서 가져온 총이란 무기가 있다고 들었소. 그걸 빵 하고 쏘면 제아무리 대단한 고수도 죽는다고 하던데?"

임한정은 흠칫 놀랐다. 총을 가진 것은 가족들에게도 말하지 않는 비밀이었는데 장소산이 어떻게 알았을까?

"자네, 그것을 어디서 들었나?"

"그건 중요하지 않지. 나와 대면하고 싶다면 총부터 꺼내 멀리 던지시오."

임한정은 고개를 저었다.

"좀 전에 말했다시피 난 싸울 생각이 없네. 당연히 총 같은 무기는 가지고 있지 않네. 믿지 못하겠다면, 자, 보게나."

그는 장포를 벗고는 두 팔을 흔들어 보였다. 확실히 임한정이 입은 얇은 홑 옷에는 무기를 숨길 만한 곳이 없어 보였다. 장소산은 그제야 나무에서 내려왔다. 하지만 아직도 여차하면 도망칠 거리를 두고 있었다.

임한정은 이 정도라도 다행이라고 생각하며 웃어 보였다.

"드디어 나왔군."

"할 말이 무엇입니까? 사 년 전 일이라면 별로 떠올리고 싶지 않군요. 따님은 물론 다른 사람에게도 말할 생각이 없으니 그 문제라면 걱정 말고 돌아가십시오."

임한정은 고개를 숙였다.

"내가 저지른 일을 용서해 주겠다니 정말 고맙네. 하지만 그것만으로 모든 문제를 해결할 수 없네."

"무엇 때문입니까?"

"이 사실을 알고 있는 또 한 명, 최진방 때문이네."

임한정은 최진방이 사 년 전 일로 그가 속한 어떤 조직에 들어오길 강요하고 있다는 사실을 설명했다. 장소산은 전에 훔쳐본 일로 이미 이 사실을 알고 있었기에 의아해하며 물었다.

"최진방은 악명을 떨치는 인물이니 그가 말해봤자 믿어줄 사람은 거의 없을 것입니다. 임 장문인께서 숭산파의 힘으로 그를 잡아 없애면 되는 것 아닙니까."

"그게 그렇지가 않네."

임한정은 어젯밤 일을 설명했다. 장소산은 아직도 개방 내에 최진방과 한패가 있다는 말에 놀람을 금치 못했다.

'다 끝난 일이 아니었던 말인가?'

장소산이 상황을 이해한 듯 싶자 임한정은 설명해 나갔다.

"지금 상황은 나에게도, 자네에게도 좋지 않네. 최진방이 사 년 전 일을 밝힌다면 사람들이 믿어주지 않겠지만, 개방 내의 고위 인물이 피해자인 자네에게 들었다면서 말한다면 나는 파멸이겠지. 자네 역시 무공총람 수공편과 신법편을 되찾기 위해서라도 분명 최진방이 노릴 거야. 그 문제의 개방 내 인물과 함께 손을 쓴다면 아무리 자네라도 피하기 힘들겠지."

장소산은 고개를 끄덕였다. 개방이라는 조직에 속한 몸인 만큼 위에서 명령이 내려오면 거부하기 힘들다. 그것이 자신을 노린 최진방의 함정이라면 꼼짝없이 당할 수밖에 없는 것이다.

임한정은 장소산의 표정을 살피며 드디어 본론을 꺼냈다.

"나와 손을 잡지 않겠나?"

장소산은 놀라 물었다.

"손을 잡는다니요?"

"내가 그 조직에 들어가는 척하여 개방의 배신자와 조직의 정보를 알아내고, 자네는 내가 알려준 정보로 개방의 배신자를 처리하고 개방의 힘을 동원하여 최진방과 조직을 쓰러뜨리는 것이네. 그렇게만 된다면 나와 자네뿐만 아니라 개방과 강호 전체를 위해서도 공을 세우는 것이네."

장소산은 곰곰이 생각해 보았다. 확실히 임한정의 말대로만 된다면 좋은 일이다. 하지만 현실은 말처럼 쉬운 것이 아니다. 무엇보다 지금 임한정의 말을 믿어도 되는지조차 확실하지가 않다.

"장문인의 말씀대로 된다면 좋은 일이겠지요. 하지만 이 일은 엄청나게 위험합니다. 무엇보다 조직에 잠입한 장문인께서 죽을 위험이 높지요. 솔직하게 말해서 전 이런 의심이 갑니다. 차라리 최진방의 말을 따라 절 죽이고 조직에 몸을 담는 것이 훨씬 안전할 텐데, 왜 스스로 위험을 자초하는 것입니까?"

임한정은 깊은 한숨을 내쉬었다.

"지난 사 년간 괴로웠네. 아니, 정확히 하자면 삼십 년 전 일이지. 숭산파의 이름 없는 제자였던 나는 우연히 서고에 있던 무공총람 수공 편을 입수하였고, 사문 몰래 책을 도둑질했지."

그는 쓴웃음을 지으며 말을 이었다.

"거짓말을 숨기기 위해 또 다른 거짓말을 하게 된다고 하던가? 책을 되찾으려고 사문이 나와 내 가족을 노렸고, 난 지금까지 쌓아온 지위와 가족을 지키기 위해 악당과 손을 잡아 자네와 사문의 장문인을 해쳤지. 그리고 비밀을 지키기 위해 내가 무공총람을 훔쳤다는 사실을 아는 사문의 제자들을 없앴어. 단 한 권의 책을 도둑질한 것이 커지고 커져, 결국 난 사문을 배신하고 수많은 사람의 피를 손에 묻힌 악인이 되고만 것일세."

임한정는 양손을 들어 보았다. 지금까지 그가 죽인 사람들의 얼굴이 보이는 듯했다.

"언제나 마음속에서 괴로움이 사라지지 않았네. 자네가 무이산에서 도망쳤다는 말을 듣는 순간부터 잠조차 편히 자지 못했네. 내가 천하에 둘도 없는 대협객이라고 생각하는 딸을 볼 때마다 내 자신의 추악함을 절실히 느꼈어."

그는 고개를 젓고는 말했다.

"최진방의 제안을 듣는 순간 난 깨달았네. 현실의 위험을 회피하기 위해 또다시 죄를 짓게 되면 더 이상 돌이킬 수 없게 된다는 것을. 이제 죄를 숨기기 위해 죄를 짓는 반복을 끊지 않으면 안 된다는 것을."

그는 장소산을 슬픈 눈으로 바라보며 말을 이었다.

"하지만 난 어쩔 수 없는 놈이네. 가족이 진실을 알고 날 버릴까 두려워. 도저히 진실을 밝힐 용기가 없어. 그래서 고민 끝에 난 생각한 거야. 공으로서 죄를 씻자고. 자네와 힘을 합쳐 최진방과 조직을 쓰러뜨릴 수만 있다면, 내가 지은 죄가 없어지진 않더라도 지금보다 마음만은 편해지지 않겠는가."

장소산은 고개를 끄덕였다.

"그리고 최진방과 조직을 없애면 진실을 세상에 밝힐 자가 한편인 저 외에는 없어진다는 것이로군요."

"맞네."

"그런데 잘도 저와 손잡을 생각을 하셨군요."

"나도 얼마 전까지는 상상도 못했네. 자네가 무림맹 문 앞에서 사년 전 일을 잊어주겠다고 말해주지 않았다면, 감히 죄진 입장에서 제안을 하지 못했겠지."

장소산은 앞으로 걸어가 임한정 앞에 선 다음 손을 내밀었다.

"좋습니다. 일단 장문인의 제안을 받아들이기로 하겠습니다. 하지만 그렇다고 제가 곧바로 당신을 신뢰할 거라 기대하지는 마시기 바랍니다."

임한정은 감격하여 장소산의 손을 덥석 잡았다.

"고맙네, 정말 고마워."

장소산은 빙그레 웃었다.

"최진방은 원수지간인 우리가 이렇게 만나 손을 잡고 있다는 것을 꿈에도 모르겠지요. 우리가 힘을 합쳐 최진방 녀석의 뒤통수를 쳐줍시다."

4

임한정과 장소산이 만나서 협력을 다짐하고 있을 시각, 다른 곳에서는 최진방이 여우 가면을 찾아가 임한정과의 약속을 이야기하고 있었다.

"그러니까 수고스럽겠지만 자네가 가서 임한정과 만나주어야겠네."

여우 가면은 잠시 곰곰이 생각하다 고개를 끄덕였다.

"어쩔 수 없군. 아무래도 당신에게만 맡기는 것은 이것이 한계인 모양이오. 좋소, 모레 임한정을 데리고 이곳으로 오시오. 그를 설득하도록 하지."

최진방은 의외라는 표정을 지으며 물었다.

"임한정을 설득할 자신 있나?"

"나름대로 생각해 둔 것이 있소."

다시 이틀이 지났다. 초조한 마음으로 기다리던 임한정은 한밤중에 최진방을 만나러 동산으로 올랐다. 최진방이 이미 기다리고 있었다.

"따라오게."

임한정을 안내해 최진방은 여우 가면을 만나는 약속 장소로 향했다. 지금은 사용하지 않는 전각 안으로 들어가자 대청마루 위에 정좌한 채 기다리던 여우 가면이 있었다.

"이 사람이 내가 말한 호리일세. 이젠 내가 거짓말을 하고 있지 않다는 것을 믿겠지?"

최진방의 설명에 임한정은 고개를 끄덕였다. 하지만 속으로는 다른 생각을 하고 있었다.

'이래서야 누군지 전혀 알 수가 없지 않나.'

여우 가면은 임한정을 슬쩍 보고는 최진방을 향해 말했다.

"뒷일은 나에게 맡기고 돌아가시오."

"그럼 난 할 만큼 했으니까 약속한 것을 지킬 것이라 믿겠네."

"알았으니 가시오."

"헤헤, 그럼 난 이만."

최진방이 가자 이곳에는 임한정과 여우 가면, 둘만이 남았다. 여우 가면은 잠시 말없이 있다가 임한정에게 물었다.

"제 가면 안의 얼굴이 궁금하시겠지요?"

임한정은 고개를 끄덕였다.

"가면 안의 얼굴뿐만 아니라 왜 가면을 쓰고 있는지도 궁금하네."

"그 의문은 제 얼굴을 보시면 아시게 될 것입니다."

여우 가면은 손을 들어 가면을 잡고는 말을 이었다.

"최진방에게도 제 얼굴을 보인 적은 없습니다. 함께 일하긴 하지만 그를 동료라 볼 수는 없으니까요. 하지만 특별히 임 장문인에게는 보여드리지요."

당연히 정체를 숨길 줄 알았던 임한정은 의외라는 생각을 했다.

"어째서인가?"

"그야 임 장문인께서는 최진방과는 달리 우리와 생사를 함께할 것이라 믿기 때문이지요."

말을 마침과 동시에 여우 가면은 가면을 벗었다. 임한정은 드러난 얼굴을 보고 놀랐다. 그가 여우 가면을 만나는 것은 이번이 처음이었지만, 장소산을 통해 여우 가면의 무공이 대단하다고 들었다. 그래서 당연히 중년 이상이라고 예상했었는데, 생각보다 훨씬 나이가 어린 젊은이였기 때문이다.

여우 가면은 웃으며 임한정에게 물었다.

"제 얼굴이 생각나지 않으십니까?"

듣고 보니 확실히 어디서 본 얼굴 같았다. 임한정은 기억을 더듬어 누군지 떠올릴 수 있었다. 그 순간 그는 엄청난 충격을 느꼈다.

"유자건!"

유자건, 무당파의 삼대제자이자 현 후기지수 중에 최고라 불리는 자. 그의 무공은 이미 스승을 능가한 지 오래고, 차기 무당장문이 확실하다고 평가받는 인물이었다.

임한정은 사 년 전 숭산장문인의 자리에 오를 때 무당의 축하 사절로 온 그를 만난 적이 있었다. 확실히 아무리 뜯어보아도 유자건이 분명했다.

"어, 어떻게 네가……."

유자건은 웃으며 말했다.

"아직 놀라시기는 이릅니다. 임 장문을 더욱 놀라게 할 분이 아직 남아 있으니까요."

그는 말을 마치자마자 뒤를 돌아보며 말했다.

"이제 나오십시오."

전각 안의 한 방문이 열리며 한 명의 노도사가 모습을 드러냈다. 임한정은 유자건의 말대로 또다시 놀랐다. 나타난 노도사는 다름 아닌 화산파 장로인 풍파천, 그의 아내 이매산의 사부가 아닌가!

임한정은 며칠 전 무림첩을 받고 화산파 대표로 무림맹에 온 풍파천을 만나 인사를 드리기도 했다. 하지만 설마 여기서 다시 만나게 될 줄이야!

놀라 할 말을 잃고 있는 임한정을 보고 빙긋 웃은 풍파천은 입을 열었다.

"많이 놀란 모양이군."

"예, 예……."

"나 역시 어제까지만 해도 여기서 자네를 만나게 될 줄은 몰랐네. 여기 자건이 날 찾아와 부탁해서 생각지도 않게 나서게 된 것이지."

임한정은 떨리는 목소리로 물었다.

"도대체 어떻게 된 일입니까?"

"우선 앉게."

풍파천은 자신이 먼저 대청마루에 앉았다. 임한정은 사부에게 가르침을 받는 제자마냥 그의 앞에 무릎을 꿇고 앉았다. 풍파천은 한가로운 표정으로 달빛을 바라보며 입을 열었다.

"자, 그럼 어디부터 이야기해야 할까. 그래, 먼저 자네가 이제부터 몸담을 조직의 이름은 천명회라고 하네."

"천명회?"

"그래, 그리고 난 천명회에서 팔 장로 중에 하나를 맡고 있지. 나머지 일곱 명의 장로들도 나처럼 강호에 몸담은 사람이라면 이름만 들어도 알 만한 분들이라네."

임한정은 풍파천의 말에서 다른 장로들도 대문파의 장로나 그에 준하는 사람들이라는 것을 짐작했다. 이 사실은 그에게 큰 혼란을 주었다.

'천명회는 정파란 말인가?'

그는 의문을 참지 못하고 물었다.

"천명회는 어떤 조직이고, 무엇이 목적입니까?"

풍파천은 답했다.

"천명회는 굳이 분류를 하자면 무림맹의 산하 조직이라네."

"예?"

풍파천은 웃으며 말을 이었다.

"뭐, 지금은 무림맹과는 독자적인 길을 걷고 있으니 무림맹에 속한다고 할 수 없겠지만 말일세. 어쨌든 처음 천명회를 만든 것은 바로 무림맹일세."

"어째서 무림맹은 천명회를 만들었습니까?"

"마도를 물리치기 위해서지."

풍파천의 얼굴에서 웃음이 사라지고 진지해졌다.

"지금으로부터 오십여 년 전, 마교의 후예 소요유가 나타나 강호는 혼란에 빠졌네. 어찌어찌해서 소요유를 쓰러뜨리긴 했지만, 사실 우리 정파는 졌다고 할 수 있지."

임한정은 이해할 수 없었다. 분명 소요유는 무언계에게 패해 죽었고, 강호는 평화스러워졌는데 왜 졌다는 말인가?

풍파천은 설명했다.

"소요유는 당시 120세가 넘는 노인이었네. 어차피 몇 년 못 가 죽을 것이었어. 그는 자신의 목숨을 바침으로써 우리가 이겼다고 착각하게 만든 것이었네. 당시 우리가 싸운 것은 소요유와 사파연합이었을 뿐, 정작 마교의 세력은 없었네. 마교의 놈들은 고스란히 남아 천하 각지에 스며들었지. 무림맹은 바로 그 각지에 스며든 마교 세력을 소탕하기 위해 만들어진 것이고."

임한정은 놀라 물었다.

"그렇다면 무언계가 소요유를 이긴 것이 아니라 소요유가 일부러 졌다는 말씀입니까?"

"아니, 무언계가 실력으로 이긴 것은 사실이네. 소요유는 어차피 죽을 것, 자신이 선택한 최고의 적수와 최후의 대결을 벌인 것이지. 하지만 그것조차 우리 정파에게는 수치라 할 수 있네."

"그건 또 어째서입니까?"

"무언계는 정파의 인물이 아니네. 정파의 무공을 익히긴 했지만 사파의 무공도 익혔고, 심지어 마공까지 익힌 인물이었네. 지금은 대부분의 사람들이 그를 영웅 취급하면서 정파의 인물이 당연하다 생각하고 있지만, 그의 사부와 그가 익힌 무공과 그의 과거 행적으로 보면 무언계는 누가 보던 확실히 사파의 인물이야. 생각해 보게, 우리 정파에서 그 누구도 상대가 안 되었던 마교의 고수를 쓰러뜨린 것이 사파의 고수라면 정파의 무공이 사파보다 못하다는 소리밖에 되지 않겠는가."

임한정은 쓸데없는 자존심이라고 생각했지만 풍파천으로서는 참을 수 없는 수치라고 여기는 모양이었다. 대충 고개를 끄덕여 동감을 표시한 그는 계속해서 물었다.

"그 일과 천명회는 어떤 관계입니까?"

"무림맹은 또다시 마교에서 소요유 같은 절대고수가 나오면 큰일이라고 생각했네. 그때도 운 좋게 무언계 같은 자가 나타나 쓰러뜨려 준다는 보장이 없지 않는가. 그래서 마교의 절대고수에게 대항할 만한 정파의 고수를 기를 생각을 하게 되었고, 그래서 만든 것이 바로 이 천명회인 것이네."

임한정은 천명회의 시작은 알게 되었지만 또다시 의문이 생겨났다. 정파의 고수를 기르는 일을 하는 조직이 왜 자신이 맡은 일은 하지 않고 음모를 꾸미고 있단 말인가?

풍파천은 설명을 계속해 나갔다.

"무림맹은 천명회를 만들어 정파에서 뛰어난 고수들을 모아 각파의 무공을 연구하고, 재능있는 아이들을 모아 연구한 무공을 가르치게 했네. 그러나 소요유나 무언계 같은 절대고수를 길러낸다는 것은 결코 쉬운 일이 아니었어. 강한 무공을 만들어내는 일도 어렵지만, 그 무공을 완벽히 익혀낼 재능 있는 아이도 만에 하나 나올까 말까 한 일이었으니까. 지난 오십 년간 대를 이어 무공을 연구하며 수많은 시행착오가 있었지."

풍파천은 돌연 미소를 지었다. 그것은 누구도 해내지 못한 일을 해냈다는 자부심이 담긴 것이었다.

"하지만 우린 결국 해내고 말았지. 그래, 천뢰 그 아이라면 분명……."

"천뢰라고요?"

"현재 천명회의 회주로 있는 아이네. 우리가 만들어낸 최고의 걸작이지."

풍파천은 자랑스런 표정으로 옆에 부복해 있는 유자건을 가리켰다.

"여기 자건이도 우리가 길러낸 작품이라고 할 수 있지. 다른 녀석들보다 훨씬 뛰어난 재능을 보이긴 했지만 천뢰에게는 미치지 못하지."

자랑을 하려던 그는 말이 옆길로 샌다고 느꼈는지 헛기침을 하고는 말을 이었다.

"중요한 것은 그것이 아니야. 우린 수십 년간 무공을 연구했지. 절대고수를 만들기 위해 각파가 가진 절기를 아낌없이 내놓아 공개하여 서로 보여주는 것을 주저하지 않았네. 그러면서 우린 한 가지 깨달음을 얻을 수 있었네."

임한정은 드디어 본론이 나온다는 것을 짐작하며 물었다.

"그것이 무엇입니까?"

"각 문파의 무공은 근원적인 부분에서 결국 똑같다는 것이야."

풍파천은 진지한 표정으로 설명했다.

"정파뿐만 아니라 사파, 아니, 마공이라도 결국 마찬가지야. 오르는 방법은 각기 달라도 결국 같은 산의 정상을 목표로 하고 있다고나 할까? 사람들이 자신의 필요와 여러 가지 이유로 무공을 분류하고 문파를 나눈 것일 뿐이지. 그러나 그것은 오히려 잘못이었어. 쓸데없이 자잘하게 분류함으로써 근본에서 벗어나 오히려 무공이 쇠락하는 결과를 낳고 말았던 것이네."

그의 목소리에서 흥분이 묻어나기 시작했다.

"그 사실을 깨달은 우리들은 생각했네. 이래서는 안 된다. 천하의 모든 무공은 하나로 합쳐져야 한다. 모든 문파가 자신의 절기를 아낌없이 내놓고 서로의 장점과 단점을 연구해야 진정한 무공의 근본에 도달할 수 있다! 그러기 위해서는 천하의 모든 문파들은 다툼을 멈추고 하나가 되어야 한다!"

임한정은 그 말을 듣는 순간 천명회의 진정한 목적을 깨달을 수 있었다.

'강호통일!'

그는 자신도 모르게 손이 떨리기 시작했다. 지금까지 상대를 너무나 얕보고 있었다. 단지 최진방 같은 악당들을 이용해 세력을 키우려는 조직 따위로 생각했었는데, 그것은 너무나 큰 오판이었던 것이다.

'어떡하지? 장소산, 우리가 적으로 돌리려는 상대는 우리가 감당하기에는 너무나 큰 것 같아. 이를 어찌하면 좋단 말인가?'

5

풍파천은 자신들의 계획의 장점을 열성을 가지고 설명했다.

"생각해 보게. 현재 강호의 모습은 강한 무공을 가진 문파가 약한 무공을 가진 문파를 업신여기네. 무공에 뜻을 둔 많은 사람들이 있으나, 원하는 무공을 배울 기회를 얻는 자는 극소수에 불과하네. 소위 절기라고 불리는 뛰어난 무공은 소수가 독점하고 있지. 재능있는 자들이 자신의 재능을 살리지 못하고 삼류에 머무를 수밖에 없으니 실로 안타까운 일이 아닌가!"

그는 임한정을 바라보며 말했다.

"자네가 무공총람을 훔친 경위는 들었네. 그 이야기를 듣고 안됐다고 생각했지. 자네의 행동이 잘못되긴 했지만, 그 내심은 이해가 가네."

임한정은 놀라 고개를 쳐들었다.

"예?"

"그때 자네가 서고에서 발견한 무공총람을 숭산 장문에게 알렸다면, 숭산 장문은 책을 자신이 가져갔을 테고, 당시 일개 말단 제자에 불과했던 자네에게 다신 무공총람을 볼 기회가 없었겠지. 그걸 알기에 다른 사람에게 그 사실을 숨기고 혼자 무공을 익힌 것이지?"

임한정은 고개를 끄덕였다.

"맞습니다."

"만일 숭산파에서 문파의 절기를 제자 모두에게 공개하고 무공총람 역시 얻은 즉시 제자 모두에게 익힐 기회를 주었다면, 자네가 책을 도둑질할 필요도 이유도 없었을 것이야. 안 그런가?"

임한정은 엉겁결에 고개를 끄덕였다. 풍파천은 좋아하며 말했다.

"우리의 계획이 실행되면 이제 자네 같은 일을 겪는 사람은 없어질 것이네. 물론 문파 간의 고하도 없어지고 다툼도 사라지겠지. 이 얼마나 좋은 일인가."

임한정은 마음이 움직이는 것을 느끼며 물었다.

"무공을 공개하면 문파 간의 개성이 사라지지 않을까요?"

"그렇지가 않네. 여전히 각 문파는 자신들의 절기를 제자들에게 가르치면 되네. 단, 자기 문파 제자만이 아닌 무공에 뜻을 두고 찾아오는 모든 무인들에게 가르치는 것이지. 무공에 뜻을 둔 자는 무당의 검술을 배우고 싶으면 무당에 가서 검술을 배우고, 도중 암기술이 필요하다고 느끼면 사천 당문을 찾아가면 되네. 자기가 배우고 싶은 무공, 자기에게 맞는 무공을 찾아 여러 문파의 절기를 원하는 대로 배우고, 문파들은 배우고자 하는 사람들에게 아낌없이 가르침을 주는 것이라네."

"그렇게 되면 문파들이 사라지는 것이 아닙니까?"

"물론 그렇게 되겠지. 그러나 생각해 보게. 내가 말하지 않았던가. 천하의 무공을 나누는 것은 잘못된 일이라고. 그래도 각 문파가 가진 나름대로의 장점과 개성은 이어질 것이네. 문파는 사라지고, 어느 무공을 중심으로 익혔느냐에 따라 류파가 생기겠지. 무당류, 화산류, 신검류 같이 말이야. 이것 역시 생각해 보면 아주 좋은 일이네."

풍파천은 설명했다.

"많은 문파들이 무공을 익히고 연구하기보다 문파의 이익이나 세력 증대에 정신을 쏟고 있지. 그런데 우리 계획대로 문파의 경계를 없애면, 제자들은 특정 문파에 속한 자들이 아니게 되니 문파들은 세력을 기를 수 없네. 자연히 무공을 연구하고 제자를 기르는 데 전념하게 되겠지. 서원이 학문을 연구하고 가르치는 일만 하는 것처럼, 문파들 역시 딴짓할 생각 말고 똑같은 일만 하는 것이네."

임한정이 생각해 보니 정말 풍파천의 말대로만 된다면 좋을 것 같았다. 그의 이야기대로 강호가 평안해지고 모든 무공에 뜻을 둔 사람들이 원하는 대로 무공을 익히는 세상이 된다면, 지금 자신이 장소산과 힘을 합쳐 천명회를 무너뜨리려 하는 것은 잘못된 일이 되고 마는 것이 아닌가.

'진짜로 천명회에 들어가는 것도 괜찮지 않을까? 내가 말을 잘해 장소산을 해치지 않게 하면 꼭 그를 배신하게 되는 것은 아니지 않는가. 아니, 차라리 사실대로 말하고 장소산과 함께 천명회에 들어가는 것도 나쁘지 않을지도……'

그런데 순간 한 가지 의문이 생겨났다.

"최진방은 어떻게 된 것입니까? 그 역시 천명회의 뜻에 찬동하여 일하는 것입니까?"

"그는 어쩔 수 없이 쓰고 있는 인물이네. 사람 수가 부족해서 말이야. 그는 우리의 진정한 목적을 전혀 모르고 있지."

풍파천은 설명했다.

"세상을 위한 높은 뜻을 가진 우리 천명회이지만, 우리의 이상은 최종 단계에 이를 때까지 남에게 함부로 드러낼 수 없네. 자신의 자리가 위협받는다고 생각하는 자들이 적대할 우려가 높기 때문이지. 그러다 보니 실제로 우리 계획을 이루기 위해 움직일 수 있는 인원은 그리 많지가 않다네."

그는 쓴웃음을 지으며 말했다.

"나나 다른 장로들이 정파의 높은 위치에 있지만, 그렇다고 천명회에 속하지도 않은 제자들을 우리 일에 관련지어 일하게 할 수는 없지 않은가."

"그래서 최진방을?"

"최진방에게는 그가 원하는 무공총람을 찾아준다는 대가를 약속하고 쓰고 있지. 뭐, 우리의 이상이 이루어질 때 모든 무공이 공개될 것이니 무공총람 역시 예외가 아니지. 그렇다면 무공총람을 수백 권 준다 해도 아무래도 상관없이 않겠나. 하하, 최진방은 우리의 이상이 이루어지는 순간, 지금까지 헛고생했다는 사실을 깨닫고 땅을 치며 통곡하겠지."

풍파천의 설명에 의해 임한정은 생각보다 천명회의 조직이 크지 않다는 사실을 눈치챌 수 있었다. 천명회에는 대문파의 높은 인물들이 소속되어 있긴 하지만, 개인 차원에 불과하고 문파 자체는 속해 있지 않은 것이다.

'그렇군! 천명회는 무림맹에서 각 문파의 뛰어난 고수 몇 명을 모아 만든 조직, 단지 무공을 연구하고 가르치는 일을 하던 곳이니 많은 수가 있을 필요가 없다.'

임한정은 다른 것을 물어보았다.

"그럼 개방의 일은 어떻게 된 것입니까?"

"그건 우리의 계획의 일부이지."

풍파천은 아무 생각 없이 말해주려 했다. 그런데 그때 옆에 있던 유자건이 입술을 움직였다. 그제야 풍파천은 자신이 너무 많은 것을 이야기했다는 것을 깨닫고 헛기침을 했다.

"자세한 사항은 자네가 천명회에 가입하여 일을 하면 자연히 알게 될 것이네."

임한정은 다시 물었다.

"제가 알고 짐작하기로, 천명회는 개방장로 심경초를 지원하여 현 방주 사공방을 몰아내고 그를 방주로 세우려 했습니다. 그렇게 해서 심경초가 방주가 되면 그를 천명회에 가입시켜 개방을 세력 하에 두려 한 것이 아닙니까?"

풍파천은 고개를 끄덕였다.

"대충 맞네."

"그렇다면 혹시 이번 마교 사건도 천명회가 배후에 있는 것이 아닙니까?"

풍파천은 웃음을 터뜨렸다.

"자네, 생각보다 훨씬 총명하군. 그래, 맞네. 우리가 조종한 것이네. 하지만 정말 마교 세력이 각지에 숨어 있는 것은 맞아. 우리가 마교 행세를 해서 사건을 일으키자 마교에서도 조사를 하기 위해 사람을 파견했더군. 우리는 이 기회에 무림맹과 천하문파를 움직여 마교 세력을 발본색원할 것이네. 이는 우리 이상을 위해서이기도 하네. 적을 앞에 두고 천하 문파는 힘을 합칠 것이고, 이는 우리가 꿈꾸는 문파 통합으로 통하는 밑거름이 될 것이네."

임한정은 순간 머리 속이 싸늘해지는 것을 느꼈다. 분명 풍파천의 말대로 되면 좋은 일이다. 하지만 목적을 위해서 아무 수단이나 행하는 것이 과연 옳은 일일까?

'최진방 같은 악인과 손을 잡고, 개방에 반란을 일으키고, 마교 흉내를 내어 죄없는 사람을 살해했다. 이러고도 옳은 일을 하고 있다고 말할 수 있단 말인가? 풍파천에게 물어보면 분명 이상을 위해 어쩔 수 없는 희생이라고 대답하겠지.'

자신의 경우가 떠올랐다. 그 역시 어쩔 수 없다고 생각하며 최진방과 손을 잡고 숭산 장문인을 해치고 장소산을 가두었다. 그래서 그 결과가 어떤가? 바로 지금 자신의 모습이 아닌가!

'천명회의 일은 분명 잘못되었다. 그들의 뜻대로 하게 두어서는 안 된다. 그래, 더 이상 현실에 어려움을 두려워하여 진실을 외면하지 말자.'

임한정은 장소산과의 약속을 지키기로 결심을 다졌다. 천명회가 정파들의 모임이 아닌, 정파에 속한 일부 잘못된 생각을 가진 자들의 모임이라면 승산이 없는 것도 아니다. 생각을 정한 그는 고개를 숙이고 말했다.

"풍 장로님을 따르겠습니다. 부디 잘 가르쳐 주십시오."

풍파천은 임한정이 천명회에 들겠다고 하자 기뻐하며 어깨를 두드렸다.

"잘 생각했네. 내가 곧 손을 써 회주를 만나게 해주지. 그를 만나 정식으로 가입 절차를 거치면 자네는 우리의 동료가 되는 것일세. 참, 그 전에 자네의 심복지환을 제거해야겠지."

그는 유자건을 돌아보고는 말했다.

"장소산을 제거하는 일은 너에게 맡기겠다. 할 수 있겠지?"

유자건은 고개를 숙이며 답했다.

“맡겨만 주십시오.”

“아, 그 일은 잠시 기다려 주십시오.”

장소산이 죽게 놔둘 수는 없다. 임한정은 재빨리 끼어들었다.

“장소산 일은 굳이 천명회의 손을 빌리지 않아도 됩니다. 그냥 저에게 맡겨주십시오. 제가 알아서 처리하겠습니다.”

풍파천은 의아해하며 물었다.

“그 녀석은 자네의 골칫거리 아닌가. 그 녀석이 사 년 전 일을 떠벌리고 다니면 곤란할 텐데 왜 죽이지 말라는 건가?”

“떠벌리고 다닐 인간이라면 진작에 떠벌렸겠지요. 그는 걱정할 필요가 없습니다. 제가 골치 아파 하는 사람은 장소산보다 오히려 최진방입니다. 절 자꾸 귀찮게 하니까요.”

풍파천은 그 정도 설명만으로는 납득할 수 없는 모양이었다. 표정에 의구심이 가득한 것을 보자 임한정은 할 수 없이 준비해 둔 거짓 이유를 꺼냈다.

“사실 장소산 녀석은 제 딸을 좋아하고 있습니다. 그러니 장인이 될 저에게 나쁜 짓을 할 리가 없지요.”

풍파천뿐만 아니라 유자건 역시 깜짝 놀라는 표정이었다. 풍파천이 벌린 입을 간신히 다물고 물었다.

“일이 그렇게 되었는가? 그것참, 놀라운 일이군.”

“장소산은 아직 어리지만 개방에서 손꼽히는 젊은 인재입니다. 이 점을 이용하면 저에게 해가 되기는커녕 큰 도움이 될 것입니다. 물론 우리 천명회를 위해서도 말이지요.”

임한정은 말하며 속으로 생각했다.

‘이렇게 말해두면 나중에 다른 문제가 생기더라도 날 봐서 장소산을

해치지 않겠지.'

풍파천은 고개를 끄덕였다.

"알겠네. 그 일은 자네가 알아서 하게. 나중에 천명회의 힘이 필요하면 얼마든지 부담 갖지 말고 말하게. 그리고 오늘 만남은 누구에게도 말하지 말게나. 자네 부인이자 내 제자인 매산이나 딸인 예정이도 예외가 아니네."

"명심하겠습니다."

나중에 회주와의 만남을 주선하기로 하고 임한정은 물러났다. 그가 가고 둘이 남자 유자건이 입을 열었다.

"좀 이상하군요."

풍파천이 물었다.

"뭐가 말인가?"

"딸과 좋아하는 사이니 장소산을 놔두겠다니. 제가 임한정 입장이라면 찜찜해서라도 절대 딸과 만나지 못하게 할 텐데 말입니다."

풍파천은 허허 웃고는 말했다.

"너야 자식이 없지 않은가. 혼인도 안 한 네가 아비 심정을 알 리가 없지. 장소산은 확실히 인재라고 할 만한 인물이니 예정이의 남편으로 그다지 손색이 없다. 잘만 하면 나중에 개방방주로 밀 수도 있고 말이야. 거지란 점이 걸리긴 하지만 장인이 부자니 별 문제도 아니고 말일세."

"과연 그럴까요? 저라면 자신의 치부를 아는 인물을 가까이서 계속 보면 신경 쓰여서 참지 못할 것 같데요."

"허허, 그게 딸을 둔 아비와 혼자인 젊은이의 생각 차이겠지."

"자식이 없는 것은 장로님 역시 마찬가지지 않습니까."

"나야 자식 대신 제자가 있지."

유자건은 풍파천을 흘긋 보았다. 그는 이렇게 묻고 싶었다.

'그래서 딸 같은 제자의 남편인 임한정을 마냥 좋게 보시는 겁니까? 회의 비밀까지 대부분 털어놓고요?'

마음속의 말을 속으로 삼키고 유자건은 임한정이 간 방향을 바라보았다.

第二十一章

위기

최진방은 기분이 날아갈 것 같았다. 임한정을 여우 가면에게 안내해 준 바로 다음날 아침, 자리에서 일어나 보니 머리맡에 무공총람 수비편이 놓여 있는 것이 아닌가?

"호리 녀석이 왔다 갔구나!"

자신도 모르게 왔다 갔다는 것이나, 호리 유자건이 맘만 먹으면 자고 있는 자신을 죽일 수 있었던 사실 따위는 무공총람을 얻은 기쁜 마음에 전혀 신경 쓰지 않았다. 그저 최소한 며칠 걸릴 것이라 생각했던 무공총람을 이렇게 빨리 받을 수 있었다는 사실이 기쁘고, 또 기쁠 뿐이었다.

최진방은 우선 무공총람 수비편이 진짜가 맞나 확인에 들어갔다. 지금까지 몇 권이나 되는 무공총람을 보아왔기에 금방 진본이라는 사실을 알 수 있었다. 무엇보다 오절신군이 가지고 있던 다섯 권의 무공총람과 필적이 똑같았다.

"신법편, 내공편, 수공편, 권편에 이어 수비편을 얻었으니 이제 난 다섯 권의 무공총람을 얻은 셈이다. 하하하, 이제부터 내가 바로 오절신군이다!"

흥이 난 최진방은 살고 있는 초가집 문을 열고 마당으로 뛰어나왔다. 신이 나서 덩실덩실 춤을 추던 그는 문득 배고픔을 느꼈다.

"쓥, 일단 밥부터 먹어야겠다."

원래 이 집은 무림맹 내에서 농사짓고 살고 있던 농사꾼을 죽여 파묻고 차지한 집이었다. 이곳에서 최진방은 지난 일주일 동안 일반 농사꾼처럼 살고 있었다. 그는 평소처럼 부엌으로 가서 밥을 하려다가 문득 다른 생각이 들었다.

"오늘 같은 날 보리밥에 푸성귀나 먹을 순 없지."

지난 일주일간 빈곤한 식사만 해온 터였다. 지금까지는 남에게 주목을 받을까 봐 사 먹는 것을 자제하고 집에서 먹고 살아왔지만, 한 번 생각이 떠오르자 고기와 술이 엄청나게 땡겼다.

"그래, 오늘 같은 날은 제대로 먹어줘야 하는 거야."

생각을 정한 최진방은 방으로 들어가 농사꾼의 옷을 벗고 서생의 옷을 입었다. 얼굴에 묻은 흙먼지를 깨끗이 씻고, 적당히 수염을 달자 영락없는 늙은 선비가 되었다.

"좋아, 가자!"

최진방은 콧노래를 부르며 길을 나섰다. 그가 향한 곳은 무림맹 내의 유명한 음식점인 영웅루라는 곳이었다. 그는 고기와 술을 시켜 신나게 먹고 마셨다. 원래 적당히 먹을 생각이었지만, 오랜만에 기름진 음식과 향기로운 술을 먹고 마시게 되자 자신도 모르게 한도를 넘게 마시고 말았다.

'대낮부터 뭐 하는 짓인지… 쯧쯧.'

점소이는 그런 최진방을 보고 속으로 혀를 찼다. 새로운 손님들이 들어왔고, 점소이는 즉시 달려갔다.

"어서 오십시오."

인사를 하며 점소이는 들어온 남녀를 살폈다. 남자는 거지 같은 차림새에 돈 없는 티가 팍팍 났지만, 동행한 소녀는 척 봐도 귀한 집 딸이라는 것을 알 수 있었다.

"오라버니, 여기서 파는 구운 오리가 정말 맛있대요."

소녀의 말에 남자는 입맛을 다셨다.

"그것참, 맛있겠군. 하지만 자꾸 얻어먹기 미안한데."

"호호, 난 괜찮으니까 얼마든지 얻어먹으세요."

남녀의 말에 점소이는 남자가 여자 잘 만나 팔자 고쳤다고 생각했다.

'얼굴도 예쁜 여자애가 뭐가 좋다고 저런 녀석에게 넘어간 걸까? 정말 세상은 요지경이라니까.'

이 두 남녀는 다름 아닌 장소산과 임예정이었다.

장소산은 무림맹에 와서부터 지금까지 낮에는 늘 임예정과 놀러 다니고 있었다. 처음에는 그냥 임예정에게 끌려서 어쩌다 보니 함께 다니게 되었지만, 나중에는 자신도 그녀와 다니는 것을 즐기게 되었다. 왜냐하면 그녀와 같이 다니면 평소에는 꿈도 못 꿔볼 비싼 음식을 실컷 얻어먹을 수 있기 때문이었다.

"자, 어서 들어가요."

임예정의 손에 이끌려 장소산은 이층 자리에 앉았다. 그런데 그의 눈에 거슬리는 사람이 하나 있었다. 술 냄새를 풀풀 풍기는 근처 자리의 노인이었다.

'어? 저 사람은?'

어디서 본 듯한 얼굴이었다. 장소산은 임예정이 음식을 주문하는 동안 유심히 얼굴을 살폈다. 마침내 노인의 정체를 알아차린 순간, 그는 심장이 털컥 내려앉는 기분이었다.

'최진방이잖아!'

변장을 하긴 했지만 장소산과 최진방이 어디 보통 관계인가? 곧 변장 속에 진짜 얼굴을 알아볼 수 있었다. 장소산은 혹시나 최진방이 자신을 알아볼까 급히 고개를 돌렸다.

"왜 그래요?"

임예정이 이상해하며 물어왔다. 장소산은 급히 손을 저었다.

"아무것도 아니야."

뒤의 눈치를 살피니 최진방은 자신의 존재를 눈치채지 못하고 홀짝거리며 계속해서 술을 마시고 있었다. 그러면서 무슨 좋은 일이 있는지 틈만 나면 피식피식 웃곤 했다.

'술에 취했군.'

장소산은 마음이 안정되는 것을 느꼈다. 최진방의 상태로 보아 자신을 알아볼 가능성은 적었다. 설사 자신을 알아본다 해도 별로 위험은 없어 보였다.

'무공이 나보다 위일지는 몰라도 저렇게 취해서야……'

여유가 생긴 장소산은 최진방을 관찰했다. 최진방 같은 인간이 좋은 일을 하고 다닐 리가 만무하고, 어쩌면 자신에게 해가 될 일을 꾸미고 있을지 모른다.

　‘그러고 보니 임한정이 최진방에게 협박당하고 있다 했으니 최진방이 여기 무림맹 내에 있는 것이 당연한 일이었군. 설마 여기서 이렇게 만나게 될 줄은 몰랐지만. 그런데 왜 여기서 술을 마시고 있는 것일까? 누굴 만나기로 했나?’

　그는 아직 천명회에 대해 임한정에게 듣지 못했다. 오늘밤 만나서 이야기하기로 임한정과 약속이 되어 있었다. 그래서 아직 천명회의 정체나 최진방과의 관련을 전혀 모르는 상태였다.

　“아는 사람이에요?”

　장소산이 자꾸 뒤를 곁눈질하자 임예정이 물어왔다. 장소산은 조용히 하라고 손가락을 입술에 대고는 말했다.

　“중요한 일이 생겼으니까 넌 그만 돌아가라.”

　혹시나 최진방에게 나쁜 짓을 당할까 봐 돌아가라고 한 것이었지만, 사정을 모르는 임예정은 쉽게 납득하지 못했다.

　“무슨 일인데 그래요?”

　장소산은 최진방이 혹시 들을까 임예정의 귀에 대고 작은 소리로 속삭였다.

　“저 사람은 유명한 악인이야. 저자가 무슨 일로 무림맹 안에 들어와 있는지 알아봐야겠다.”

　악인이라는 말에 임예정은 최진방을 유심히 살폈다. 그녀는 오 년 전 최진방에게 억류되어 있던 부모를 구하기 위해 장소산과 동행한 적이 있었다. 그때 최진방의 얼굴을 몇 번 보기는 했지만, 오래전 일이라 기억이 가물가물하고 변장까지 하고 있어 그를 알아볼 수는 없었다.

　“이름이 뭔데요?”

　“그냥 그런 사람 있어.”

장소산은 문득 떠오르는 생각이 있어 임예정에게 다시 말했다.

"무림맹 서고에 가면 내 일행인 여 파파라고 있을 거야. 그 사람에게 내가 중요한 일이 있으니 여기로 와달라고 전해줄래?"

"알았어요."

임예정은 고개를 끄덕이고는 품에서 은자를 꺼내 장소산에게 주고는 일부러 들으라는 듯 말했다.

"어쩜 그럴 수가 있어요? 내가 당신에게 얼마나 잘해주었는데! 다신 당신 얼굴 보고 싶지 않아요!"

그리고는 화가 난 것처럼 쿵쿵거리며 영웅루를 뛰어나갔다. 장소산은 속으로 피식 웃고는 계속 최진방을 관찰했다.

반 시진이 흘러갔다. 술에 취한 최진방은 식탁에 엎드려 코를 골며 자기 시작했다. 점소이가 눈살을 찌푸리며 깨우려 하자 장소산은 임예정이 주고 간 은자를 주며 막았다.

"가만 두시오."

이유는 모르지만 공돈이 생긴 점소이는 좋아하며 최진방을 건드리지 않았다. 다시 어느 정도 시간이 흐르자 임예정의 연락을 받은 수초가 들어왔다. 장소산은 즉시 일어나 수초와 함께 영웅루를 나왔다.

"왜 불렀지?"

수초의 물음에 장소산은 말했다.

"변장 좀 시켜주시오."

"누구로?"

"아무나 날 못 알아보게만 해주시오."

"얼마 줄 건데?"

"천마산에서 영물의 내단을 독차지하고 아직도 부족하단 말이오?"

수초는 투덜거리며 장소산을 끌고 골목길로 들어갔다. 잠시 후 화려한 공자의 모습으로 변한 장소산이 모습을 드러냈다.

'이 정도면 최진방이 절대 날 알아볼 수 없겠지.'

변장한 장소산은 수초와 헤어져 다시 영웅루로 들어갔다. 점소이는 그가 장소산인지 모르고 맞이했고, 장소산은 다시 최진방 근처에 앉아 술을 시켰다.

시간이 흘렀다. 시간은 어느새 저녁이 되었고, 영웅루에는 많은 손님들이 몰려들어 자리가 부족하게 되었다. 점소이는 계속해서 자리를 차지하고 있는 최진방을 흔들어 깨웠다.

"손님, 그만 일어나시지요."

최진방은 고개를 쳐들고는 주변을 두리번거렸다. 날이 어두운 것을 깨달은 그는 머리를 긁적거렸다.

"벌써 이렇게 됐나?"

자신이 너무 기분을 냈다고 생각한 그는 자리에서 일어났다.

'어서 돌아가 새로 얻은 무공총람을 읽어봐야지.'

최진방은 계산을 치른 후 영웅루에서 나왔다. 장소산은 슬그머니 일어나 그의 뒤를 따랐다. 앞서 가던 최진방은 이리저리 비틀거리다가 골목길에서 주저앉아 버렸다.

"저런, 괜찮으십니까?"

장소산이 다가가 물어보았다. 최진방은 손을 저으며 말했다.

"난 됐으니까 가던 길이나 가게."

"어르신이 술을 너무 많이 하신 모양입니다. 제가 부축해 드리지요. 집이 어딥니까?"

자연스럽게 말을 걸며 장소산은 최진방을 일으켜 세웠다. 부축해서 걸어가며 그는 슬그머니 최진방의 품을 뒤져 보았다. 빈틈이 보이니 자연스럽게 손이 들어가게 된 것인데, 품속에 책 한 권이 만져졌다.

‘오호라~’

보통 중요한 물건이 아니라고 손끝의 감각이 말해주고 있었다. 예전에 최진방으로부터 무공총람 신법편을 훔쳤을 때가 생각난 장소산은 자신도 모르게 히죽 웃었다.

‘이건 삼 년간 날 괴롭혔던 위자료로 받아야겠다.’

소매치기 실력을 발휘하여 장소산은 재빠른 손놀림으로 최진방의 품에서 책을 빼내었다. 그런데 이게 웬일인가? 책을 꺼내 품에 넣으려는데 탁 하고 걸리는 것이 아닌가?

‘헉!’

책에는 끈이 달려 최진방의 허리에 묶여 있었던 것이다. 장소산이 책을 빼내는 것과 동시에 최진방의 허리가 조여졌다. 장소산은 당황했고, 순간 최진방과 눈이 마주쳤다.

“아, 저, 이거…….”

최진방의 노한 외침이 터져 나왔다.

“이 도둑놈!”

2

최진방은 예전에 장소산에게 신법편을 도둑맞은 일을 교훈 삼아 다시는 그런 일을 당하지 않게 조치를 취해놨던 것이다. 책을 도둑맞을 뻔했다는 분노에 그는 이것저것 생각할 틈도 없이 주먹을 뻗었다.

장소산은 급히 뒤로 물러나며 주먹을 피했다. 하지만 손은 여전히 책을 잡고 있는 상태였다. 손을 놓아 책을 포기하자니 아까웠던 것이다.

"책을 놔라!"

최진방은 외치며 달려들어 수공편의 무공으로 공격했다. 그러나 수공편이라면 장소산도 잘 아는 무공이라 어렵지 않게 피할 수 있었다. 덕분에 여유를 되찾은 그는 반격에 나서 책을 잡아당기며 세 번 연속으로 걷어찼다.

둘은 순식간에 십여 초를 싸웠다. 장소산이 책을 잡고 있던 덕분에 둘은 항상 일정 거리를 유지했다. 장소산은 한 손으로 책을 잡느라 쓰지 못했지만 틈날 때마다 잡아당겨 최진방의 균형을 무너뜨렸다.

최진방은 상대의 무공이 예상보다 훨씬 강하자 다급해졌다. 평소 때라도 이길 수 있을지 자신할 수 없을 정도인데, 술기운에 머리가 어지럽고 책과 연결된 끈이 허리를 당겨 자신있는 신법을 펼칠 수가 없으니 상황은 더욱 안 좋았다. 끈을 끊는 편이 싸우기 편하다는 것을 알았지만 책을 빼앗길까 무서워 그렇게 하지 못했다.

장소산은 싸움이 자신 쪽으로 유리하게 전개되고 있다는 것을 알게 되자 신이 났다. 이 기회에 최진방을 쓰러뜨려야겠다고 생각한 그는 더욱 맹렬히 공격했다. 최진방은 이러다간 자신이 패할 수밖에 없다는 것을 느꼈다.

"이 도둑놈아, 네놈은 대체 누구냐?!"

장소산은 실실 웃으며 생각나는 아무 이름이나 갖다 댔다.

"한중평이오."

최진방은 깜짝 놀라며 소리쳤다.

"마교도 놈이었구나!"

최진방이 한중평을 아는 것이 조금 의외이긴 했지만 장소산은 신경 쓰지 않고 공격을 계속했다. 이제 십여 초만 더 공격하면 최진방을 쓰러뜨릴 수 있을 것 같았다. 그런데 그때 이대로는 도저히 안 되겠다고 생각한 최진방이 끈을 풀고는 뒤로 몸을 날렸다. 그는 놀라운 신법으로 순식간에 뒤의 벽을 타고 지붕 위로 올라갔다.

"이놈아, 금방 책을 되찾으러 올 테니 각오하고 있어라!"

"그러지 말고 그냥 지금 해결 보는 것이 어떻겠소."

장소산은 말하며 최진방을 따라 지붕 위로 올라갔지만, 최진방은 그 사이 지붕들을 뛰어넘더니 골목길 속으로 사라져 버렸다.

"쳇, 정말 잽싸군."

빼앗은 책의 표지를 보니 무공총람 수비편이라고 적혀 있었다. 비록 놓치긴 했지만, 숙적이라 할 수 있는 최진방과 싸워 이기고 무공총람까지 얻게 되자 기분이 좋았다.

'오늘은 운수대통이로구나!'

장소산은 하늘을 올려다보며 통쾌하게 웃었다. 시간이 많이 흘렀다는 것을 깨달은 그는 슬슬 임한정과 만날 준비를 해야겠다고 생각하며 묵고 있는 전각으로 돌아갔다.

한편, 도망치는 최진방은 미치고 환장할 것 같았다. 사 년 전에는 장소산에게 신법편을 도둑맞고, 점혈편과 퇴편을 거의 다 손에 넣었다가 놓쳤다. 그런데 오늘은 또 자신의 것이 된 수비편을 마교도 놈에게 빼앗기다니!

'난 왜 이리 재수가 없단 말인가!'

당장이라도 한중평을 찾아가 해치우고 책을 되찾고 싶었지만, 솔직히 이길 자신이 없었다. 고민하던 그는 도와줄 사람을 생각해 냈다. 바로 여우 가면, 호리였다.

'상대가 마교도라면 그가 나설 수밖에 없겠지.'

속으로 계산을 굴린 최진방은 호리가 지내고 있는 은신처에 뛰어들며 소리쳤다.

"이보게 호리, 큰일났네!"

그러나 그곳은 텅 비어 있었다.

"이 녀석은 어딜 가고 없는 거야!"

발을 동동 구르고 있는데 갑자기 뒤에서 인기척이 느껴졌다. 최진방은 호리가 온 줄 알고 좋아했다가 처음 보는 두 남녀가 있는 것을 보고 흠칫 놀랐다.

"당신들은 누구요?"

그러자 남녀 중 남자가 반문했다.

"그러는 당신은 누구십니까? 천명을 받고 온 사람이오?"

익숙한 천명회의 암호가 나오자 최진방은 안도하고는 고개를 끄덕였다.

"맞소, 마를 멸하러 왔소."

"아, 당신도 천명회 분이셨구려. 그런데 여우 가면은 어디 갔나?"

"내가 왔을 때는 이미 없었소."

두 남녀를 천명회 사람이라고 판단한 최진방은 급한 대로 책을 되찾는 일에 이 둘을 이용하기로 마음먹었다.

"두 분이라도 오셨으니 참으로 다행이오. 마교의 한중평이 이곳 무림맹에 나타났소."

남자는 깜짝 놀라고는 물었다.

"그를 봤습니까?"

"좀 전까지 그와 싸우다 왔소이다."

남자는 웃고는 말했다.

"용케도 무사하셨구려. 노인 분의 무공이 훌륭하시군요. 성함이 어떻게 되십니까?"

"최진방이라고 하오. 두 분은……."

"난 호풍(虎風), 옆의 소저는 마각(馬角)이라고 부르시오."

본명이 아니었지만 지금까지 만난 최명회 사람들은 모두 이름 대신 동물로 호칭했기에 최진방은 이상히 여기지 않았다. 아니, 지금은 그런 것을 생각할 겨를이 없었다. 어서 빨리 한중평을 잡아 무공총람을 되찾아야 하는 것이다.

"이야기는 나중에 나누기로 하고, 지금은 어서 한중평을 추격합시다. 그를 놓치면 큰일이오."

호풍은 의아해하며 물었다.

"지금 가봐야 한중평은 이미 가고 없을 텐데요?"

"그건 걱정 마시오. 내가 그 녀석에게 특수한 향을 묻혀놓았으니까. 냄새를 따라가면 쫓을 수 있소. 냄새가 흩어지면 찾을 수 없게 되니 서둘러야 하오."

사실 최진방은 사람이 아닌 책에 향을 발라두었다. 잃어버렸을 때를 대비한 또 하나의 조치였던 것이다. 하지만 혹시 상대가 무공총람을 욕심낼까 봐 책을 빼앗긴 일은 꺼내지 않았다.

최진방의 제안에 호풍은 뒤의 마각을 돌아보며 전음을 전했다.

"생각지도 못하게 내가 날 잡으러 가게 생겼군. 어떻게 하면 좋을까?"

마각 역시 전음으로 대답했다.

“어차피 여기 있어봐야 여우 가면을 만날 수 없을 것 같으니 이자를 따라가는 것도 괜찮겠군요. 아무 소득이 없더라도 이자를 잡아가면 헛수고는 아니지 않겠어요.”

이 두 명은 다름 아닌 한중평과 채영신이었던 것이다. 최진방은 둘이 자신을 잡아갈 의논을 하는 줄도 모르고 속으로 생각했다.

‘전음을 할 줄 알다니 이 두 녀석도 호리 못지않게 무공이 대단한 모양이구나. 대단한 고수가 둘이나 되니 한중평을 이기는 것은 어렵지 않겠다.’

향이 흩어져 한중평을 놓칠까 애가 타는 최진방은 한중평을 재촉했다.

“의논은 나중에 하고 빨리 갑시다. 향이 사라지기 전에!”

한중평은 웃으며 고개를 끄덕였다.

“알겠습니다. 그럼 어서 한중평을 잡으러 갑시다. 최 선배께서 앞장서십시오.”

최진방은 경공을 펼쳐 장소산에게 당한 골목길을 향해 달려갔다. 한중평과 채영신도 어렵지 않게 그의 뒤를 좇았다. 골목길에 도착한 최진방은 코를 킁킁거리더니 향냄새를 찾아냈다.

“저쪽이오!”

한중평이 감탄의 말을 했다.

“코가 아주 좋으시군요. 난 아무 냄새도 안 느껴지는데.”

“이 향냄새를 맡도록 훈련을 했으니까. 그 문제는 나중에 이야기하기로 하고 어서 쫓아가기나 합시다.”

셋은 냄새를 쫓아 달려갔다. 한참 후 그들이 도착한 곳은 다름 아닌 개방 사람들이 묵는 전각이었다. 한중평은 얼굴에 웃음을 지우며 최진방에게 물었다.

"한중평이 여기로 들어간 것입니까?"

"그런 것 같소."

한중평은 혹시나 개방 사람들을 만나면 곤란하다고 생각했다. 그들은 자신의 얼굴을 알고 있을 뿐만 아니라, 진갑이라는 상대하기 곤란한 강적까지 있는 것이다.

"마교도가 개방 사람과 함께 있을 리가 있나. 확실히 여기 들어간 것이 맞습니까?"

"잠시 기다려 보시오."

최진방은 냄새를 확인하느라 여념이 없었다. 한중평은 그를 주시하는 한편으로 혹시나 개방 사람이 나타날까 주변을 경계했다. 그때 잠시 생각에 잠겨 있던 채영신이 전음을 전했다.

"가짜 한중평의 정체를 알 것 같아요."

한중평은 놀라며 역시 전음으로 물었다.

"그게 누구요?"

"장소산이에요."

채영신은 설명했다.

"장소산은 천마산에서도 가신풍으로 변장한 적이 있어요. 이번에도 같은 식으로 최진방을 속였겠죠."

"꼭 그가 변장했다는 법은 없지 않나?"

"최진방과 장소산은 과거에 어떤 일로 엮여 있다고 들었어요. 최진방을 속였다면 상대가 장소산일 확률이 높죠."

한중평은 의아해했다.

"둘 사이에 과거가 있다는 것은 어떻게 알았소?"

채영신이 설명하려고 하는데, 최진방이 좋아하며 말을 걸어왔다.

"냄새를 찾았소. 한중평은 안으로 들어갔다가 나중에 다시 나왔소. 자, 어서 빨리 추격합시다."

한중평은 고개를 끄덕이고는 채영신과 함께 최진방의 뒤를 따랐다.

그 시각, 장소산은 임한정과 만나기 위해 약속 장소로 가고 있었다. 변장을 지우고 전에 만났던 정자에 도착해 잠시 기다리니 임한정이 나타났다. 장소산은 그를 맞이하며 물었다.

"어떻게 잘되었습니까?"

임한정은 고개를 끄덕였다.

"조직에 가입하기로 했네. 놀라지 말게. 그 조직의 이름은 천명회라고 하고 목적은……."

그때였다. 싸늘한 목소리가 울려 퍼졌다.

"배신하셨군요. 실망스럽습니다."

깜짝 놀라 돌아보니 그곳에는 여우 가면을 쓴 유자건이 서 있었다.

3

임한정은 당황했다. 조심한다고 했는데 미행당하는 것을 눈치채지 못하고 있었던 것이다. 그는 떨리는 목소리로 장소산에게 사과했다.

"내가 큰 실수를 저질렀군. 정말 미안하네."

유자건이 말했다.

"그렇게 죄스러워할 필요는 없습니다. 임 장문인의 무공으로 제 기척을 느끼실 수 있을 리가 없으니까요."

그는 장소산을 흘금 보고는 말을 이었다.

"설마설마 했는데 장소산과 손을 잡으실 줄이야. 정말 놀라게 하는군요. 장로님께서 사실을 아시면 실망하실 것입니다."

그는 성큼성큼 걸어 임한정과 장소산 앞에 섰다. 양손을 들어 주먹을 쥐었다 펴며 그는 차가운 목소리로 말했다.

"이왕 이렇게 된 것, 내가 당신 둘을 깨끗이 처리하도록 하지요. 장로님께서 사실을 알아도 절 책망할 순 없으실 겁니다."

장소산은 이를 악물었다. 과연 도망칠 수 있을까? 그는 예전에 보았던 상대가 지붕에서 뛰어내리며 단숨에 강연수 일행을 제압하던 몸놀림을 떠올렸다.

'힘들겠군!'

그는 임한정의 등을 툭툭 치고는 입술을 움직여 전음을 보냈다.

사실 장소산이 전음을 쓰는 것은 처음이었다. 무공총람 심공편에 전음을 쓰는 법이 적혀 있기는 했지만 내공을 운용하는 요령이 부족해 완전히 익히지 못했다. 상황이 어쩔 수 없자 무리를 해서 시도한 것이다.

다행히 알아듣기 힘들긴 했지만 전하고자 하는 말이 전해질 수 있었다.

"오해라고 하십시오. 어떻게든 말로 그의 정신을 붙잡아 빈틈을 만드십시오."

임한정은 살짝 고개를 끄덕이고는 얼굴에 미소를 지었다.

"이보게, 자네가 뭘 오해하는 모양이야. 난 천명회를 배신한 것이 아니네."

유자건은 피식 웃고는 물었다.

"그럼 왜 이런 곳에서 둘이 몰래 만나고 있는 겁니까?"

"그건 여기 소산이도 회에 가입시키려고 그런 것이네. 내가 어제 말했지? 소산이와 우리 예정이가 서로 좋아하는 사이라고."

장소산은 그게 뭔 소리냐고 묻고 싶었지만 지금은 그런 것을 따질 때가 아니었다. 어떻게든 유자건을 쓰러뜨릴 틈을 노려야 했다.

'내가 익힌 수심파는 초일류 고수인 심경초도 일격에 쓰러뜨릴 수 있었다. 저 여우 가면의 무공이 대단하긴 해도 많이 봐줘야 심경초와 엇비슷한 수준일 것이다. 심경초 때처럼 어떻게든 빈틈을 만들어 일격을 먹일 수 있다면 못 이길 것도 없다.'

그는 아까 전에 최진방을 이기고 자신의 무공이 많이 향상되었다고 느꼈다. 자신감이 생기며 충분히 해볼 수 있다고 판단했다.

그러는 사이에도 임한정은 계속 말하고 있었다.

"소산이는 나와 곧 한식구가 될 사람이네. 소산이가 천명회에 들어가 공을 세우면 본인뿐만 아니라 나나 예정이에게도 좋은 일이 아닌가."

유자건은 코웃음 쳤다.

"지금 그걸 변명이라고……."

임한정의 얼굴에서 식은땀이 흘러내렸다.

"믿어줘… 정말일세."

그 순간이었다. 임한정이 재빨리 품에서 총을 꺼내 유자건을 겨누었다. 임한정이 총을 가지고 있는 것은 장소산과 최진방밖에 모르는 사실이었다. 유자건은 아예 총이란 물건의 존재를 본 적도 들은 적도 없었다.

"그게 뭡니……."

그때 총구에서 불꽃이 뿜어져 나왔다.

탕!

"……!"

총알이 인간이 피할 수 없는 속도로 총구를 빠져나와 유자건에게 날아들었다. 그러나 유자건의 무공은 보통이 아니었다. 총구가 자신을 향하고 임한정의 살기를 느낀 순간, 임한정이 방아쇠를 당기는 것과 동시에 반사적으로 고개를 옆으로 돌리며 총구가 가리키는 방향에서 벗어났다. 목표를 잃은 총알은 유자건 뒤에 있는 나무에 박혔다.

"이게 뭐야?!"

피하긴 했지만 하마터면 맞을 뻔했다. 처음 보는 무기의 놀라운 위력과 속도, 거기에 천둥치는 듯한 굉음에 놀란 유자건은 버럭 소리 질렀다. 그런데 그것으로 끝이 아니었다. 그때를 노려 장소산이 전력을 담아 일격을 날려왔다.

"윽!"

이번 것은 피할 수 없었다. 그전 공격에 놀라 빈틈을 만들고 말았기 때문이다. 장소산의 필살의 위력이 담긴 손바닥이 유자건의 가슴에 적중했다.

'이겼다!'

장소산은 환호했다. 그러나 그 역시 판단 실수를 했다. 유자건은 심경초보다 더 강한 고수였던 것이다. 그는 가슴에 공격을 맞는 찰나의 순간에 뒤로 몸을 날렸다. 유자건의 몸은 삼 장이나 뒤로 날아갔다.

"이럴 수가!"

장소산은 깜짝 놀랐다. 설마 그 한순간에 뒤로 몸을 날려 충격을 줄이다니! 그는 급히 임한정의 팔을 잡아끌며 외쳤다.

“도망칩시다!”

“아, 알았네.”

그때 유자건이 벌떡 일어났다. 충격을 줄이긴 했지만 내상을 입고 말았다. 분노로 가면 속의 얼굴이 일그러졌다.

“감히!”

그는 즉시 도망치는 둘을 쫓으려 했지만 바닥을 박차려던 발에 힘이 풀리는 것이 느껴졌다.

‘생각보다 내상이 심하군!’

그렇다고 도망치는 둘을 놓칠 수는 없었다.

‘임한정이 천명회에 대해 떠들고 다니면 곤란하다!’

타격이 있긴 하지만 장소산과 임한정을 쓰러뜨릴 힘은 아직 남아 있었다. 유자건은 내상을 정양하면서 천천히 달려갔다. 둘을 놓칠까 걱정하지는 않았다. 어차피 둘이 어디로 갈지 뻔히 짐작이 가니까.

한편, 전력으로 도망친 장소산과 임한정은 가까운 야산에 숨었다. 밖의 동정을 살피니 유자건의 모습은 보이지 않았다.

‘그래도 그 한 방이 효과가 있긴 했나 보군.’

안도의 한숨을 내쉰 장소산은 임한정에게 물었다.

“이제 어떻게 하면 좋을까요? 놈들에 대해 저보다 잘 아실 테니 생각을 말해주세요.”

임한정은 생각해 보았다. 풍파천과 유자건, 거기다 최진방까지. 이 셋만으로도 감당하기 힘든데, 여기 무림맹 내에 천명회에 속한 또 다른 고수가 얼마나 더 있을지 모른다. 도저히 자신과 장소산, 숭산파의 힘만으로는 감당할 수 없다. 개방의 도움을 얻으려 해도 누가 개방의 배신자인지 모르는 상황에서는 위험이 너무 높다.

"여기 무림맹은 놈들의 소굴이나 다름이 없네. 일단은 여길 빠져나가는 것이 급선무일 것 같네."

"알겠습니다."

임한정은 이어 말을 하려다가 머뭇거렸다. 장소산은 그의 속내를 바로 눈치채고는 말했다.

"제 일행은 제가 없어도 별 문제 없을 것입니다. 그러니 부인과 따님만 구해서 함께 도망칩시다."

가족이 있는 곳에 적들이 기다리고 있을 가능성이 높다. 자신을 위해 위험을 감수하려는 장소산의 배려에 임한정은 고마워했다.

"고맙네."

"어서 서두릅시다."

둘은 숭산파 사람들이 묵는 전각을 향해 전력으로 달려갔다. 눈앞에 전각이 보이는 곳까지 도달했을 때였다. 임한정이 평소와 같은 조용한 전각을 보고 안심하는데, 어디선가 목소리가 들려왔다.

"무슨 일이 있기에 이른 밤중에 이렇게 급히 가시는 겁니까?"

바로 옆에서 귀에 대고 말한 것 같았다. 장소산과 임한정은 깜짝 놀라 발을 멈추었다. 임한정이 주변을 두리번거리며 물었다.

"누군가? 숨어 있지 말고 나서게."

곧바로 대답이 들려왔다.

"전 숨어 있었던 적이 없습니다. 당신들이 절 찾지 못하고 있을 뿐이지요."

장소산이 말했다.

"술래잡기를 하자는 거요? 장난을 좋아하시는 분이군."

"하하, 난 숨어 있지 않다니까. 오른쪽의 나무 아래를 보시오."

시키는 대로 돌아보니 나무 밑에 한 남자가 서 있는 것이 보였다. 장소산과 비슷한 나이의 청년으로, 고급으로 보이는 무복을 입고 있는 것이 무림세가의 자제로 보였다. 여자들이 한눈에 반할 만한 잘생긴 얼굴에 입고 있는 고급의 옷까지, 길에서 지나칠 때도 자연히 한 번쯤은 쳐다보게 될 만한 외모였다.

장소산은 이상하다고 생각했다.

'저렇게 눈에 뜨이고 뻔히 보이는 곳에 서 있는데 왜 보지 못했을까?'

나무 밑의 사람은 앞으로 걸어 나와 임한정에게 인사했다.

"숭산파 임 장문인이시지요?"

임한정은 엉겁결에 고개를 끄덕이고는 물었다.

"그, 그렇네. 당신은 누군가?"

"천명회 회주인 천뢰라고 합니다."

임한정은 소스라치게 놀랐다. 하필 여기서 천명회주를 만날 줄이야! 그의 마음을 모르는지 천뢰는 웃으며 말했다.

"풍 장로님이 빨리 임 장문인을 만나 가입 절차를 하라고 성화서서 제가 직접 오게 되었습니다. 풍 장로님께서 임 장문인을 정말 각별히 생각하시는 모양입니다."

천뢰의 태도를 보니 자신의 배신 사실을 아직 모르는 것 같았다. 잘하면 무사히 넘어갈 수 있겠다고 생각하며 임한정은 고개를 끄덕였다.

"고맙소."

그때 천뢰가 히죽 웃고는 말했다.

"그런데 이렇게 배신하셨다는 사실을 알면 얼마나 슬퍼하실까요?"

“……!”

천뢰는 이미 알고 있었던 것이다. 임한정은 몸을 떨며 뒤로 한 발짝 물러났다. 천뢰가 웃어 보이며 말했다.

“저는 임 장문인을 죽이고 싶지 않습니다. 풍 장로님이 슬퍼하실 일도 그렇지만 인재를 버리고 싶지 않거든요. 무공이 강한 사람이야 많이 있지만, 임 장문인과 같이 경영 능력이 뛰어난 분은 얼마 없으니까요. 솔직히 사과하고 돌아오시면 특별히 용서해 드리겠습니다.”

임한정은 머뭇거렸다. 마음이 흔들려서가 아니었다. 거절을 하는 순간 자신이 죽게 된다는 것을 알고 있었기 때문이다.

“난…….”

그때였다. 임한정의 눈에 천뢰 뒤로 장소산이 이동하고 있는 것이 보였다. 천뢰가 임한정에게 신경 쓰고 있는 동안 슬그머니 뒤로 돌아간 것이다. 장소산은 손짓으로 유자건에게 한 것처럼 총을 쏘라고 신호했다.

총은 유자건에게 한 발 쏜 것이 끝으로 다시 쏘기 위해서는 복잡한 장전 과정을 거쳐야 했다. 하지만 장소산이 공격할 틈을 만들기만 하면 충분하다. 임한정은 총을 꺼내 천뢰를 겨누고 소리쳤다.

“꼼짝 말게!”

천뢰는 웃으며 말했다.

“총이로군요. 그러고 보니 좀 전의 소리가…….”

그때 임한정이 방아쇠를 당겼다. 장전이 안 되어 있다는 것을 모르는 천뢰는 즉시 총구를 피해 움직였다. 그때를 노리고 장소산이 뒤에서 덮쳤다.

‘됐다!’

장소산은 생각했다. 유자건 때보다 더욱 완벽한 기습이었다. 그는 성공을 확신했다. 그런데 그때였다.

'어?'

뭔가가 이상했다. 분명히 천뢰의 등을 노리고 장력을 날리고 있어야 할 자신이 뒤로 날아가고 있었다. 가슴이 뻥 뚫린 것 같은 허전함이 느껴졌다. 천뢰의 웃음 섞인 목소리가 바람에 실려 들어왔다.

"하하, 헛방이로군요. 정말 쏘는 줄 알고 놀랐지 않습니까."

장소산의 몸이 바닥에 털썩 쓰러졌다. 그는 눈을 크게 뜨고 멍청한 모습으로 자신의 가슴을 보았다. 도대체 어떻게 해서 자신이 이곳에 쓰러져 있고, 가슴에서 구멍이 나서 피가 흘러나오고 있는지 이해가 되지 않았다.

"장소산!"

임한정의 놀란 외침이 들려왔다. 이어 천뢰의 목소리가 들렸다.

"저 청년이 장소산이었나요? 듣기로는 재주있는 인물이라고 하던데 실망이로군요."

장소산은 정신이 들었다. 그는 바보가 아니기에 상황을 추리할 수 있었다. 기습은 실패하고 자신은 천뢰의 반격을 맞고 말았다. 자세한 과정은 모르지만 결과로 볼 때 이것이 진실이었다.

고개를 드니 천뢰가 자신을 내려다보고 있는 것이 보였다. 장소산은 자신도 모르게 소리를 지르며 팔다리를 허우적거리며 뒤로 물러났다.

"아아아아!"

지금까지 장소산은 많은 고수를 만났다. 그중 몇몇은 적이 되어 자신의 목숨을 노리기도 했다. 그들 대부분이 그보다 무공이 위였지만 자신이 진다고 생각한 적은 한 번도 없었다. 아무리 상대의 무공이 대

단해도 머리를 굴려 생각해 보면 상대할 방법은 얼마든지 있었기 때문
이다.

하지만 이번만은 달랐다. 강하다! 너무나 강하다! 도저히 이길 방법
도, 도망칠 수단도 생각나지 않았다. 고양이 앞의 쥐처럼 먹히기를 기
다리며 떨고 있을 수밖에 없었다.

장소산은 가슴속 깊은 곳에서 생소한 감정이 솟아오르는 것을 느꼈
다. 생전 처음 절실히 느껴보는 그 감정은 다름 아닌 공포였다.

4

임한정은 장소산을 부축하며 가슴의 상처를 살폈다. 가슴에 구멍이
뚫려 피가 계속해서 나오고 있었다. 목숨이 위태로운 중상이었다.

"가만히 있게."

그는 급히 점혈을 하고 옷을 찢어 상처를 묶었다. 천뢰는 말없이 그
모습을 보고 있다가 입을 열었다.

"방해꾼 때문에 대화가 끊어졌군요. 그럼 다시 하던 이야기를 계속
하기로 하지요."

임한정은 고개를 들고 물었다.

"내가 사죄하고 천명회에 들어가면 이번 일을 용서해 주겠다는 건
가?"

"그렇습니다. 솔직히 저희 천명회는 사람이 부족합니다. 임 장문인
을 죽이는 것은 저희로서도 손해가 큽니다."

"한 번 배신한 나를 어떻게 신용할 수 있지?"

천뢰는 웃으며 대답했다.

“그만한 성의를 보이시면 됩니다. 그렇게만 하시면 이번 일을 깨끗이 잊고 한편으로 받아들이겠습니다. 아니, 아예 나와 자건, 그리고 임장문인 셋만이 아는 비밀로 두고 없었던 일로 하지요.”

임한정은 장소산을 보았다. 식은땀을 흘리는 것을 보니 상태가 위험했다.

“움직일 수 있겠나?”

장소산은 간신히 대답했다.

“그럭저럭입니다.”

말은 그렇게 해도 제대로 움직일 수 없는 상태가 분명했다. 임한정은 생각했다. 지금 상황은 그야말로 절망적이다. 지금은 일단 천뢰의 제안을 받아들이는 척하면서 상황을 모면하는 것이 최선이었다.

“그래, 내가 보여줘야 하는 성의란 것이 뭐지?”

“간단합니다.”

천뢰는 빙긋 웃고는 장소산을 손가락으로 가리켰다.

“지금 당장 당신의 손으로 장소산을 죽이십시오.”

“……!”

놀라는 임한정을 보며 천뢰는 설명했다.

“저야 그냥 용서해 드리고 싶지만, 그런 전례를 남기면 좋지 않지요. 또 혹시나 그런 마음을 다시 먹으면 곤란하고 말이지요. 하지만 당신의 손으로 한편이 되기로 한 장소산을 죽인다면, 다시는 다른 사람과 손을 잡고 우리 천명회를 적으로 돌릴 마음을 먹지 않을 것이라고 믿겠습니다.”

그는 웃으며 말을 이었다.

“사실 별로 주저할 일도 아니지 않습니까? 원래 장소산을 가장 죽이고 싶었던 것은 임 장문인이었을 텐데요. 깨끗이 없애고 과거를 털어 버리십시오. 그는 나의 지력을 맞아 반격할 힘이 남아 있지 않습니다. 그냥 한 대 치면 간단히 저 세상으로 보낼 수 있을 겁니다.”

임한정은 고개를 저었다.

“나는 그럴 수가…….”

그때 천뢰의 말에 머리 속이 울렸다.

“부인과 따님을 생각하셔야죠.”

임한정은 아내와 딸을 떠올렸다. 자신이 죽으면 얼마나 슬퍼할까, 이 험난한 세상을 나 없이 살아갈 수 있을까. 그는 갈등하는 표정으로 장소산과 천뢰를 번갈아 보았다.

장소산은 담담한 눈으로 임한정을 보았다. 자신을 죽일까 고민하는 그를 보고 처음에는 화가 났지만, 생각해 보니 그의 입장이라면 자신이라도 그랬을 것이다.

‘어차피 임한정에게 죽으나 천뢰에게 죽으나 매한가지다. 그렇다면 죽기 전에 좋은 일 한 번 하는 것도 나쁘지 않지.’

그런 생각이 든 장소산은 웃으며 말했다.

“절 죽이십시오.”

그 말을 듣는 순간 임한정은 정신이 번쩍 들었다.

‘내가 지금 무슨 생각을 한단 말인가!’

장소산, 그는 자신과 가족을 구해주었다. 남의 일인데도 자신을 위해 목숨을 걸고 위험을 감수했다. 그에 비해 자신은 어떤가. 은혜를 갚기는커녕 배신하고 그를 괴롭혔다.

‘지금 내가 그를 죽인다면 난 인간이 아니다. 금수보다 못한 인간이다. 나의 아내는 금수의 아내가 되고, 내 딸은 금수의 자식이 된다. 그

런 아비라면 차라리 없는 편이 낫다.'

임한정은 하늘을 올려다보았다. 무수히 반짝이는 별무리가 보였다.

'나는 자식에게 부끄럽지 않은 아버지가 되겠다.'

절로 미소가 지어졌다. 죄를 들킬까 봐 전전긍긍하던 그때와는 정반대로 마음을 정하니 이토록 홀가분할 수가 없었다.

'예정아, 아비는 협을 위해 목숨을 버리겠다. 넌 이런 날 자랑스러워해 주겠지?'

그는 자신의 몸으로 천뢰의 시선을 가리고 품에서 총과 자신이 들은 천명회에 대해 기록한 편지를 꺼내 장소산의 품에 넣었다. 그리고는 나직한 목소리로 장소산의 귀에 속삭였다.

"아내와 딸을 부탁하네."

그리고는 벌떡 일어나 있는 힘껏 장소산을 안고 소리를 지으며 숲 방향으로 달리기 시작했다.

"우아아아아아!"

천뢰는 어이가 없는 듯 그 모습을 보고 있다가 말을 내뱉었다.

"어리석은 짓."

임한정으로서는 필사적으로 생각하고 하는 행동이었다. 이곳은 무림맹 안이다. 자신이 지르는 소리를 듣고 사람들이 몰려나오면 천뢰로서도 곤란해지고, 공공연히 살인을 할 수 없는 것이다.

'제발, 아무나 와줘!'

그때 가만히 보고만 있던 천뢰가 드디어 바닥을 박차고 추격을 시작했다. 그는 놀라운 경공으로 순식간에 임한정의 바로 뒤까지 다가와 태연하게 말했다.

"쓸데없는 짓입니다. 감정을 버리고 이성적으로 생각해 보시길 권합니다.”

다급해진 임한정은 안고 있던 장소산을 힘껏 멀리 던졌다. 그리고는 두 팔을 벌리고 천뢰를 힘껏 껴안으며 외쳤다.

“도망쳐!”

천뢰의 표정이 일그러졌다.

“언제까지 추하게 행동하실 겁니까! 도저히 참아드릴 수가 없군요!”

그는 단숨에 임한정의 머리통을 내려쳤다. 임한정은 머리 속으로 엄청난 기운이 들어와 뒤흔드는 것을 느꼈다. 그는 힘없이 바닥에 쓰러졌다.

‘예정아, 아비는…….’

임한정의 눈에 초점이 사라졌다. 숨을 거둔 것이다. 천뢰는 옷을 털며 투덜거렸다.

“똑똑한 인물인 줄 알았는데 이토록 어리석을 줄이야.”

그때 임한정이 지른 소리를 듣고 근처에 있던 유자건이 달려왔다. 그는 쓰러진 임한정을 보고는 천뢰에게 포권하며 말했다.

“회주를 번거롭게 하여 죄송합니다.”

“아니, 됐어.”

천뢰는 손을 젓고는 고개를 돌렸다. 임한정이 던진 장소산이 저편에 쓰러져 있는 것이 보였다. 임한정은 목숨을 걸고 장소산을 도망치게 하려 했으나 워낙 부상이 심해 몇 걸음 도망쳐 보지도 못하고 쓰러지고만 것이었다.

“흥, 두 놈 다 한심한 놈들이었어. 아직 숨이 붙어 있는 것 같으니 없애 버려라.”

“예.”

대답한 유자건은 장소산 앞으로 걸어가 발을 들었다. 단숨에 밟아 죽일 생각이었다. 그런데 그 순간 한줄기 유성처럼 한 인영이 날아들었다.

"……!"

유자건은 놀라면서도 신속하게 반응하여 공격해 오는 인영에게 일장을 날렸다. 상대 역시 장력을 내뻗었다. 서로의 손바닥이 맞부딪치며 장력이 충돌했다.

"큭!"

평소라면 충분히 막을 수 있었겠지만 유자건은 장소산에게 당해 내상을 입고 있는 상태였다. 그는 상대의 장력을 견디지 못하고 신음을 흘리며 뒤로 다섯 발자국이나 물러설 수밖에 없었다. 인영은 허공에서 한 바퀴 회전하면서 사뿐히 바닥에 내려섰다.

인영의 정체는 바로 한중평이었다. 그는 쓰러진 장소산을 살피고는 웃으며 말했다.

"이거, 내가 아슬아슬하게 늦지 않은 것 같군."

천뢰가 눈살을 찌푸리며 물었다.

"넌 누구냐?"

한중평은 반문했다.

"그러는 당신은 누구신가?"

그때 유자건이 한중평의 인상착의를 보고 전에 받은 보고를 떠올리며 소리쳤다.

"회주, 저자는 마교의 한중평입니다!"

"호오~"

천뢰는 놀란 표정을 짓고는 한중평을 살피며 말했다.

"당신이 소문으로 들은 마교에서 파견한 고수인가? 생각보다 훨씬 젊군."

한중평도 응수했다.

"당신이 소문으로 들은 천명회의 회주인가? 생각보다 훨씬 젊군."

피식 웃은 천뢰는 앞으로 한 걸음 나아가며 말했다.

"자, 어디 마교의 무공이 얼마나 대단한지 보자."

곧바로 한중평의 대꾸가 튀어나왔다.

"싫소!"

"어째서지?"

"이길 자신이 없거든."

천뢰는 웃고는 물었다.

"그럼 어떡할 생각인가? 포기하고 순순히 내 손에 잡히겠는가?"

"그것도 싫소."

"이길 자신도 없고, 잡히기도 싫으면 어떡할 생각인가?"

"도망쳐야지."

천뢰는 히죽 웃었다.

"과연 내 손에서 도망칠 수 있을까?"

그러자 한중평 역시 히죽 웃고는 말했다.

"난 솔직히 당신 손에서 도망칠 자신이 없지만, 당신이 날 놓아줄 수밖에 없다고 자신할 수 있지."

천뢰는 물었다.

"뭘 믿고 큰소리지?"

"바로 이걸 믿고 큰 소리지!"

한중평은 소리치며 나무 위를 가리켰다. 채영신과 최진방이 그곳에

있었는데, 최진방은 이미 제압당해 있는 상태였다. 최진방은 한중평과
채영신을 같은 편이라 믿고 있다가 변변한 반격 한 번 못해보고 잡혀
버린 것이다.

"자, 당신 동료가 죽는 꼴을 보고 싶지 않으면 순순히 물러가시지."

천뢰는 살짝 인상을 썼다. 나무 위에 사람이 있다는 것은 알고 있었
지만, 단순히 숨어 있다 기습할 속셈이라고만 판단했다. 상대가 몇이
든 상대할 자신이 있었기에 신경 쓰지 않고 있었는데, 설마 최진방이
잡혀 있을 줄이야.

"저 사람은 우리 회 사람이 아니네. 그냥 필요해서 쓰고 있는 사람
일 뿐이지."

"아, 그러십니까? 그럼 죽여도 괜찮겠네요. 그럼 죽이죠, 뭐."

한중평의 능글맞은 대답에 천뢰의 표정이 더욱 일그러졌다. 최진방
이 천명회 인물이 아닌 것은 맞지만, 그렇다고 쓸모있는 그를 여기서
죽게 놔두기에는 아까운 것이 사실이다. 하지만 그렇다고 저런 인간
하나 때문에 자신이 물러나야 한다는 것도 기분 나빴다.

'그냥 포기하고 다 죽여 버려?'

그는 계산해 보았다. 눈앞의 한중평이나 나무 위의 채영신, 둘 다 대
단한 고수인 것만은 분명하지만 자신이라면 둘을 동시에 상대해도 충
분히 이길 자신이 있었다. 그러나 상대가 도망친다면 이야기가 다르
다. 한 몸으로 둘을 동시에 잡을 수는 없다. 잡을 수 있는 것은 한 명
뿐……

'최진방과 마교 고수 하나를 맞바꾼다라. 손해는 없지만 지금은 한
명이라도 부릴 수족이 아쉬울 때니… 자건이 내상만 입지 않았어도 둘
다 잡을 수 있었을 텐데.'

한중평이 장소산을 구하러 온 것임을 알고 있었지만, 천뢰는 장소산
은 계산에 두지 않고 있었다. 신경 쓸 가치도 없는 상대였기 때문이다.
고민하던 천뢰는 멀리서 사람들이 달려오고 있는 것을 느꼈다. 아까
전의 총 소리와 임한정이 지른 고함이 근처에 살고 있는 사람들을 깨
운 모양이었다.

'할 수 없군. 지금 싸움을 벌였다가 무림맹 내에 우리의 소문이 퍼
지는 것도 곤란하니. 다음을 기약하기로 할까?'

마침내 결정을 내린 천뢰는 말했다.

"그쪽이 원하는 대로 해주지. 최진방을 이쪽에 넘겨라."

"잘 생각하셨소."

한중평은 말하며 쓰러진 장소산을 들쳐 업고는 채영신에게 손짓했
다. 채영신은 고개를 끄덕이고는 최진방을 던졌다.

"아이고!"

최진방이 하늘로 떠오르는 느낌에 기겁을 하여 비명을 질렀다. 그는
바위가 있는 곳으로 머리를 아래로 하고 떨어지고 있었다. 이대로 놔
두면 바위에 부딪쳐 죽을 것이 뻔했다. 천뢰가 할 수 없이 달려가 최진
방을 받은 다음 돌아보니, 그사이 한중평과 채영신은 장소산을 데리고
사라져 버린 후였다.

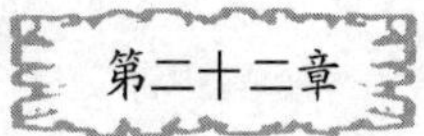

第二十二章

마교

마치 가슴에 불을 붙여놓은 것 같았다. 가슴에서 치솟아오르는 뜨거운 기운이 온몸으로 퍼지며 화끈거렸다. 살가죽을 찢어버리더라도 시원한 공기를 마음껏 마시고 싶었다.

'난 죽은 건가?'

죽어서 저승의 지옥 불에 던져진 것이 아닌가 하는 생각이 들었다. 하지만 그 와중에도 자신이 살아 있다는 확신이 들었다. 주변에서 사람들의 말소리가 들려왔기 때문이다.

웅성웅성하는 정도로만 들릴 뿐이어서 무슨 소리를 하는지 알 수는 없었다. 확실한 것은 자신이 살아 있고, 어딘가로 옮겨지고 있다는 것이다. 마차의 덜컹거림이 느껴졌고, 하루에 한 번씩 누군가가 입을 벌리고 죽을 부어넣었다.

'죽보다 시원한 물을 줘!'

이렇게 소리치고 싶었지만 바싹 마른입이 떨어지지가 않았다. 온몸에 퍼진 화끈거림 때문에 손가락 하나 까딱할 수 없었다. 정신 역시 깼다 잃다를 반복해서 시간이 어떻게 지나는지 알 수가 없었다. 깨어 있을 때도 몽롱해서 꿈인지 현실인지 잘 구별이 가지 않았다.

그렇게 얼마나 시간이 지났는지 모른다. 장소산은 손에서 전해지는 시원한 감각에 정신이 들었다. 기분을 상쾌하게 만드는 시원한 기운이 들어와 화끈거리는 기운을 몰아내고 있었다.

'누구?'

고개를 돌려 확인해 보고 싶었지만 몸이 움직이지 않았다. 시원한 기운은 온몸을 한 번 맴돌더니 사라졌다. 아직도 뜨거운 기운이 온몸에 가득 차 있었지만 전보다 한결 편해진 것을 느낄 수 있었다.

그 후에도 누군가 손으로 시원한 기운을 전해주는 것이 반복되었다. 시간 경과는 알 수 없었지만 장소산은 아마도 하루에 한 번씩 누군가 자신을 치료해 주고 있다는 것을 짐작할 수 있었다.

그렇게 일주일 동안 치료가 반복되었다. 장소산은 자신의 몸속에서 뜨거운 기운이 대부분 사라졌다는 것을 알 수 있었다. 하지만 아직도 몸에는 힘이 없었다. 일주일째 되던 날 장소산의 손을 잡고 기를 넣어주던 사람의 목소리를 처음으로 들을 수 있었다.

"이제 괜찮을 것이네."

장소산은 간신히 입을 열어 물었다.

"…누구십니까?"

그 사람은 대답 대신 장소산의 어깨를 가볍게 두드리고는 사라졌다. 그 후로 다시는 그 사람이 나타나 기운을 넣어주는 일은 없었다.

한결 정신이 또렷해진 장소산은 언제부터인지 모르지만 자신이 마차가 아닌 방 안에 누워 있다는 사실을 깨달았다. 누군가 매일 찾아와 젖은 수건으로 몸을 닦아주고, 죽을 먹여주는 등 시중을 들어주었다. 몸을 부축해 줄 때마다 느껴지는 향기로운 냄새에 상대가 여자라는 것을 짐작할 수 있었다. 그렇게 다시 일주일이 흘렀다.

일주일째, 그러니까 누군가 치료를 해주기 시작한 지 보름째 되는 날 장소산은 마침내 눈을 뜨고 주변 사물을 확실하게 인식했다. 주변을 둘러보니 고풍스런 느낌을 주는 방 안이었다. 대나무가 그려진 족자가 한쪽에 걸려 있고, 사군자가 그려진 병풍이 둘러쳐져 있었다.

"여긴 어딜까?"

장소산은 엉금엉금 기어 이불 속에서 나왔다. 아직 팔다리에 힘이 없어 일어나는 것도 힘들었다. 네 발 달린 짐승마냥 기어서 문을 열고 밖으로 고개를 내밀었다. 화초가 자라고 있는 앞마당이 눈에 들어왔다. 주변에는 아무도 없고 조용하기만 했다.

장소산은 열심히 주변을 두리번거렸다. 담이 있고 담 너머로 건물이 보였다. 아마도 이곳은 본채와 따로 분리된 별채인 모양이었다.

'그런데 어디서 많이 본 것 같은데?'

이상하게 담 너머 건물이 눈에 익는 것이 어디서 봤던 것 같았다. 장소산은 기억을 더듬어 찾아보려 했지만 머리가 지끈거려서 오래 생각할 수가 없었다. 결국 생각하는 것을 포기한 그는 기둥에 몸을 기대고 앞마당을 구경했다.

'여기가 어딘지는 모르지만, 지금까지 날 치료해 준 것을 보면 죽일 생각은 없는 모양이지.'

오랜만에 바깥바람을 쐬자 기분이 좋았다. 장소산은 기둥에 기댄 채 자신도 모르게 꾸벅꾸벅 졸다가 누군가의 목소리를 듣고 정신이 들었다.

"어머, 이제 괜찮은 모양이네요."

고개를 들어 나타난 사람을 쳐다본 장소산은 멍해졌다. 눈앞의 여인은 다름 아닌 설죽산장의 유지정이 아닌가?

"소저가 왜 여기 있는 거요?"

유지정은 살짝 웃으며 대답했다.

"우리 집이니까 여기 있죠."

장소산은 멍청한 표정으로 주변을 두리번거리다 담 너머로 보이는 건물을 다시 보고 입이 벌어졌다. 어디서 본 것 같더라니, 여기가 바로 설죽산장이었던 것이다. 그리고 보니 설죽산장의 하인으로 있을 때 하인들이 함부로 들어가지 못하게 하는 별채가 있었는데, 그곳이 바로 여기인 모양이었다.

"왜 내가 여기 있는 거요?"

유지정은 되물었다.

"전혀 기억이 안 나나요?"

장소산은 곰곰이 기억을 더듬어 보았다. 천뢰에게 당하고 임한정이 자신을 안고 도망쳤다. 그러나 천뢰가 금방 따라잡았고, 임한정이 자신을 던지며 도망치라고 소리쳤다.

"아!"

정신이 든 장소산은 다급하게 물었다.

"임한정, 숭산 장문인은 어떻게 되었소?"

유지정은 담담한 목소리로 대답했다.

"직접 보지는 못했지만 들리는 소식으로는 죽었다고 하더군요."

장소산은 고개를 숙였다. 한때 자신을 함정에 빠뜨린 임한정을 미워하기도 했지만 그는 최후에는 목숨을 걸고 자신을 구해주려고 했다.

'그러고 보니…….'

떠오르는 생각에 품을 뒤져 본 장소산은 안색이 변했다. 분명 임한정은 죽기 전에 총과 편지를 맡겼다. 그런데 지금 보니 품에는 아무것도 없었다. 잘 보니 무림맹에 있을 때 입고 있던 거지 옷이 아닌 깨끗한 옷을 입고 있었다.

장소산은 물었다.

"내가 입고 있던 옷을 어디 있소?"

"그 더러운 옷 말이에요? 이미 버렸죠."

"옷 안에 편지와 그러니까… 쇠로 된 물건 못 봤소?"

"잠시만요."

유지정은 방 안으로 들어가더니 병풍 뒤에서 작은 나무 상자를 가져와 열어 보이며 말했다.

"당신이 가지고 있던 물건은 모두 넣어두었어요."

상자 안에는 돈 몇 푼과 최진방에게 훔친 무공총람 수비편, 전에 심경초를 속일 때 쓴 가짜 단검 같은 잡동사니, 그리고 임한정이 준 총이 있었다. 그런데 정작 편지는 보이지 않았다.

"편지가 없군."

유지정이 말했다.

"당신의 옷에서 나온 것은 이게 전부 다예요. 중요한 편지인가 보죠?"

장소산은 고개를 끄덕였다. 그는 천뢰에게 당할 당시의 일을 곰곰이 생각해 보았다. 임한정에게 던져진 후 그는 몇 발자국 도망쳐 보지도 못하고 쓰러졌다. 이제 죽는구나라는 생각을 하며 의식을 잃었는데…….

'그러고 보니 그때 누군가의 목소리가 들렸다.'

순간 뭔가 집히는 것이 있었다. 장소산은 고개를 들어 유지정에게 물었다.

"어떻게 해서 날 구한 거요?"

"보름쯤 전에 하인들이 달려와 문 앞에 사람이 쓰러져 있다는 거예요. 나가보니 놀랍게도 당신이지 뭐예요. 급히 별채로 옮겼는데 내상이 심하더군요. 아버님의 말씀에 따르면, 무슨 강력한 양강의 지력을 맞은 것 같다고 하셨어요. 흉수의 무공이 실로 놀라워 어중간한 고수라면 일격에 죽었을 거라고, 당신의 내공이 높은 덕분에 살았다고 하시더군요."

장소산은 고개를 끄덕였다. 무공총람 내공편을 익히고, 아복의 내공을 흡수한 덕분에 그의 내공은 일 갑자가 넘었다. 아직 제대로 쓰지는 못하지만 몸 안의 내공만은 대단한 것이다.

유지정이 계속해서 설명했다.

"아버님이 일주일 동안 계속해서 순음의 진기를 불어넣어 주셨어요. 덕분에 몸 안의 화기를 몰아낼 수 있었죠."

장소산은 다시 물었다.

"그렇다면 무림맹에서 날 구해준 사람은 다른 사람이겠군. 그가 날 이곳까지 데려다 놓았고."

유지정은 고개를 끄덕였다.

"무슨 일이 있었는지는 잘 모르겠지만 아마 그런 것 같군요."

"그런데 어떻게 날 여기로 옮길 생각을 했을까? 나와 여기 설죽산장과의 관계를 어떻게 알고."

“글쎄요. 그건 저도 모르겠군요. 어쩌면……."

유지정은 돌연 묘한 웃음을 지으며 장소산을 흘겨보았다.

“혹시 비몽사몽 간에 제 이름이라도 부른 것이 아닐까요?”

장소산은 피식 웃었다. 유지정도 입을 가리고 웃었다. 잠시 웃던 장소산은 표정을 바꾸어 진지한 목소리로 물었다.

“한중평은 어디 있소?”

유지정은 고개를 갸웃하며 물었다.

“한중평이 누군데요?”

“당신과 아는 사람이라 생각하는데 틀렸소?”

“모르겠는데요.”

장소산은 유지정의 얼굴을 똑바로 바라보며 다시 물었다.

“솔직하게 말해주시오. 여기가 마교의 지부인 것이오?”

유지정은 이상하다는 표정으로 장소산을 쳐다보았다.

“통 알 수 없는 소리만 하는군요. 아무래도 좀 더 쉬는 편이 좋겠어요.”

하지만 장소산은 고개를 젓고는 말했다.

“내가 천뢰에게 당해 죽기 직전에 한중평이 날 구해주었소. 정신을 잃기 전에 들은 목소리는 분명 그의 것이었소. 아마 그가 날 이곳에다 옮겨놓았겠지. 마교의 고수가 구한 사람을 맡길 만한 곳이라면, 같은 마교 사람이 있는 곳이라고 생각하는 것이 정상이 아니겠소?”

유지정이 돌연 깔깔거리며 웃었다. 한참을 웃던 그는 눈물을 닦으며 말했다.

“역시 당신을 속이는 것은 보통 어려운 것이 아니로군요.”

그녀는 장소산을 쳐다보며 고개를 끄덕였다.

"그래요. 이곳 설죽산장은 당신들이 마교라고 말하는 사람들이 사는
곳이에요. 저 역시 마교의 사람이고요. 깜짝 놀라셨나요?"

2

장소산은 마교란 말을 듣고도 별로 놀라는 표정이 아니었다. 이제
와서 정파니 마교니 따지고 싶지 않았다. 그냥 덤덤하게 고개를 끄덕
였다.

"그랬군."

유지정은 웃으며 설명했다.

"한중평과 같이 있는 채영신, 그녀는 제가 언니라고 부르는 절친한
사이예요. 예전에 채 언니에게 당신에 대한 이야기를 했죠. 그 일이 생
각난 언니가 당신을 구하고 나에게 맡길 생각을 하게 된 것이죠."

장소산은 고개를 끄덕이고는 말했다.

"정말 감쪽같이 세상을 속이고 있었군. 여기서 하인으로 몇 달이나
일하고도 마교와 관계되어 있는지 꿈에도 몰랐소. 이번 일만 없었다면
영원히 눈치채지 못했겠지."

"그야 그럴 수밖에 없지요. 말이 마교이지, 이곳에서 무공을 익히고
있는 사람은 우리 가족뿐이에요. 마교라 칭하는 나라에서 금지하고 있
는 종교를 믿는 사람도 전혀 없고요. 마교의 후예인 사람과 다른 곳에
서 고용된 사람들이 뒤섞여 살고 있는데, 마교도든 마교도가 아니든 여
기 있는 사람들은 기본적으로 모두 평범한 사람들이죠."

장소산은 의아해하며 물었다.

"그렇다면 마교라고 할 수도 없는 것 같은데?"

"정확히 표현하자면 마교의 후예라고 하는 것이 맞겠죠. 세월이 흐르면서 신앙을 버린 사람들이 많으니까. 아직도 믿음을 가진 사람들은 다른 곳에서 살고 있죠."

유지정의 설명을 들으며 장소산은 생각에 잠겼다. 확실히 그녀의 말대로였다. 이곳에서 몇 달간을 살아봤기에 장소산 본인이 누구보다 다들 평범한 사람들이라는 것을 잘 알고 있었다.

장소산은 다른 것을 물어보았다.

"그런데 왜 날 구한 것이오?"

유지정은 눈을 흘기며 물었다.

"그럼 죽고 싶었나요?"

"그건 아니지만 날 구할 이유가 없는 것 같아서……."

"사람이 사람을 구하는 데는 이유가 필요없는 법이에요."

장소산은 자신도 모르게 웃어버렸다. 확실히 옳고 훌륭한 말이긴 한데, 마교 사람의 입에서 나올 말은 아닌 것 같았기 때문이다.

유지정이 살짝 인상을 쓰며 물었다.

"어, 왜 웃는 거죠? 지금 사악한 마교도가 할 말로는 어울리지 않는다고 생각했죠!"

"미안하오. 아무래도 나 역시 정파 사람이라고 선입견에 사로잡혀 있었던 모양이오."

장소산의 사과에 유지정은 표정을 풀었다.

"좋아요. 솔직하게 말하니 용서해 주지요. 당신을 구한 한 오빠가 말하길 당신이 마음에 들었데요. 그리고 무엇보다 우리의 적인 천명회의 회주가 없애려 하는 인물이니, 죽게 내버려 두는 것보다 구하는 편이 천명회에게 이로움을 주지 않는 것이라고 하더군요."

그녀의 말을 듣는 순간 장소산은 천뢰가 떠올랐다. 가슴속을 파고드는 고통, 그가 자신을 향하던 눈빛……

"허억!"

장소산은 가슴을 움켜잡았다. 유지정이 당황하여 그를 붙잡았다.

"아직도 상처가 아픈가요?"

"괘, 괜찮소."

상처는 확실히 나았다. 장소산이 가슴을 잡은 것은 통증 때문이 아니었다.

"아무래도 방 안에 들어가 쉬는 것이 낫겠군요."

유지정이 그를 부축하여 방 안으로 데려가 눕혔다. 그리고 이불을 덮어주며 말했다.

"우리가 마교라지만, 세상 사람들이 말하는 그렇게 나쁜 사람들은 아니에요. 당신을 해칠 생각은 전혀 없으니 자세한 이야기는 나중에 하기로 하고 푹 쉬도록 해요."

장소산이 웃으며 말했다.

"죽일 생각이면 진작에 죽였겠지."

유지정은 살짝 웃고는 장난스럽게 이마를 툭툭 쳤다.

"대신 말 안 들으면 볼기를 때려줄 거예요."

그녀가 나가고 혼자가 된 장소산은 누운 채 천장을 바라보았다. 마교의 소굴 안에 들어와 있다지만 전혀 불안감이 생기지 않았다.

'내가 그녀를 그렇게나 신뢰하고 있었나?'

눈을 감자 잠이 밀려왔다. 그는 너무나 편안하게 잠이 들었다.

잠을 자며 장소산은 꿈을 꾸었다. 자신은 등을 보이고 있는 사람을 공격하려 하고 있었다. 그런데 그 순간 그 사람이 돌아보았다. 그는 천뢰였다.

'……!'

천뢰가 손가락으로 자신을 가리켰다. 그 순간 가슴에 커다란 구멍이 뚫리며 장소산은 쓰러졌다. 천뢰가 비웃는 표정으로 내려다보며 입을 열었다.

"넌 절대 날 이길 수 없어."

"헉!"

장소산은 벌떡 일어났다. 안색이 창백하고 온몸이 땀에 젖어 있었다. 손은 아직도 부들부들 떨리고 있었다.

"빌어먹을!"

자신이 이렇게나 약해 빠진 인간이었다니! 스스로에게 환멸을 느끼며 그는 얼굴을 감쌌다.

"괜찮아요?"

유지정이 방으로 들어와 물었다. 장소산은 억지로 웃어 보이며 대답했다.

"괜찮소."

"악몽을 꾸었나 보군요."

더 이상 묻지 않고 유지정은 물을 담은 대야와 수건, 그리고 새 옷을 가지고 들어왔다.

"땀에 흠뻑 젖었군요. 몸을 닦고 옷을 갈아입기로 해요."

그리고는 손을 뻗어 장소산의 옷을 벗기려 했다. 장소산은 얼굴이 벌게져서 그녀의 손을 뿌리치려 했다.

"나, 나 혼자 할 수 있소."

"아직은 안 돼요. 아직 몸에 힘이 없을 걸요."

유지정은 배시시 웃고는 말했다.

"새삼스럽게 부끄러워할 필요 없어요. 당신이 정신을 잃고 있는 동안 몸을 닦아주는 일뿐만 아니라 대소변까지 받았는데요. 볼 거 못 볼 거 그동안 실컷 다 봐서 한 번 더 본다고 새삼스러울 것도 없어요."

장소산은 부끄러워 얼굴이 빨개졌다.

"그, 그런 일은 하인을 시켜야 하는 것 아니오?"

"그럴 수는 없어요. 왜냐하면 당신이 이곳에 있는 것은 비밀이니까요. 하인을 시키면 밖으로 소문이 퍼질 위험이 있는 걸요."

"하지만……."

"자, 얌전히 옷을 벗어요."

유지정은 발버둥치는 장소산을 잡아 옷을 벗겼다. 장소산은 저항하려 했지만 아직 몸에 힘이 없어 꼼짝없이 당할 수밖에 없었다. 결국 알몸이 되어 몸이 닦이고 옷이 갈아 입혀졌다.

"무, 무슨 여자가 부끄러움도 없이 남자를……."

"환자에게는 남녀 구별 따위 의미는 없는 법이에요."

웃으며 대답한 유지정은 벗은 옷과 대야 등을 챙겨 방을 나가더니 잠시 후 음식을 가져왔다. 음식 시중까지 들어준 그녀는 그제야 일어나며 말했다.

"저희 아버님께서 당신이 깨어났다는 이야기를 듣고 만나고 싶어하세요. 지금 바로 만나도 괜찮으시겠어요?"

"괜찮소."

유지정이 나가고 한참 후 밖에서 목소리가 들어왔다.

"들어가도 되겠는가?"

"예."

장소산이 대답하자 설죽산장의 장주인 유상명이 방으로 들어왔다. 예전에 하인으로 일할 때 본 적이 있었던 장소산은 고개를 숙였다.

"장주님을 뵙습니다."

"편히 있게."

유상명은 장소산 앞에 앉고는 곧바로 본론을 꺼냈다.

"우리가 마교란 것을 이미 알고 있다고?"

"예."

"그렇다면 자네가 가지고 있던 임한정의 편지도 우리가 가지고 있는 줄 짐작하고 있겠군."

장소산은 고개를 끄덕였다. 만일 천명회 사람이 자신의 품을 뒤졌다면 무공총람까지 가져갔지, 편지만 가져가지는 않았을 것이다.

"예."

"미안하지만 편지는 우리가 멋대로 읽어봤네. 천명회 일은 우리에게 중차대한 일이라 자네가 깨어날 때까지 기다려 허락을 받을 여유가 없었네. 하지만 이 일은 자네에게도 나쁜 일만은 아니었네."

"무슨 뜻입니까?"

"자네를 구한 한중평은 편지를 읽고 내용이 중요하다는 것을 알고 우리들의 지도자이신 어르신께 전서구로 연락했네. 연락을 받은 어르신께서는 직접 이곳으로 오셔서 중평에게 편지를 전달받았지. 그리고 자네의 내상을 치료해 주셨네."

장소산은 놀라며 말했다.

"제 내상을 치료해 주신 분은 장주님이 아니었군요."

"지정이가 마교란 것을 숨기느라 거짓말을 한 것이네. 자네가 받은 내상은 특이한 것이라 나나 중평으로서는 도저히 치료할 수가 없었네. 자네의 내상을 치료할 능력이 있는 사람은 이 세상을 통 털어도 다섯 사람을 넘지 못하는데, 어르신이 바로 그중에 한 사람이지. 어르신께서 오시지 않았으면 자네는 산다고 하더라도 무공을 모두 잃거나, 심하면 폐인이 되었을 것이네."

'어르신이라는 사람이 마교의 교주인 모양이구나.'

장소산은 속으로 생각하며 말했다.

"그 어르신은 어디 계십니까? 감사를 드리고 싶습니다."

"바쁜 일이 있어 치료가 끝나자마자 떠나셨네."

"그것참, 아쉬운 일이로군요."

"그럼 어르신을 만나러 가겠는가?"

"예?"

놀라는 장소산을 보며 유상명은 말했다.

"어르신께서 자네가 회복되면 만나고 싶다고 하셨네. 단, 자네는 우리가 마교란 것을 이미 알고 있고, 어르신을 만나면 우리와 더욱 깊은 관계가 되겠지. 정파의 사람으로서 그것이 무슨 의미가 있는지는 말 안 해도 잘 알 것이야. 강요할 생각은 없네. 어르신을 만나든 만나지 않든 그건 자네 마음, 그냥 여기서 푹 쉬다가 몸이 다 나으면 떠나도 상관없네. 편지는 지금 어르신이 가지고 있지만, 곧 돌려주겠네."

장소산은 의문이 들어 물었다.

"그냥 나가도 상관없는 것입니까? 제가 설죽산장이 마교의 소굴이라 말하고 다니면 곤란할 텐데요?"

유상명은 웃고는 대답했다.

"지정이가 자네는 그럴 사람이 아니라고 하더군. 혹 말한다고 하더라도 상관없네. 자네가 떠나는 즉시 우리도 다른 곳으로 떠나고 없을 테니까. 오랫동안 살아온 터전을 버리고 사귀어온 사람들과의 인연을 끊는다는 것이 아쉬운 일이긴 하지만 어쩔 수 없지."

장소산은 곰곰이 생각해 보았다. 마교의 교주와 만나는 것은 확실히 위험할지도 모른다. 하지만 이대로 떠나 버리는 것이 과연 괜찮은 일일까?

'천뢰!'

그는 자신도 모르게 가슴을 움켜잡았다. 그래, 이대로 싸움에 진 개 마냥 도망칠 수는 없다. 이대로는 안 된다. 강해져야 한다. 강해지지 않으면 안 된다!

"그 어르신이라는 분은 강하겠지요?"

장소산의 질문이 의외인 듯 잠시 멈칫했던 유상명은 대답했다.

"물론 강하지. 나는 지금까지 살면서 그분보다 강한 분을 아직까지 만난 적이 없네. 나 같은 것은 발끝에도 미치지 못한다네."

"그렇다면 만나고 싶습니다. 아니, 만나게 해주십시오."

3

장소산은 그 후 일주일 동안 몸을 치유하여 완전히 회복했다. 그동안 설죽산장 별채에 쭉 갇혀서 답답해하는 그에게 유지정이 말벗이 되어주었다. 하지만 그녀는 임한정이 죽고 자신이 없어진 후 무림맹의 일이나 강호의 소식 등은 일체 언급하지 않았다. 몇 번 장소산이 말을 꺼내보았지만 그녀는 그때마다 말을 돌리고는 했다.

자신이 회복에 전념하기를 바라는 배려라고 생각한 장소산은 더 이상 묻지 않기로 했다. 그는 부지런히 몸을 움직이며 부상 입기 전의 몸 상태로 돌아가기 위해 노력했다. 덕분에 이제는 앞마당에서 가볍게 무공 연습도 할 수 있을 정도가 되었다.

'강해지지 않으면 안 된다!'

장소산의 머리 속에는 이 생각뿐이었다. 그는 최진방에게 훔친 무공총람 수비편을 연습했다. 이 수비편에는 전문적으로 상대의 공격을 막고, 흘리고, 되돌리는 법과 맞았을 때의 부상을 최대한 줄이고 치료하는 법 등이 적혀 있었다. 이중 치료법은 현재의 부상을 치료하는데 큰 도움이 되었다.

'그런데 언제쯤이나 그 어르신이라는 사람을 만날 수 있는 걸까?'

유상명은 그때 이후 만나보질 못했고, 유지정은 매일 찾아오긴 했지만 언급이 없었다. 기다리다 못해 유지정에게 물으니 언제 만날 수 있는지는 자신도 모른다고 했다.

"아버님이 소식을 전했으니 사람이 데리러 올 거예요. 그때가 언제일지는 저도 모르죠."

기다림이 계속된 지 일주일째, 마침내 유지정이 사람이 왔다고 전해왔다. 찾아온 사람은 다름 아닌 한중평이었다.

"여어~ 그동안 잘 있었나? 하긴 묻지 않아도 잘 있었겠지. 그동안 미녀의 간호를 실컷 받았을 테니까 말이야. 아마 지금까지 살면서 이런 호강을 받아보긴 처음일 거야. 안 그런가?"

한중평은 친한 친구라도 만나듯 손을 들며 반갑게 인사하고는 곧바로 떠들었다. 장소산은 이 사람도 마교도 같지 않다는 생각을 하며 대답했다.

"그 말대로입니다."

"역시나 그렇군. 그렇다면 자네에게 부상을 입힌 천뢰에게 감사를 표하지 않으면 안 되겠군. 하하하하!"

장소산은 쓴웃음을 짓고는 한중평에게 고개를 숙였다.

"목숨을 구해주셔서 감사합니다."

"뭘, 신경 쓸 것 없네. 나중에 자네도 내가 위험할 때 모른 척하지만 않으면 되는 거니까."

유지정이 차를 내왔다. 별채의 대청에서 장소산, 한중평, 유지정은 마주 앉아 차를 마셨다. 잔을 비우고 내려놓은 한중평은 곧바로 말했다.

"자, 그럼 가볼까?"

유지정이 물었다.

"가다니 어디로요?"

"그야 당연히 어르신을 만나러 가는 거지. 어르신을 만나고 싶다고 해서 데려다 주러 내가 온 것 아닌가."

한중평의 대답에 유지정은 놀라며 물었다.

"벌써 가요? 여기 온 지 아직 반 시진도 안 됐잖아요."

"맡은 일은 빨리빨리 처리해 버리는 편이 낫지. 질질 끌면 될 일도 안 된다."

"하지만 최소한 여기 왔으면 아버님께 인사 정도는 드리고 하룻밤 묵은 후에 가는 편이 낫지 않겠어요?"

그러자 한중평이 묘한 웃음을 지으며 유지정을 보았다.

"왜, 이 사람과 헤어지기 싫어서 그러냐?"

유지정은 그의 시선을 정면으로 받으며 대꾸했다.

“그래요.”

순간 주변에 어색함이 감돌았다. 한중평이 머리를 치며 투덜거렸다.

“이 녀석은 어떻게 놀려볼 수가 없다니까.”

장소산은 얼떨떨한 표정으로 유지정을 보았다. 그동안 그녀의 세심한 간호를 받아왔지만 이렇게 대놓고 헤어지기 싫다는 말을 듣기는 처음이었다. 이제까지 연애 쪽에는 전혀 경험이 없어서 이런 상황에서 어떻게 반응해야 할지 감도 잡히지 않았다.

“아, 저 그러니까 그게…….”

말을 꺼내지 못하고 우물쭈물하는데 한중평이 벌떡 일어났다.

“좋아, 특별히 귀여운 여동생을 위해 하루 묵고 가기로 하지. 남은 하룻밤 동안 헤어짐을 아쉬워하는 뜨거운 입맞춤을 나누든 뼈와 살이 타는 밤을 보내든 알아서 해.”

유지정이 인상을 쓰며 말했다.

“그러니까 채 언니가 싫어하는 거예요!”

“별수없는걸. 난 원래 그렇게 생긴 놈인걸.”

한중평이 나가 버리자 이곳에는 장소산과 유지정이 남았다. 어색해하고 있는 장소산에게 유지정이 빙긋 웃으며 말했다.

“신경 쓰지 않아도 되요. 그냥 그렇다는 거니까.”

“그, 그렇소?”

유지정이 돌연 묘하게 웃으며 물었다.

“아니면 정말로 저와 뼈와 살이 타는 마지막 밤을 보낼까요?”

당황하는 장소산을 보며 그녀는 깔깔 웃었다.

“농담이에요, 농담.”

장소산은 어색하게 웃으며 생각했다.

'마교도는 다들 이런 성격인 건가?'

장소산은 별다를 것 없이 평소와 같은 밤을 보냈다.

다음날 아침이 되자 한중평이 수레를 끌고 별채로 들어왔다. 그런데 수레에는 관이 실려 있었다.

"자, 여기 들어가게."

한중평의 말에 장소산은 놀라며 물었다.

"관에 들어가란 말입니까?"

"그래, 어디까지나 외인인 자네에게 우리의 본거지로 가는 길을 가르쳐 줄 수는 없는 노릇이 아닌가. 땅에 묻을 생각은 없으니까 걱정 말고 들어가."

"아, 예."

대답은 했지만 관에 들어가 목적지에 도착할 때까지 갇혀 있어야 한다니 영 내키지 않았다.

'여태환이라면 잘 어울리겠지만……'

장소산이 머뭇거리자 한중평이 말했다.

"정 들어가니 싫으면 지정이와 혼례라도 올리던가. 그럼 외인이 아니게 되는 거니 그냥 가도 상관없지."

장소산은 어디까지가 농담이고 진담인지 구별이 가지 않는다고 생각하며 대꾸했다.

"들어갑니다."

막상 관에 한 발을 들여놓자 유상명과 유지정에게 작별 인사도 못했다는 것이 생각났다.

"설죽산장 분들에게 간다고 인사를 아직……."

"내가 다 얘기했고, 작별 인사 따위는 필요없다고 들었으니 괜찮아."

한중평은 말하며 장소산의 머리를 눌러 억지로 관에다 집어넣고는 뚜껑을 닫아버렸다. 장소산은 관이라고 해서 거부감이 있었는데, 막상 들어가 보니 푹신한 이불이 깔려 있어 생각보다 편했다.

"자, 그럼 출발!"

수레는 출발했다. 한중평은 하루에 세 번 음식을 넣어주고 볼일 볼 때만 밖으로 나올 수 있게 해주었다. 그 외의 시간은 계속 관 속에 들어가 있다 보니 여기가 어디인지, 지금 동쪽으로 가는지, 서쪽으로 가는지 짐작조차 할 수 없었다.

그렇게 여행이 계속된 지 열흘째였다. 한중평이 관을 열고는 장소산에게 말했다.

"어서 오게, 마교의 소굴에."

"도착한 겁니까?"

"그래."

관에서 일어나 주변을 둘러본 장소산은 어리둥절했다. 주변에는 산을 깎아 계단식으로 만들어진 농토가 있고, 농민들이 농사를 짓고 있었다. 아무리 봐도 평범한 농촌이지, 마교의 소굴 같지가 않았다.

"여기가 정말 마교가 맞습니까?"

"못 믿겠다는 얼굴이군. 증거를 보여주지. 저길 보게나."

한중평이 가리키는 것은 길가에 세워진 석상이었다.

"우리들이 섬기는 신 중에 하나지."

확실히 석상은 장소산이 처음 보는 기괴한 모습이었다. 하지만 그것 외에는 마교란 것을 짐작케 하는 것은 아무것도 없었다.

관에서 나온 장소산은 주변을 좀 더 자세히 살펴보았다. 동서남북 사방이 모두 높은 산으로 둘러싸여 있었다. 이른바 적은 수로 많은 수를 막을 수 있는 천험의 지형이었다.

'거짓말을 하는 것은 아닌 모양이군.'

한중평이 주변을 살피기에 여념이 없는 장소산을 툭툭 치고는 말했다.

"어르신을 만나러 가세."

장소산은 그를 따라 농지 사이의 좁은 농로를 따라 걸어갔다. 문득 어르신이라는 사람의 이름도 아직까지 모른다는 것이 생각나 물어보았다.

"어르신은 어떤 분입니까?"

한중평은 즉각 대답했다.

"나의 사부님이지."

"그리고요?"

"우리들의 지도자네."

장소산은 답답해졌다.

"그런 것 말고 이름이나 내력 같은 것 말입니다."

"정 궁금하면 본인에게 물어. 우린 원칙적으로 그분의 이름을 언급하지 않게 되어 있으니까."

"알겠습니다."

말을 하는 동안 둘은 한 초가집 앞에 섰다. 초가집을 보며 장소산은 생각했다.

'이 집은 담이 없군.'

문득 그는 한 가지 사실을 깨달았다. 이 집만이 아니라 다른 집들도 모두 담이 없었던 것이다. 신기하다고 생각하는데, 한중평이 초가집 앞에 서서는 소리쳤다.

"사부님, 장소산을 데려왔습니다!"

장소산은 깜짝 놀랐다. 마교의 교주가 이런 초라한 초가집에 산단 말인가? 놀란 그는 한중평에게 물으려 했으나, 그전에 집의 뒤편에서 나무통을 든 오십대쯤 되어 보이는 초로의 남자가 걸어 나오더니 장소산을 보며 말했다.

"어서 오게나."

한중평이 소개했다.

"어르신일세."

장소산은 어이가 없었다. 나무통에는 소의 여물이 들어 있었다. 어딜 보나 흔히 볼 수 있는 농사꾼이 아닌가!

"다, 당신이 마교의 교주이십니까?"

초로의 남자는 웃으며 대답했다.

"마교의 교주는 최후의 교주가 백오십 년 전에 정파의 협공 아래 죽은 이후 더 이상 존재하지 않네. 난 그저 모두의 대표일 뿐이네."

"교주든 교주가 아니든 제일 우두머리 아닙니까? 그런 분이 농사를 짓는단 말입니까? 당신의 부하라 할 수 있는 설죽산장의 유 장주님도 하인을 부리지 자신이 직접 일하지는 않습니다."

"거기는 그쪽 사정이 있는 것이고, 여기서는 모두 자급자족을 하네. 아이나 거동하기 힘든 노인이 아니면 누구를 막론하고 일을 해야 하네."

한중평이 으스대며 끼어들었다.

"오해할까 봐 말하는데 난 농사 따위는 안 지어. 문서를 정리하고 아이들에게 학문을 가르치는 일을 하지."

초로의 남자는 한중평을 무시하고 장소산에게 말했다.

“누추하지만 들어오게나.”

한중평은 따로 볼일이 있다며 가버리고, 장소산만이 그를 따라 방 안으로 들어갔다. 방 안 역시 전형적인 농사꾼의 집 안과 다를 것이 없었다. 방석 같은 것도 없어 장소산은 맨바닥에 앉았다. 장소산이 자리에 앉자 초로의 남자는 입을 열었다.

“정식으로 소개하지. 마교라 불리는 자들의 후예들의 모임, 무명회를 이끄는 청류라고 하네.”

장소산도 고개를 숙이며 말했다.

“개방의 제자 장소산이라고 합니다. 저의 목숨을 구해주신 은혜에 감사드립니다.”

청류는 고개를 끄덕이고는 말했다.

“그런데 좋지 않은 소식부터 전해주지 않으면 안 되겠군.”

“예? 무슨 일이 있습니까?”

잠시 침묵하고서야 청류는 대답했다.

“자네는 오 일 전, 정식으로 개방에서 파문을 당했다네.”

“……!”

4

장소산은 충격으로 잠시 할 말을 잃었다. 한참 후에야 정신을 차린 그는 간신히 말을 했다.

“자세한 사정을 말씀해 주시겠습니까?”

고개를 끄덕인 청류는 설명했다.

“자네는 우리에게 구출되었지만 숭산파 장문 임한정은 천명회주 천뢰에게 살해당했지. 그의 시체가 다음날 발견되자 무림맹에서는 조사에 나섰네. 그리고 임한정 살인의 범인으로 동시에 실종된 자네에게 혐의를 주었지. 뿐만 아니라 자네가 마교의 끄나풀이라는 말까지 나돌고 있네. 아마도 천명회가 뒤에서 조작을 했을 거야."

장소산은 급히 물었다.

"개방에서는요? 자기 방파의 제자가 누명을 쓰는데 보고만 있었다고 합니까?"

"물론 개방의 사공 방주는 자네를 변호했네. 자네가 임한정을 살해한 흉수에게 납치되었거나, 살해당했을 가능성을 제기했지. 덕분에 자네는 일단 공식적으로는 범인이 아니야. 그러나 사공 방주는 지금까지 계속된 실책으로 방 내에서 지지 세력을 잃었네. 이번 일을 계기로 그는 방주 직에서 물러났고, 집법장로인 양경청이 방주가 되었지. 양경청은 방주가 되자마자 자네를 개방에서 파문시켰네."

"……."

장소산은 고개를 숙인 채 침묵했다. 청류는 계속해서 말했다.

"사공 방주 일을 자네가 책임을 느낄 필요는 없네. 타구봉을 잃고 심경초에게 잡히는 등 지금까지 개방 방주답지 않은 실책을 저지른 것은 사공방 본인이니까. 또한 무림맹주인 남궁현의 입김도 있었을 것이야."

"남궁현도 천명회의 인물인 것입니까?"

"그건 아닌 것 같네. 하지만 그는 무림맹을 지금 같은 유명무실한 존재가 아니라 무림에 우뚝 서는 존재로 키우고 싶어하네. 그를 위해서 우리 마교와 싸우고 싶어하지. 싸움을 좋아하지 않는 사공방보다 호전적인 양경청이 그에게 좋겠지."

청류는 장롱 속에서 편지를 꺼내서는 내밀었다.

"숭산 장문이 자네에게 준 편지네."

임한정이 자신이 알게 된 천명회의 모든 것을 적어놓은 편지를 묵묵히 읽어본 장소산은 입을 열었다.

"천명회는 강호일통을 노리는 조직, 화산파 장로 풍파천이 장로, 조직원인 여우 가면이 무당파의 후기지수 유자건. 그렇다면 천명회와 손을 잡은 개방의 인물은 이번에 방주가 된 양경청이겠군요."

"아마도 그럴 가능성이 높겠지."

장소산은 잠시 생각하다 말했다.

"그렇다면 이 편지를 개방에 가져간다고 해도 소용이 없겠군요. 편지를 보이기도 전에 전 마교의 앞잡이로 몰려 죽게 되고 말이지요."

청류는 고개를 끄덕였다.

"그렇겠지."

장소산은 피식 웃었다. 이 지경이 되고 나니 화보다 먼저 웃음이 나왔다.

"하하하! 아하하하하하!"

최진방에게 당해 동굴에 갇혔을 때도 이 정도는 아니었다. 그때도 암담하진 했지만, 일단 도망치면 자신을 맞아줄 사부가 있었지 않은가. 하지만 지금은 아무도 없다. 자신을 노릴 사람들뿐인 것이다.

한참을 웃던 장소산은 웃음을 멈추고 말했다.

"전 이제 어찌하면 좋을까요? 그냥 여기서 살까요? 일단 보기에는 꽤 살 만한 곳인 것 같은데……."

청류는 대답했다.

"원한다면 그렇게 해도 상관없네. 하지만 난 자네가 이렇게 끝날 사람으로는 보이지 않는군."

흠칫하는 장소산을 보며 그는 말했다.

"천명회와 싸우지 않겠는가? 솔직히 말해 우리는 자네가 천명회와 싸워주기를 바라네."

장소산은 잠시 말없이 있다가 웃으며 대답했다.

"설마 그런 말을 하실 줄은 몰랐습니다. 자기들 편이 되어 천명회와 함께 싸우자는 말은 예상하긴 했지만, 저보고 천명회와 싸우라니……."

"물론 우리도 천명회와 싸울 생각이네. 하지만 우리들의 힘만으로는 싸우는 데 한계가 있네."

장소산은 어이없어 했다.

"그 반대가 아닙니까? 힘의 한계가 있는 것은 오히려 제 쪽일 텐데요? 전 어르신은커녕 그 제자인 한중평보다도 약합니다. 하물며 천명회주에게는 일초지적도 안 되지요."

청류는 고개를 저었다.

"무공 이야기가 아니네. 물론 자네보다 강한 고수 정도야 우리에게 얼마든지 있네. 임한정의 편지와 지금까지 우리가 조사한 바에 의하면, 천명회 자체는 소수의 조직이야. 우리들은 대부분이 평화롭게 농사나 짓는 사람들이지만, 언제 다시 있을지 모르는 세상의 핍박으로부터 스스로를 지키기 위한 힘을 기르는 것을 게을리 하지는 않았네. 상대가 천명회뿐만이라면 얼마든지 싸울 수 있어. 하지만 거기에는 큰 문제가 있네."

"그것이 뭡니까?"

"우리가 천명회에 싸우기 위해 모습을 드러내면 그 즉시 천하 정파의 집중 공격 대상이 될 걸세."

청류는 굳은 표정으로 설명했다.

"자네 역시 정파의 사람이니 잘 알겠지. 마교란 것이 정파에게 어떻게 인식되어 있는지 말이야. 정파는 이유를 막론하고 마교란 존재 자체를 용납하지 않네. 우리가 가진 힘으로 천명회는 이길 수 있을지 모르지만, 천하 정파 모두를 합친 것과는 비교조차 되지 않네. 변명 한 번 해볼 틈도 없이 정파의 총공격에 모조리 학살당하겠지."

장소산은 청류의 말뜻을 이해하고 자신이 필요한 이유도 알 것 같았다.

"천명회와 싸우는 것은 어디까지나 마교가 아닌 정파의 인물이어야 한다는 것이로군요."

청류는 고개를 끄덕였다.

"맞네. 마교는 어디까지나 제3자여야 해. 그리고 이건 자네를 위해서기도 하지."

"저 말입니까?"

"그래, 자네는 누명을 풀고 자네를 구하기 위해 목숨을 잃은 숭산 장문의 원수를 갚아주어야 하지 않나? 그건 즉, 천명회와 싸울 수밖에 없다는 뜻이지."

장소산은 생각하다 고개를 저었다.

"저 혼자서 무엇을 할 수 있겠습니까?"

"아니, 천명회의 음모를 밝혀내고 천명회에 반대하는 정파의 힘을 모아 천명회를 무너뜨리는 일은 자네이기 때문에 할 수 있는 것이네. 물론 직접적으로 나설 수는 없겠지만 최대한 자네를 돕겠네."

장소산은 잠시 입을 다물고 묵묵히 생각에 잠기다 임한정의 편지를

읽는 것을 반복했다. 청류 역시 말없이 그를 바라보고 있고, 방 안에는
계속해서 침묵이 맴돌았다.

"어째서……."

마침내 장소산이 입을 열었다.

"별로 대단치 않은 개방의 일개 제자인 저에게 막중한 일을 맡기시
려는 것입니까? 일이 잘못되면 어쩌시려고요."

청류는 대답했다.

"당연히 자네 혼자만을 믿고 우리 목숨을 맡길 생각은 없네. 우리도
우리 나름대로 천명회와 싸울 거야. 하지만 아까도 말했듯이 우리로서
는 힘의 한계가 있네. 자네라면 우리가 할 수 없는 일을 해줄 수 있을
것이라 생각했네."

"절 만나는 것은 이번이 처음이지 않습니까. 오늘 처음 만나 몇 마
디 나눠본 것이 다인 사람을 어떻게 믿는 것입니까?"

"처음 만나기는 했지만 이야기는 많이 들었지. 우리는 강호의 사건
을 즉시 알기 위해 설죽산장과 같은 곳을 천하 각지에 두고 있네. 덕분
에 이런 산속 깊은 곳에 살고 있어도 세상에 어떤 일이 벌어졌는지 바
로바로 알 수 있지."

청류는 설명했다.

"설죽산장의 정이에게 자네에 대해 들었네. 자네가 주가장의 일을
어떻게 해결했는지, 자네의 인품이 어떤지 말이야. 또한 개방의 사건
을 해결한 일도 들었지. 사부의 원수를 갚기 위해 자신보다 훨씬 무공
이 강한 심경초에게 덤빈 일을 듣고 자네라면 해낼 수 있을 것이라고
생각했네."

장소산은 물었다.

"어르신의 제자인 한중평과 함께 다니던 채영신이라는 여자도 어르신의 제자입니까?"

"맞네."

"그녀가 전에 이런 말을 했습니다. 개방의 타구봉을 가진 사람의 이름이 지수라고 말이지요. 그 지수도 천명회의 인물입니까?"

"맞네. 지수란 여인은 천명회주인 천뢰와 마찬가지로 천명회에서 길러진 영재 중 하나일세. 천뢰와 친해서 같이 다니는 일이 많다고 하더군."

장소산은 전에 사부인 채평안에게 들은 사공방이 타구봉을 빼앗겼을 때의 일을 이야기하고는 청류에게 물었다.

"그 사건 때 문제의 남녀가 천뢰와 지수겠군요. 천뢰가 타구봉을 빼앗아 지수에게 준 것이고 말이지요."

"아마도 그렇겠지."

"어르신이 보시기에 천뢰의 무공은 어느 정도입니까?"

청류는 곰곰이 생각해 보고는 대답했다.

"직접 만나본 적이 없어 확신할 수 없지만, 자네와 제자인 중평의 이야기를 듣고 짐작해 보기로 아마 나와 엇비슷할 것 같네."

"그렇다면 저와 어르신의 무공 차이는 어느 정도입니까?"

이 질문이 의외였는지 청류는 조금 놀랐으나 곧 대답했다.

"자네를 치료하면서 자네 몸속에 잠재된 내공을 보았네. 일 갑자가 넘는 대단한 내공이더군. 하지만 자네는 현재 그 힘을 제대로 쓰지 못하고 있네. 지금 자네와 나, 천뢰와의 차이는 확실하게 말해서 비교조차 안 되네. 그건 자네도 이미 잘 알고 있을 텐데?"

장소산은 고개를 끄덕이고는 다시 물었다.

"그렇다면 제가 천뢰를 따라잡을 수 있겠습니까?"

청류는 인상을 썼다.

"그건 정말 어려운 질문이군. 사람마다 재능이 다르고, 어떤 무공이냐에 따라 적성도 다르네. 또한 불과 삼사 년 만에 일류의 경지에 이르렀으나 그 후 삼사십 년이 지나도 전혀 진보가 없는 경우가 있는가 하면, 삼사십 년 동안 이류에 머물다가 어떤 계기를 통해 단숨에 절정으로 가는 경우도 있지. 세상일이란 앞으로 어떻게 될지 그 누구도 예측할 수 없는 법이니, 이 문제는 아무리 나라도 장담할 수 없네."

장소산은 고개를 숙이고 다시 생각에 잠겼다. 그런 그를 말없이 바라보던 청류가 입을 열었다.

"이야기를 나눠보니 대충 자네란 인물이 어떤 사람인지 알 것 같군."

청류는 계속해서 말했다.

"자네란 사람은 협의가 있네. 남이 자신에게 베푼 작은 은혜도 잊지 않고 몇 배로 돌려주고는 하지. 또한 사소한 일을 훌훌 털어버리고 남을 용서해 주는 넓은 도량도 있어. 하지만 남에게 당하면 갚아주어야 하고, 특히 무시당하는 것을 참지 못하네."

"……."

"자신을 구하고 죽은 임한정의 복수를 해주어야 한다 생각하고 있겠지. 하지만 그보다 지금 마음속을 지배하고 있는 감정은 다른 것일 거야. 혹시 속이 부글부글 끓고 있지 않은가?"

"……!"

"자네에게 철저히 패배감을 맛보게 하고 무시해 버린 천명회주에게 한 방 먹이고 싶지? 그가 자네를 무시한 것을 뼈저리게 후회하게 만들어주고 싶지 않은가?”

장소산은 자신의 손을 내려다보았다. 손이 가늘게 떨리고 있었다.

‘이것이 두려움이 아닌 분노라고?’

그는 손을 들어 주먹을 쥐어보았다. 천뢰의 얼굴이 떠올랐다. 지금 눈앞에 천뢰가 있다면 자신은 어떻게 할 것인가? 공포에 떨며 도망칠 것인가, 아니면…….

“훗!”

장소산은 웃었다. 사실 고민할 필요 따위는 어디에도 없었다. 이곳에 오기 전부터 이미 결심하고 있었다. 자신이 무엇을 하고 싶은지, 무엇을 해야 하는지…….

“알겠습니다. 어르신의 제안을 따르겠습니다. 단, 조건이 한 가지 있습니다.”

청류는 고개를 끄덕이고는 물었다.

“뭔가?”

“지금 저의 무공으로는 천뢰는커녕 그의 부하도 이길 수 없습니다. 이래서는 천명회의 인물과 만나면 싸우기보다 도망치는 것이 먼저일 수밖에 없지요. 현재의 제 무공으로는 부족합니다. 전 지금보다 훨씬 강해져야 합니다.”

장소산은 청류를 똑바로 바라보며 결의에 찬 목소리로 부탁했다.

“절 수련시켜 주십시오.”

第二十三章

수 련

"수련이라……."

중얼거리며 잠시 생각하던 청류는 결의에 찬 표정인 장소산에게 말했다.

"일단 자네 실력을 보도록 하지."

청류가 방문을 열고 나서자 장소산도 따라 나갔다. 청류는 근처의 맨바닥에 아무렇게나 앉고는 말했다.

"어디 자네가 할 줄 아는 무공을 마음껏 펼쳐 보게나."

실력을 시험한다는 것을 안 장소산은 사부인 채평안에게 배운 무공을 시작으로, 무공총람 신법편, 수공편을 펼쳤다. 내공편과 심공편은 형태가 없는 것이고, 수비편은 남이 공격해야 할 수 있는 것이니 보일 수 없었다.

보여줄 수 없는 것 외에 할 줄 아는 모든 무공을 펼쳐 보인 장소산은 호흡을 고르고 제자리에 섰다. 청류는 물끄러미 쳐다보고 있다가 정신을 차리고 물었다.

"그게 다인가?"

장소산은 얼굴이 조금 붉어졌다. 자신이 생각해도 할 줄 아는 무공이 너무 적다는 생각이 든 것이다.

"보여줄 수 있는 것은 이게 전부입니다."

청류는 고개를 끄덕이고는 말했다.

"자네 무공총람을 익혔군. 신법편, 수공편, 내공편, 심공편, 그리고 수비편인가?"

장소산은 깜짝 놀랐다. 신법편과 수공편은 그렇다 치고, 다른 세 권을 익힌 것을 알아차리다니!

"어떻게 아셨습니까?"

청류는 웃으며 답했다.

"내공편과 심공편을 익힌 것은 자네 내상을 치료할 때 알았고, 수비편은 자네 짐 속에 책이 있었으니 알았지."

"아, 그런 거였군요."

척 보고 알아본 줄 알았던 장소산은 자신도 모르게 웃었다. 청류 역시 재미있는지 잠시 웃다가 물었다.

"그런데 자네는 어떻게 무공총람을 익혔지? 오절신군의 제자라고 보기에는 두 권의 무공총람이 다른 것이고, 그렇다고 아니라고 보기에는 세 권을 얻은 경위가 짐작이 안 가는군."

장소산은 대답 대신 물었다.

"오절신군을 아십니까?"

오절신군의 이름이야 강호에 몸담은 사람 중 나이가 있다면 대부분

알고 있다. 그가 물은 건 오절신군이 무공총람을 익힌 것을 어떻게 아
느냐는 뜻이었다.

청류는 고개를 끄덕였다.

"그와 난 수십 년 전에 만나 무공을 겨룬 적이 있다네."

장소산은 전에 오절신군의 하인이었던 아복에게서 들었던 이야기를
떠올렸다.

"혹시 오절신군이 만나 패했다는 무명의 절세고수가 어르신이었던
겁니까?"

"그렇다네. 자네는 그 이야기를 어디서 들었나?"

장소산은 오절신군의 하인이었던 최진방과 아복 등이 주인을 해치
고 무공총람을 빼앗은 경위와 자신이 어쩌다 그들과 관계되어 무공총
람을 얻게 되었는지 설명했다. 이야기를 모두 들은 청류는 혀를 차며
안타까워했다.

"십 년 후의 다시 만나 무공을 겨룰 날을 기대하고 있었는데 약속 장
소에 그가 나타나지 않았어. 무슨 일이 있었는지 지금까지 모르고 있
었는데, 이제야 의문을 풀게 되는군. 뛰어난 기재인 그가 그토록 허무
하게 죽었다니 참으로 아까운 일이로군."

그는 이어 설명했다.

"그때 난 젊은 시절이었네. 스승으로부터 다음대의 무명회를 이끌도
록 내정되어 있었던 나는 직접 자신의 눈으로 강호를 경험하고자 혼자
세상을 여행하고 있었지. 그러다 우연히 오절신군과 만나 무공을 겨루
게 되었고, 서로가 상대의 무공에 감탄을 금치 못했네. 우리들은 무공
을 겨루는 한편으로 자신과 상대의 무공을 비교하여 단점을 지적하고
장점을 나누며 양쪽 다 많은 것을 얻을 수 있었네. 그때 얻은 것을 내

제자인 중평과 영신에게도 전해주었지."

이야기를 들은 장소산은 왜 자신이 한중평과 채영신이 진갑과 싸울 때 둘이 무공총람을 익혔다고 생각했는지 알게 되었다. 오절신군의 무공이 청류를 거쳐 제자인 둘에게 전해졌던 것이다.

잠시 하늘을 바라보며 멍하니 있던 청류는 한참 후에야 정신을 차리고 장소산에게 말했다.

"자네는 오절신군과 마찬가지로 다섯 권의 무공총람을 익혔네. 그 주인을 배신한 최진방이라는 자도 여러 권의 무공총람을 익혔겠지. 하지만 자네와 오절신군과는 큰 무공의 차가 있고, 아마 최진방이라는 자도 마찬가지일 거야. 안 그런가?"

장소산은 고개를 끄덕였다. 자신이 오절신군 정도의 절정고수였다면, 애초에 청류에게 수련시켜 달라고 하지 않았을 것이다. 최진방 역시 자신보다 약간 나은 정도이니 말할 것도 없다.

"가르침을 주십시오."

"그 이유는 간단하네. 자네는 책을 읽고 그 안에 적힌 대로 따라할 뿐, 그 안에 담긴 진정한 극의는 보지 못했네. 예를 들어 갓 학문을 배우는 아이 수준이라 할 수 있네. 처음 학문을 배우는 아이는 의미를 모른 채 그저 책에 적힌 내용을 시키는 대로 소리 내어 읽을 뿐이지. 자네가 딱 그 수준인 것이네."

장소산은 고개를 끄덕였다. 확실히 자신은 책을 읽고 적힌 대로 무공을 익혔을 뿐, 책의 진정한 의미를 설명해 줄 스승이 없었다.

'사부님이 살아계셨다 하더라도 그분의 무공은 나와 비슷한 정도이니 도움을 줄 수는 없었을 것이다.'

그런데 순간 한 가지 의문이 떠올랐다. 스승이 없는 것은 오절신군도 마찬가지였다. 그 역시 책만을 보고 무공을 익혔지 않는가. 장소산은 이해할 수 없어 물었다.

"오절신군 역시 저와 다르지 않은 것 아닙니까?"

"그건 그렇지 않네."

청류는 고개를 젓고는 설명했다.

"오절신군은 무인이기 전에 뛰어난 학자였네. 그는 무공총람을 강해지기 위해 익힌 것이 아니라 학문으로서 익힌 것이네. 수집할 수 있는 모든 무공 서적을 자료로 하여 책 안에 있는 모든 구절의 의미를 해석하고 이해하려 했지. 그에게 있어 수련은 자신이 얻은 지식이 실제로 쓸 수 있는지 확인하기 위한 단계였을 뿐이네. 자네와 오절신군은 무학의 깊이에서 수준이 다르기 때문에 같은 무공을 익혔어도 큰 차이가 날 수밖에 없는 것이지."

장소산은 오절신군이라는 인물에 대해 새삼 감탄하고는 물었다.

"그렇다면 전 어떻게 해야 합니까? 오절신군처럼 다른 무공을 보고 무공총람을 연구해야 합니까?"

"아니, 사람마다 맞는 수련 방식이 있지. 오절신군의 수련 방식은 자네에게 맞지 않고, 무엇보다 우리에게는 오절신군처럼 느긋하게 연구할 시간이 없네."

청류는 굳은 표정으로 물었다.

"자네가 천하제일고수가 된다고 하더라도, 그렇게 되기까지 수십 년이 지나서 천명회가 강호일통을 한 후라면 무슨 의미가 있겠는가?"

장소산은 흠칫했다. 청류의 말 대로였다. 지금도 천명회에서는 천하를 손에 넣을 계획을 차근차근 진행시키고 있을 것이다. 아무리 대단한 무공을 익힌다고 해도 천명회가 강호 전체를 지배하게 되면 계란으로 바위 치는 격이 될 뿐이다.

하지만 속성으로 익혀서 과연 강해질 수 있을까? 장소산은 전에 진갑에게 들었던 말을 떠올리며 물었다.

"전에 누가 말하길, 전 기초가 부족해 당장은 빠르게 성장할 수 있었지만 곧 한계가 있을 것이라고 하더군요. 그 말은 틀린 것입니까?"

"아니, 맞네. 그러나 이미 말했다시피 시간이 없네."

청류는 설명했다.

"기초란 보통 건물을 지을 때 땅을 다지는 것에 비유하지. 간단히 말해 앞으로 성장할 수 있는 잠재력을 키우는 것이라 할 수 있네. 하지만 지금은 잠재력을 키울 시간도 없고, 당장 빨리 강해져야 하니 지금 가진 잠재력을 최대한 끌어내는 데 중점할 수밖에."

장소산이 걱정하는 표정을 보이자 청류는 부드럽게 웃었다.

"너무 근심할 필요는 없네. 자네에게는 아직 충분한 잠재력이 있으니까."

그는 이어 말했다.

"자네의 몸속에는 그 아복이라는 자에게 흡수한 내공과 자네가 수련하여 쌓인 막대한 내공이 잠재되어 있네. 그것만 제대로 쓸 수 있어도 자네는 지금보다 훨씬 강해질 수 있어."

장소산은 의문이 들어 물었다.

"전 무공총람 심공편을 익혔습니다. 그전까지는 몸 안의 내공을 제어하지 못해 고생했지만, 심공편을 익힌 이후 내공을 자유자재로 운공할 수 있게 되었습니다. 그런데도 아직 제대로 쓰지 못한다는 것입니까?"

청류는 잠시 웃고는 말했다.

"자네는 역시 그저 책을 소리 내어 읽었을 뿐이로군. 심공편을 단지 기를 다루는 법을 설명한 책으로 보나?"

"예? 그게 아닙니까?"

"자네 말대로라면 왜 제목이 심공편이지? 기공편이 더 알맞은 제목이 아니겠나? 단지 기를 다루는 것뿐이라면 어째서 내공편, 심공편, 두 가지 책이 따로 있는 것이지?"

장소산은 순간 심공편에 써져 있던 구절이 떠올랐다.

평범한 사람은 자신의 육체로 싸운다. 무공은 익힌 자는 거기에 기를 더한다. 진정한 고수만이 자신의 의지와 정신을 담는 법이다.

"심공편의 심공이란 마음을 다루는 법이라는 것입니까?"

청류는 고개를 끄덕이고는 설명했다.

"인간의 몸은 세 가지로 나뉘네. 생각하고 느끼는 의지, 즉 정신. 몸 안을 순환하는 생명의 기운, 바로 무인이 내공이라 부르는 기. 이 두 가지를 담아 형상을 이루고 움직이는 그릇인 육체이지. 정신, 기, 육체, 의지가 가는 곳에 기가 가고, 기가 가는 곳에 육체가 가는, 셋이 하나가 되어 움직이는 것을 진정한 일체라 하네. 이것이야말로 절정이라 불리는 경지지. 하지만 자네는……."

그는 갑자기 장소산을 가리켰다.

"자네는 이 셋이 모두 따로따로이네. 육체는 내공을 따르지 못하고, 내공은 정신에 호응하지 못하지. 강호에서는 자네 정도 무공만 되면 일류고수라고 말해주는 모양이지만, 내가 보기에 자넨 그저 잔재주만 익힌 이류에 불과하네."

혹독한 평가에 장소산은 고개를 숙였다. 청류는 돌연 부드럽게 웃었다.

"하지만 실망할 필요는 없네. 난 자네에게서 강해지고자 하는 누구보다 강한 의지를 느꼈네. 의지에 의해 기가 움직이고, 기가 움직이면 육체가 따라오네. 자네의 강해지고자 하는 의지에 자네의 기와 몸이 호응한다면 자네는 그 어떤 때보다 빠르게 강해질 수 있을 것이네. 나의 수련 목표는 그 계기를 주는 것이지."

장소산은 다시금 의지를 다졌다.

"열심히 하겠습니다."

"좋아, 좋아. 그럼 먼저 수련 시간을 정해야겠지?"

잠시 생각하던 청류는 결정을 내리고 장소산을 보며 말했다.

"이미 말했지만 자네나 나나 당장 천명회를 상대할 준비를 해야 하네. 그렇기 때문에 내가 자네에게 할애할 시간이 별로 없어. 그런 이유로 수련 시간은 한 달로 하지."

"한 달이라고요?"

장소산은 놀랐다. 한 달이라는 기간은 아무리 생각해도 너무 짧다. 이 짧은 시간에 과연 강해질 수 있을까?

2

청류는 장소산의 걱정을 아는지 모르는지 덤덤한 목소리로 수련 계획을 설명했다.

"먼저 보름이란 시간은 자기 자신을 새롭게 다지는 시간으로 하겠네. 그 기간 동안 내가 정한 수련법으로 몸을 단련하고, 쉬는 시간에는

지금까지 익힌 무공총람의 내용을 다시 되새기며 그 의미를 생각해 보
도록 하게.”

그는 초가집 뒤로 가더니 자루를 하나 가져왔다.

“열어보게나.”

장소산이 자루를 열어보니 쇠로 된 고리가 잔뜩 들어 있었다. 들어
보니 하나하나가 묵직하니 상당히 무거웠다.

“이게 뭡니까?”

“몸에 달아 무게를 늘리는 것이지. 예전에 중평과 영신도 이것을 달
고 산을 오르며 몸을 단련했지.”

모래주머니 같이 무거운 물건을 달고 신체를 단련하는 것은 많은 문
파들이 막 입문한 제자들을 가르칠 때 쓰는 방법으로 별로 신기할 것
도 없었다. 장소산은 팔과 다리에 고리를 부착했다. 상당히 무겁기는
한데 특별히 거슬리지는 않았다.

“몇 개나 달까요?”

“일단 팔다리에 세 개씩 하지. 그리고 이틀마다 하나씩 늘리겠네.”

장소산은 시키는 대로 전부 열두 개의 쇠고리를 달았다. 제법 팔다
리에 무게가 느껴졌지만 이 정도면 그렇게 엄청나게 힘들지는 않을 것
같았다.

“열 개 정도 더 달아도 괜찮을 것 같은데요?”

청류는 웃고는 고개를 저었다.

“의욕이 넘치는 것은 좋지만 너무 무리하면 근골이 상해서 안 하느
니만 못하네. 자, 그럼 시간이 없으니 곧바로 시작해 보지.”

그는 동쪽에 높이 솟아 있는 산꼭대기를 가리켰다.

“저 꼭대기까지 뛰어갔다 오게나.”

“예!”

장소산은 즉시 달려가려다가 생각나는 것이 있어 물었다.

“신체 단련이니까 내공을 쓰면 안 되는 것이 아닙니까?”

청류는 고개를 저었다.

“내가 말하지 않았나. 정신과 기와 육체가 하나가 되어야 한다고. 아끼지 말고 마음껏 내공을 써서 달리게.”

“시간 제한은요?”

“조급해하다가 떨어지면 큰일이니 빨리 왕복할 생각보다 조심하며 갔다 오게.”

“…예.”

수련치고는 좀 시시한 감이 있다는 생각이 들었지만 장소산은 시키는 대로 경공을 펼쳐 달렸다. 보기에는 가까워 보였지만 산꼭대기는 상당히 먼 데다가 제대로 된 길도 없었다. 험한 바위를 기어올라 산꼭대기까지 오른 그는 꼭대기에 왔다는 표시로 돌 하나를 올려놓고 다시 내려갔다. 청류의 집에 도착했을 때는 두 시진이 흐른 후였다.

“생각보다 빨리 갔다 왔군.”

장소산은 대답했다.

“처음이라 길을 잘 몰라서 더 시간이 걸렸습니다. 내일이면 더 빨리 갔다 올 수 있을 겁니다.”

청류는 제자인 한중평, 채영신과 함께 집 앞에 두 개의 기둥을 세우고 줄을 다는 중이었다. 장소산이 뭐냐고 묻자 청류는 이렇게 대답했다.

“이건 균형감을 키워주는 훈련 도구네.”

“그렇군요.”

준비가 끝나자 장소산은 곧바로 줄 위로 올라가려 했다. 그런데 작업을 끝낸 청류, 한중평, 채영신 셋은 그대로 집 안으로 들어가는 것이 아닌가? 장소산은 어리둥절하여 물었다.

"수련 안 합니까?"

한중평이 대답했다.

"그전에 밥부터 먹어야지."

"……."

장소산은 별수없이 따라 집 안으로 들어갔다. 채영신이 상을 차려왔고, 그는 청류들과 함께 밥을 먹었다. 밥과 반찬은 일반 농가의 것과 전혀 다름이 없었다.

"밥 다 먹었으니 수련하죠."

숟가락을 놓자마자 장소산이 말했다. 하지만 청류는 방에 눕고, 한중평은 책을 펴 들고, 채영신은 설거지를 하러 부엌으로 들어가 버렸다. 장소산은 당황하여 물었다.

"수련 안 합니까?"

한중평이 대꾸했다.

"밥 먹고 바로 무리하게 움직이면 위장에 안 좋아."

점심 먹고 반 시진이 지나서야 수련은 재개되었다. 장소산은 줄 위에 서서 중심을 잡고 섰다. 어느 정도 익숙해지자 청류는 이곳에 살고 있는 어린아이 몇 명을 부르더니 장소산에게 돌멩이를 던지라고 했다.

"그 줄 위에서 재주껏 피해보게."

"예."

처음에는 한 명이 던지다가 장소산이 익숙해지자 돌을 던지는 어린아이의 수가 하나씩 늘어났다.

“자, 그럼 다음으로 넘어가지.”

청류는 장소산을 데리고 개천으로 갔다. 산에 흐르는 이 개천은 물살이 상당히 강했다.

“자네는 여기 들어가 지금까지 익힌 무공의 형을 반복 수련하게나.”

“예.”

강한 물살에 넘어지지 않는 것도 힘들었다. 물이 상체까지 차 오르고 때는 겨울이라 냉기가 뼛속까지 스며들어 숨쉬기도 힘들었다. 물의 저항 때문에 같은 초식을 펼치는 데도 배의 힘이 들었다.

‘역시 특훈이라면 이 정도는 되어야겠지.’

장소산이 생각하며 한참 정신을 집중해 연습을 하는데, 청류가 손뼉을 치고는 말했다.

“자, 그럼 오늘 수련을 마치겠네.”

“예? 벌써 끝입니까?”

장소산이 묻자 청류는 하늘을 가리키며 말했다.

“밤이 늦었으니 내일을 위해 잠을 자야 할 것 아닌가.”

그러고 보니 벌써 밤이었다. 산속이다 보니 해가 빨리 지는 것이다. 청류는 뒷짐을 지고는 한가롭게 집으로 향했다.

“배고플 테니 빨리 가서 저녁을 먹으세나.”

장소산은 청류를 따라가며 깊은 의문을 느꼈다. 과연 이런 식으로 해서 강해질 수 있을까? 그것도 수련 시간이 고작 한 달인데?

그는 결국 참지 못하고 물었다.

“어르신, 어르신은 분명 저에게 시간이 촉박하니 기초를 다질 여유가 없다고 하셨습니다. 그런데 지금 수련은 아무리 생각해도 기초 훈련 같습니다만……”

청류는 고개를 끄덕였다.

"기초 훈련 맞네. 아무리 시간이 없다고 해도 일단 기본적인 기초는 다져 놔야 할 것이 아닌가."

"괜찮은 겁니까?"

"뭐가 말인가?"

"이런 식으로 해서 한 달 안에 강해질 수 있냐는 말입니다."

청류는 잠시 골똘히 생각하다가 대꾸했다.

"아마도."

"……."

"걱정 말게. 적어도 약해지진 않을 테니까."

"……."

청류의 집으로 가니 채영신이 밥을 차려놓고 기다리고 있었다. 밥을 먹자 청류는 앞으로 한 달 동안 자기 집에서 기거하라고 했다.

"예."

이런 마을에 객점 같은 것이 있을 리가 없으니 장소산은 사양하지 않았다. 비록 날이 어둡긴 했지만 아직 초저녁이라 잠을 자기에는 너무 일렀다. 청류는 한중평과 함께 바둑을 두었고, 채영신은 따로 살고 있는 자기 집으로 갔다.

등 따뜻하고 배부르면 한 달이든 일 년이든 얼마든지 빈둥댈 수 있는 것이 거지란 족속이다. 거지인 장소산에게 시간이 남는 것은 원래 문제가 아니었다. 그러나 강해지기로 결심했는데 각오하던 수련은 영 미덥지가 않고, 편히 누워 있으려니 이러고 있어도 되나 싶어 가만있을 수 없었다.

"어르신, 아직 잘려면 시간도 많은 것 같은데 다음 수련 없습니까?"

청류는 딱 잘라 대답했다.

"없네."

"……."

"정 하고 싶으면 혼자서 하든가."

결국 참지 못하고 장소산은 밖으로 뛰쳐나가 자기 혼자 수련을 시작했다. 청류는 쓴웃음을 짓고는 중얼거렸다.

"마음이 급하군."

한중평이 말했다.

"안 급하면 그게 더 이상한 거지요. 사부님이 보시기에 장소산이 강해질 수 있을 것 같습니까? 그것도 천뢰를 이길 수 있을 정도로요."

잠시 침묵하던 청류는 대답했다.

"세상일은 아무도 모르는 거니까."

"그 말씀은 기적 같은 것이 일어나야 가능하다는 뜻으로 들립니다만……."

청류는 말했다.

"사람들은 보통 똑똑한 사람일수록 고수가 될 수 있다고 생각하지만, 그건 사실이 아니지. 총명한 사람일수록 어떤 일이든 머리를 써서 쉽게 해결하려고 들거든. 또한 빨리 결과를 보고 싶어하는 경향이 강하지. 그러다 보니 무공을 수련할 때도 자신도 모르게 편한 쪽으로 하려 들고, 빨리 다음 과정으로 넘어가고 싶어하지."

한중평은 웃으며 물었다.

"그 말씀은 멍청할수록 고수가 된다는 뜻입니까?"

"아예 바보라면 그것도 좀 곤란하지만, 무공을 수련할 때는 바보스러울 정도의 우직함이 필요한 법이야. 아마 너도 이번에 밖에 나가서 그 점을 느꼈을 것이다. 개방의 진갑이라는 자와 싸워봤다며?”

“예. 하지만 전 제 실력을 모두 드러내지 않았고, 상대 역시 마찬가지였습니다. 제대로 승부를 낸 것이 아니지요.”

“제대로 싸웠다면 패하는 것은 너였겠지.”

“…….”

한중평은 대답하지 않고 침묵으로 사실을 시인했다. 청류는 웃으며 말했다.

“개방의 진갑이라면 소문을 들었다, 주변에서 덜떨어진 인간이 아니냐는 소리가 나올 정도로 무공광이라며. 간단한 초식 하나를 익히는 데도 수천, 수만 번 연습하고 그럼에도 전혀 실증 내지 않고, 오히려 즐거워할 수 있는 성품. 재능이고 뭐고 다 필요없이 그 성품 하나만으로도 그는 천재 소리를 충분히 들을 만하지.”

“그렇다면 장소산은 어떻습니까?”

“일단 머리는 좋아. 빨리 이해하고, 빨리 익히지. 제대로 된 스승도 없이 짧은 시간 만에 무공총람을 익히고 저 정도까지 성장한 것을 보면 알 수 있지. 하지만 그 위의 경지는 단순히 머리가 좋다고 올라갈 수 있는 경지가 아니야.”

청류는 바둑돌을 바둑판 위에 올리며 말을 이었다.

“무의 극의에 이르셨던 우리의 지도자 소요유, 그분을 쓰러뜨린 무언계. 그들을 절대고수로 이르게 한 것은 절정의 무공도 수십 년의 고련도 아니었다. 단 하나, 천부적으로 타고난 감(感), 범인으로서는 짐작할 수도 없는 천재의 감, 그것 하나뿐이었지.”

그는 쓴웃음을 지었다.

“안타깝게도 나나 너나 장소산이나 그런 감은 타고나지 못했다. 젊은 나이에 그 정도 경지에 이른 것을 보면, 어쩌면 천뢰란 자는 그 감을 가지고 있을지도 모르지."

한중평은 인상을 찌푸렸다.

"그렇다면 장소산은 죽었다 깨어나도 이기지 못한다는 것이 아닙니까?"

"아니, 그렇지는 않지."

청류는 살짝 웃고는 말했다.

"꼭 범인이라도 천재를 이기지 못한다는 법은 없네. 왜냐하면 세상 일이란 아무도 장담할 수 없는 법이니까."

한중평은 어이없어 했다.

"그 말씀은 역시 기적을 바라자는 말 같은데요."

"넌 뭔가 착각하는 것 같군. 기적이란 있을 수 없는 일이 일어나는 것이 아니야. 있을 만하니까 일어나는 것이지."

청류는 잠시 뜸을 들였다가 말을 덧붙였다.

"단지 확률이 좀 낮을 뿐이지."

3

장소산은 그 후에도 청류가 정한 기본 수련을 반복했다. 익숙해질수록 훈련 강도가 강해지긴 했지만, 여전히 강도 높은 특훈과는 거리가 멀었다. 장소산은 그 훈련만으로는 부족함을 느껴 남는 시간 동안 혼자서 수련을 했다.

그러는 사이 약속된 수련 시간의 절반인 보름이 지나고 말았다. 십육 일째 되는 날 아침, 청류는 장소산을 앞에 두고 입을 열었다.

"이제부터 본격적인 수련의 후반부에 들어가겠네."

"예!"

대답하며 장소산은 이제부터 제대로 된 수련을 하는 모양이라고 생각했다. 청류는 그를 잠시 쳐다보다가 물었다.

"저녁에 매일 혼자 따로 수련하더니 효과가 있었나?"

생각지도 않은 질문이라 장소산은 머뭇거리다가 대답했다.

"나름대로 조금은 도움이 되지 않았나 생각합니다."

"그럼 무공총람의 무공은 모두 익혔겠군."

"예, 일단은요."

청류는 빙긋 웃고는 말했다.

"좋아, 그렇다면 다음 단계로 넘어가기 충분하군. 자, 덤벼보게."

"예?"

"수련의 후반 단계는 바로 나와 싸우는 것일세."

"예에?!"

장소산은 황당해졌다. 지금까지 기본 훈련만 계속하다가 밑도 끝도 없이 곧바로 대련에 들어가자니?

"그건 너무 빠른 것이 아닙니까?"

"너무 늦는 것이 아니냐고 걱정할 때는 언제고 무슨 소린가."

"하지만 수련이란 단계를 밟아가야 하는 것이……."

"처음부터 말하지 않았나. 시간이 없어서 빨리 간다고."

"하지만 아직 준비가……."

"자네, 정말 이상하군."

청류는 굳은 표정으로 장소산을 보며 말했다.

"무공총람의 무공을 모두 익혔다고 했지 않나. 그렇다면 싸우는 방법을 이미 알고 있는 것이 아닌가. 그 외에 무슨 준비가 더 필요한가? 마음의 준비? 실전에서 상대가 그런 걸 할 때까지 기다려 주나?"

이런 말까지 듣게 되자 장소산으로도 더 이상 물러설 수가 없었다.

"좋습니다. 그럼 공격하겠습니다."

"얼마든지."

청류는 아무 자세도 잡지 않고 우뚝 서서 웃고 있었다. 그런 그를 바라보며 장소산은 어떻게 공격해야 할까 고민했다.

'상대는 천뢰 급의 고수다. 그런 사람에게 효과가 있을 만한 공격은…….'

그때였다. 청류가 순식간에 앞으로 다가와 팔을 휘둘렀다.

퍽!

장소산의 몸이 뒤로 날아갔다. 청류는 땅을 박차며 쫓아가 주먹을 휘둘렀다.

퍽! 퍽! 퍽! 퍽! 퍽!

타격음이 끊임없이 이어졌다. 장소산은 말 그대로 비 오는 날 먼지 나도록 맞았다. 수십 대를 때린 청류는 뒤로 물러나서는 쓰러져 있는 장소산을 발끝으로 툭툭 쳤다.

"괜찮나?"

괜찮을 리가 없었다. 장소산은 정신을 잃고 있었다. 청류는 뒤를 돌아보며 소리쳤다.

"물 한 통 가져와라!"

"예!"

채영신이 물통을 가져와서는 장소산에게 부었다. 물을 뒤집어쓰고 정신을 차린 장소산은 머리를 흔들며 일어났다.

"그럼 계속하지."

청류가 웃으며 말했다. 장소산은 비틀거리며 일어나는 듯싶더니 갑자기 주먹을 날려 공격했다.

"좋아!"

청류는 소리치며 공격하는 장소산의 팔을 잡아 비틀었다.

"악!"

장소산이 비명을 지르는 순간 청류는 발길질을 날렸다. 이어지는 연속타! 장소산은 이번에는 주먹 대신 발로 비 오는 날 먼지 나도록 맞고 기절했다.

"물 뿌려라!"

"예."

장소산은 정신이 깨어나자마자 일어나지 않고 곧바로 발차기를 날렸다. 청류는 훌쩍 뛰어 피했다.

"으아아아아!"

괴성을 지르며 장소산이 달려들었다. 두 번이나 열나게 맞고 나니 화가 뻗친 것이다. 이젠 어떤 무공을 펼칠까 생각할 정신 따윈 없었다. 그냥 되는 대로 익힌 무공이 나왔다.

"아주 좋아!"

청류는 웃고는 손가락을 뻗었다. 찍! 하는 파공음이 나며 어깨의 혈도가 마비되었다. 장소산은 정신이 번쩍 들었다. 두 번이나 당하고 나니 다음에 어떻게 될지 안 봐도 뻔했다. 또다시 꼴사납게 몰매를 맞지 않기 위해 장소산은 바닥을 굴렀다. 무인들이 치욕으로 생각하는 동작이었지만, 그런 것을 따질 정신 따위는 없었다.

"후우!"

일단 몰매는 면할 수 있었다. 청류는 빙그레 웃고는 물었다.

"어때, 좀 나아졌지?"

"예? 예."

그러고 보니 처음에는 공격 한 번 제대로 못해보고 몰매를 맞았는데, 세 번째는 그래도 몇 초 공격했고, 몰매도 맞지 않을 수 있었다. 청류가 웃으며 말했다.

"역시 백 번 듣고 연습하는 것보다 실제로 한 번 싸워보는 것이 도움이 되지. 그럼 계속해 볼까?"

장소산이 대답하려 하는데 청류는 이미 지척까지 도달해 있었다.

빡!

피하지 못하고 장소산은 뒤로 날아갔다. 이것이 끝이 아니다! 진짜 공격이 온다! 장소산은 화급히 무공총람 수비편의 적힌 대로 몸을 뒤집으며 양팔로 원을 그렸다. 청류의 공격이 그대로 원 안으로 들어왔다.

"합!"

장소산은 원 안으로 들어온 청류의 팔을 잡아 비틀려고 했다. 하지만 청류는 그전에 팔을 빼며 퇴법을 날렸다. 장소산은 당하지 못하고 공격을 맞았다. 맞은 아픔 따윈 느낄 겨를도 없었다. 장소산이 고개를 숙이는 순간 청류의 공격이 위를 스치고 지나갔다.

즉시 반격에 들어간 장소산은 수공편의 무공으로 팔을 뻗어 청류의 턱을 잡으려 했다. 청류는 뒤로 고개를 젖혀 피하고는 다시 발길질을 날렸다. 장소산은 이번에는 피할 수 있었다. 상대가 공격을 피하는 순간 곧바로 옆으로 몸을 날려 공격을 피한 덕분이었다.

장소산은 청류와 싸우면서 한 가지를 뼈저리게 느낄 수 있었다. 그것은 생각을 하고 행동하면 꼭 한 발 늦게 된다는 것이었다. 몸이 바로 바로 움직이지 않으면 도저히 공격을 피할 수가 없다. 공격에 맞아도 통증 따윈 무시하고 곧바로 다음 공격을 대비해야 한다. 그렇지 않으면 몇 배나 더한 고통을 느끼게 된다.

뭘 했는지도 모르게 반 시진이 지나갔다. 장소산은 녹초가 되어 서 있을 힘도 없을 정도가 되었다. 그동안 그는 여덟 번이나 기절했다. 지금 몸에서 떨어지는 물이 기절했을 때 뿌린 물인지, 자기 몸에서 나오는 땀인지 알 수가 없었다.

"좀 쉬도록 하지."

청류가 말을 끝내기도 전에 장소산은 그대로 허물어지듯 바닥에 쓰러져 버렸다. 청류는 그를 방에 눕히고 빠른 속도로 전신 경맥을 두드렸다. 타격의 충격을 몸속에 남기지 않고 배출시키고 혈맥의 이동을 촉진시키기 위해서였다.

반 시진 동안 안마를 한 청류는 장소산을 깨웠다.

"자, 그럼 다시 싸워볼까?"

다시 대련이 시작되었다. 그래도 많이 익숙해져 이번에는 반 시진의 대결 동안 세 번 기절하는 것으로 끝났다. 하지만 다음의 대결에서는 열다섯 번이나 기절했다. 단순하던 청류의 공격에 허초가 섞이기 시작했기 때문이다.

사람이 반나절도 안 돼 수십 번이나 기절할 정도로 맞으면 견딜 수가 없는 법이다. 장소산은 결국 참지 못하고 물었다.

"이렇게 수련하면 정말 강해질 수 있는 것입니까?"

청류는 대답했다.

"그거야 자네 하기 나름이지."

"뭘 어떻게 하란 말입니까?"

"강해지게."

잠시 멍해졌던 장소산은 화를 버럭 내며 소리쳤다.

"말이 이상하잖습니까?!"

"전혀 이상할 것 없네."

청류는 말했다.

"난 확실히 자네보다 훨씬 강하네. 그런 나의 공격을 막아내기 위해서는 자네 자신이 강해지는 수밖에 없지. 내가 말했지? 자네의 강해지고 싶어하는 의지에 호응하여 자네의 몸이 잠재력을 끌어낼 것이라고. 난 단지 그 계기를 만들어주는 것뿐이라고."

그는 장소산을 바라보며 말을 이었다.

"강자와의 싸움, 이것만큼 무인이 한순간에 강해질 만한 계기가 없지."

"……!"

장소산은 잠시 멍해져 있다가 정신을 차리고 물었다.

"제가 그렇게 해서 강해질 수 있을까요?"

"그건 모르지. 자네가 나와의 대련을 강해질 계기로 삼을지, 아니면 단순히 고통뿐인 구타로 받아들일지. 하지만 한 가지 확실한 것은……."

청류는 덤덤한 목소리로 충격적인 말을 꺼냈다.

"강해지지 않으면 자네는 죽을 걸세."

"……!"

"나와의 대결은 보름 동안 총 팔 일간일세. 하루 싸우고 하루 쉬지. 그동안 난 자넬 공격하는 강도를 조금씩 늘일 걸세. 그것에 맞춰 자네가 강해지지 못하면 몸에 받는 타격의 양이 점점 늘어나게 돼. 사람의 몸이 견딜 수 있는 충격의 양은 한계가 있지. 그 한계를 넘어서는 순간, 자네의 육체는 붕괴되어 죽는 걸세.”

멍해져 있는 장소산을 바라보며 청류는 말을 이었다.

“난 자네의 부탁으로 수련시켜 주고 있는 거네. 어디까지나 자네의 선택이지, 내 선택이 아니야. 도저히 견디지 못하겠다고 느끼면 언제라도 수련을 그만두자고 말하게. 그럼 끝내주지.”

장소산은 잠시 고개를 숙이고 생각에 잠겼다가 고개를 들었다.

“좋습니다. 그럼 계속 수련을 하지요.”

4

해가 지자 하루의 대결이 마침내 끝이 났다. 완전히 녹초가 된 장소산은 서 있을 힘도 없어 한중평의 부축을 받아 집 안으로 들어갔다. 엄청난 피로와 몸에 남은 타격으로 숟가락을 들 힘조차 없었다.

“영신, 네가 먹여주거라.”

“예.”

청류의 명령으로 채영신이 장소산에게 음식을 먹여주었다. 식사가 끝나자 장소산은 즉시 드러누워 잠에 빠져들었다.

다음날 일어나 보니 해가 중천으로 뜬 점심 무렵이었다. 채영신이 찾아와 점심을 차려주고 청류는 볼일이 있어 나갔다고 말해주었다. 밥을 먹은 장소산은 잠시 쉬다 밖으로 나왔다.

어제 청류와 싸운 충격이 아직 남아 있어 몸속 이곳저곳이 욱신거렸다. 장소산은 몸을 풀어주며 청류가 한 말을 떠올렸다.

"사람의 몸이 견딜 수 있는 충격의 양은 한계가 있어. 그 한계를 넘어서는 순간 자네의 육체는 붕괴되어 죽는 걸세."

장소산은 천천히 무공총람의 무공을 수련했다. 하루의 대결 후에 하루의 휴식, 그 일정의 의미는 간단하다. 대결도 중요하지만 휴식도 중요하다. 하루의 휴식 동안 전날 받은 충격을 최대한 풀어주고, 대결에서 깨달은 자신의 단점을 반성하고, 마지막으로 내일 있을 대결에 대비하지 않으면 안 된다.

그는 어제 대결에서 자신의 문제점을 절실히 깨달을 수 있었다. 그것은 바로 무공총람의 무공을 제대로 익히고 있지 않다는 것이었다. 분명 머리로 이해하고 펼칠 수 있긴 했지만, 정작 청류와의 대결 때 그는 무공총람의 무공을 제대로 쓸 수 없었다.

청류 같은, 자신보다 강한 자와 싸울 때는 생각할 시간 따윈 없다. 생각보다 먼저 몸이 반응하지 않으면 안 되었다. 그런데 생각보다 먼저 반응한 몸은 무공총람의 무공을 제대로 발휘하지 못했다. 머리 속에서 이해한 무공이 몸에 제대로 자리잡지 않은 탓이었다.

'지금까지 난 무공의 겉만 핥고 있었다.'

초식의 동작을 외우고, 그 동작의 의미를 이해하고, 그대로 펼칠 수 있으면 그 무공을 다 배운 것이라고 생각했다. 하지만 그것은 절반에 불과했다. 진정 그 무공을 완벽히 익히려면 육체 속에 그 무공을 각인시켜야 했다. 무의식 속에서도 완벽히 펼칠 정도가 되지 않으면 안 되는 것이다.

'하지만 그렇게 되려면 적어도 수년은 걸린다. 지금은 시간이 없으니 어떻게 하면 좋지?

지금까지의 자신의 잘못은 알았다. 하지만 자신의 깨달음대로 무공을 몸에 각인시키려면 수천, 수만 번 반복하여 연습하지 않으면 안 된다. 그런데 문제는 바로 내일 당장 싸우고, 보름 안에 강해져야 한다는 것이다. 장소산은 머리를 싸매고 고민하다 문득 진갑의 말을 떠올리고 쓴웃음을 지었다.

"내가 기초가 부실해 곧 한계에 달할 것이라는 것은 이것을 두고 한 말이었군."

진갑을 떠올리니 그때 대련을 한 상대인 강연수가 생각났다. 그와 동시에 어렸을 때 그녀와 한 대결이 떠오른 장소산은 머리 속이 환해지는 것을 느꼈다.

"그래, 그렇게 하면 돼!"

어린 시절 장소산은 강연수와 대결할 때 무공총람 신법편의 초식 몇 개를 뽑아 익혀 싸우고, 다시 익혀 싸우기를 반복했었다.

'지금 당장 무공총람의 모든 무공을 다시 수련한다는 것은 무리다. 하지만 생각해 보면 꼭 모든 무공을 다 익힐 필요는 없다. 필요한 몇 개의 무공 초식만을 따로 빼서 중점적으로 익히면 되지 않겠는가!'

장소산은 지금까지 자신이 익힌 무공의 초식을 하나씩 되짚어보며 그중에서 쓸 만하다 싶은 것을 하나씩 바닥에 써보았다. 반 시진을 궁리하며 써보니 수천 초식이나 되었다. 지금까지 자신이 익힌 무공의 종류가 적다고 생각하고 있었는데, 이렇게 나열해 보니 상당한 양이었다.

"너무 많군."

비슷하거나 좀 부족하다 싶은 것을 제하고 좋은 것만 고르니 백여 초식이 되었다. 그는 고민하다 그중에서 삼십 개를 추렸다. 공격 초식 열 개, 수비 초식 열 개, 공격을 피하며 반격을 노리는 초식 열 개였다.

그런데 수련하려고 보니 완벽히 익히려면 이 서른 개도 많은 편이지만, 정작 대결 때 서른 개의 초식은 너무 적은 것 같았다.

'삼십 초 정도는 금방 끝나 버린다. 이걸 다 펼치고 나면 난 지는 수밖에 없지 않겠는가.'

고민하던 장소산은 지금까지 있었던 자신의 싸움을 생각해 보고 해결 방법을 생각해 낼 수 있었다.

'바보로군. 싸울 때 꼭 이것들만 쓰란 법은 없지.'

무인의 대결은 실력이 비슷하면 수백 초, 수천 초까지 가게 된다. 하지만 정작 승부를 결정짓는 것은 한순간이다. 평소에는 지금까지 배운 일반적인 초식을 쓰고, 서른 개의 초식은 승부를 결정짓는 순간, 혹은 위기의 순간에만 쓰면 되는 것이다.

'과연, 그렇다면 이 서른 개 초식이 내 구명절초가 되는 것이로군. 이름을 구명삼식이라고 하면 딱이겠군.'

장소산은 일단 구명삼식의 열 개 초식을 밤이 늦도록 수련했다. 하루라는 시간은 열 개 초식을 완전히 몸에 붙도록 익히는 데 부족하긴 했지만, 열 개의 초식만을 중점적으로 수련하니 성과가 있긴 했다.

다음날 청류와의 대결 때 이 열 개의 초식을 사용하니 다른 초식을 쓸 때보다 확실히 훨씬 효과가 좋았다. 일반 초식을 쓸 때 청류는 간단히 반격하거나 꿰뚫어보고는 했는데, 구명삼식의 초식을 쓸 때는 쉽게 대응하지 못했다.

'됐다!'

전번 대결 때보다 훨씬 적게 맞고 기절도 덜한 장소산은 자신이 생각한 방법이 확실히 효과가 좋다 확신하고, 다음 쉬는 날에 나머지 스무 개의 초식도 열심히 수련했다. 청류의 공격은 날이 갈수록 강해졌으나, 장소산 역시 구명삼식의 조예가 깊어지며 그에 맞춰 대응할 수 있었다.

그런데 청류와의 대결이 다섯 번째로 접어들었을 때 장소산은 당황하지 않을 수 없었다. 구명삼식이 전혀 통하지 않게 된 것이다. 다른 일반 초식을 쓸 때와 전혀 다를 것이 없었다. 그날 장소산은 첫날보다 훨씬 많이 두들겨 맞고 말았다.

'어째서지? 왜 이렇게 된 거지?'

당황하여 어쩔 줄 모르는 장소산을 내려다보며 청류는 말해주었다.

"자네와 난 하루에도 수천 초, 오 일 동안 일만 초 이상을 싸웠을 거네. 그렇게 오래 싸우는 동안 자네의 삼십 초를 파악하지 못하는 것이 더 이상한 일 아닌가?"

장소산은 머리로 망치를 얻어맞는 것 같았다. 생각해 보면 당연한 일 아닌가! 파악 못하면 그것이 더 이상한 일인 것이다. 그는 잠시 멍해져 있다 정신을 차리고 물었다.

"그렇다면 지금까지의 제 방법이 틀린 것입니까?"

"아니, 틀리진 않았네. 보통 경우가 아니면 한 사람과 수만 초를 싸우는 일은 없을 테니까. 단, 문제는 그 정도로만으로는 모자라다는 거야."

"모자라다고요?"

"자네의 방법은 자신이 가진 힘을 어떻게 효율적으로 사용하느냐에 중점되어 있네. 하지만 기본 실력이 올라가지 않아서야 여전히 천뢰는 커녕 그 부하도 이기지 못하는 점은 마찬가지라는 것이 문제지."

“…그런 겁니까?”

장소산은 고개를 숙였다. 분명 해답을 발견했다고 생각했는데 그게 아니었다니!

“아무래도 좀 방법을 바꿔야겠군.”

청류는 그를 잠시 보고 있다가 말하더니 주먹을 뻗어왔다. 장소산은 급히 피하려 했지만 가슴에 정통으로 얻어맞았다.

“……!”

장소산은 눈을 부릅떴다. 지금까지 맞을 때와는 비교도 안 되는 엄청난 고통이 몸속으로 파고들었다. 그는 그동안 수련해서 얻은 경험인 다음 공격을 대비하는 것을 생각할 정신도 없이 바닥을 뒹굴었다.

“으아아아아아악!”

고통에 몸부림치는 장소산을 내려다보며 청류는 설명했다.

“이 무공의 이름은 투골타라고 하네. 특별히 오묘한 점이 있는 것도 아니고, 위력이 강한 것도 아니지. 단 한 가지 장점이자 특징은 공격한 상대에게 뼛속까지 파고드는 엄청난 고통을 준다는 것이네.”

청류는 차가운 목소리로 말을 이었다.

“이 고통을 더 이상 겪기 싫으면 나의 공격을 피해야 하네.”

장소산은 벌떡 일어났다. 그의 눈에는 공포가 담겨져 있었다. 그는 지금까지 통증 정도야 육체가 보내는 신호일 뿐, 참을 수 있는 것이라고 생각해 왔다. 하지만 지금 참을 수 없는 한도 이상의 통증을 느껴보자, 그전의 생각은 알지도 모르고 아는 척한 것에 지나지 않는다는 것을 깨달았다.

한도 이상의 통증은 육체뿐 아니라 정신까지 뒤흔들어 버리는 것이다!

"자, 공격하겠네."

말이 끝나자마자 청류의 주먹이 날아들었다. 장소산은 몸을 뒤로 구르며 공격을 피했다. 이제 장소산의 머리 속에는 어떻게 하면 통증을 느끼지 않을까 하는 생각밖에 없었다.

고통이 증가되었다는 것만으로 그전까지의 수련과는 차원이 달라졌다. 장소산은 말 그대로 공포에 질려 미친 듯이 도망쳤다. 그날 하루의 대련은 그렇게 끝을 맺었다.

"그럼 모레 다시 싸우지."

말을 마치고 청류는 몸을 돌려 가버렸다. 혼자 남은 장소산은 그대로 쓰러져 누워버렸다.

하루가 지나고 휴식의 날이 왔다. 하지만 장소산은 쉴 틈이 없었다. 청류를 상대할 다른 방법을 생각해 내야 했다.

'어떡하지? 어떻게 하면 좋지?

그는 미친 듯이 고민했다. 하지만 아무리 고민해도 방법을 생각해 낼 수 없었다. 천뢰 때와 똑같았다. 상대는 자신의 잔머리 따위 간단히 무시해 버릴 수 있는 초절정의 고수였다.

"나보고 어떻게 하란 말이야!"

다음날, 장소산을 깨우러 방에 들어갔던 한중평은 청류에게 가서 말했다.

"장소산이 없어졌는데요."

"그런가?"

청류는 고개를 끄덕일 뿐 아무 말이 없었다. 한중평은 머리를 긁적이며 인상을 썼다.

"그러게 적당히 하지 그랬습니까. 아무리 그래도 투골타까지 쓰다
니!"

청류는 웃음을 지었다.

"너도 그거 한 번 맞고 한 달이나 도망쳐서 돌아오지 않았지."

한중평이 잠시 입을 삐죽거리다가 말했다.

"제가 볼 때 장소산은 그래도 꽤 실력이 늘었습니다. 그 정도면 한
달 수련치고는 많이 성장했다고 할 수 있을 겁니다. 이제 그만 하죠."

"나도 그랬으면 좋겠다."

청류의 대답에 한중평의 표정이 환해졌다.

"그럼 그만 하죠. 제가 찾아서 데리고 오겠습니다."

그러나 청류는 고개를 저었다.

"가만 놔두어라."

"아니, 왜요?"

"장소산 본인이 그만두겠다고 하지 않았지 않느냐."

청류는 앞에 놓인 차를 한 잔 마시고는 말을 이었다.

"정말 그가 수련을 그만둘 생각이라면 나에게 와서 그만 하겠다고
말했겠지. 그 말이 없다는 것은 아직 수련을 할 생각이 있다는 뜻이겠
지."

한중평은 인상을 쓰며 물었다.

"하지만 도망쳤잖습니까?"

"기다려 보지."

청류는 말했다.

"난 애초에 그의 수련에 한 달을 투자하겠다고 약속했다. 아직 오
일이 남았으니 그때까지 기다려 보겠다."

시간은 하루 전으로 돌아간다. 장소산은 아무리 생각해도 답을 찾을 수 없자 답답함을 참지 못하고 하늘을 향해 소리를 지른 후 미친 듯이 달려갔다. 뭐라도 하여 움직이지 않으면 견딜 수 없을 것 같았다.

이곳 마교의 후예인 무명회 사람들이 사는 곳은 사방이 산으로 막힌 지형이었다. 한 방향으로 무작정 달려간 장소산은 어느덧 산속으로 들어가게 되었다.

"여기가 어디지?"

어느 쪽으로 왔는지 기억이 나지 않는다. 장소산은 길을 잃었다는 것을 깨닫고 다시 돌아가려 했다. 하지만 산속의 길은 도저히 방향을 찾을 수 없었다.

외부의 침입자를 경계하는 무명회 사람들은 자신들이 사는 곳을 바깥사람들이 알지 못하도록 오랜 시간 나무와 바위 등으로 천연의 진을 구성해 왔다. 장소산은 자신도 모르게 그 속에 빠져들고 만 것이다.

'이거 큰일났는걸.'

장소산은 자신이 없어진 것을 알고 찾으러 온 사람들이 듣기를 바라며 소리를 질렀다.

"누구 없습니까! 누구 없습니까?!"

한참을 그렇게 소리 지르고 있을 때였다. 멀리서 대답 소리가 들렸다.

"누구 여기 있다! 누구 여기 있다!"

바로 앞에서 말하는 것처럼 똑똑히 들려오는 목소리였다. 장소산은 목소리의 주인공이 무명회에 속한 고수의 것이라 생각하고 기뻐하며 소리쳤다.

"저 여기 있습니다!"

"나 여기 있다!"

장소산은 계속해서 소리치며 소리가 들리는 방향으로 나아갔다. 상
대도 마찬가지 방법으로 오고 있는지 소리가 점점 가까워졌다. 하지만
날이 이미 어두워졌고, 절진 때문에 둘이 만나는 것은 쉬운 일이 아니
었다. 반 시진이 넘게 걸려서야 장소산은 마침내 목소리의 주인공을
만날 수 있었다.

장소산은 상대를 만나자마자 기뻐서 말했다.

"길을 잃었습니다. 절 좀 마을로 데려다 주십시오."

그런데 상대는 어, 하고 놀라더니 반문했다.

"너, 이 근처에 사는 사람 아니냐?"

"아닌데요?"

"그럼 뭐야? 너 길을 잃었냐?"

"예."

"나도 길을 잃었는데?"

"……."

5

기껏 고생해서 만난 사람이 자신도 똑같은 처지라니! 장소산은 기
막혀 하며 눈앞의 상대를 살펴보았다. 청류와 비슷한 나이대로 보이는
초로의 남자로, 흔히 볼 수 있는 평범한 마의를 입고 있었다.

그 사람 역시 장소산을 훑어보더니 말했다.

"쳇, 기껏 사람을 찾았다 싶더니 아무짝에도 쓸모없다니. 재수 옴 붙

었군.”

장소산은 이렇게 대꾸하고 싶어졌다.

‘그건 나도 마찬가지요.’

일단 겨우 만난 사람과 다투고 싶지 않기에 참고 장소산은 물었다.

“누구신데 여기서 길을 잃고 계신 것입니까?”

남자는 대답했다.

“내 이름은 정소무라고 한다. 천하유람을 하고 있는데, 어디서 많이 본 것 같은 풍경이 나오기에 그냥 들어와 봤지. 그런데 설마 여기다 진을 펼쳐 놓았을 줄은! 내가 한 방 먹었지.”

장소산은 놀랐다.

“여기 진이 펼쳐져 있었던 겁니까?”

“그래, 분명 무명회인가 뭔가 하는 놈들의 짓이겠지.”

장소산은 또다시 놀랐다.

“마교의 후예들을 아십니까?”

정소무 역시 어, 하고 놀라더니 장소산을 보았다.

“그 사람들은 자신들을 무명회라고 하지 마교라는 이름은 되도록 안 꺼내려 한다. 그런데 마교라고 하는 것을 보니 무명회 사람은 아니구나. 넌 대체 뭐 하는 녀석이냐?”

“전 개방의 장소산이라고 합니다.”

자신을 밝힌 장소산은 문득 실수를 깨달았다.

‘지금 난 개방에서 파문당한 몸이었지.’

개방이란 말에 정소무는 돌연 웃더니 물었다.

“추월락은 잘 지내고 있나?”

“추 대장로님을 아십니까?”

"그 녀석하고 난 친구 사이지. 뭐, 내 인생에 전혀 보탬이 안 되는
친구이긴 하지만. 그래, 그 녀석 아직도 먹을 것에 환장하고 다니냐?"
"뭐, 늘 그렇죠."
"역시 그렇군. 아직까지 그렇다니, 그 녀석 평생 철들긴 틀렸군."
나이가 여든에 가까운 추월락과 친구라면 정소무의 나이도 보기보
다 훨씬 먹었다는 뜻이 된다. 강호의 대선배를 만났다는 것을 깨달은
장소산은 몸가짐을 정중하게 하고 다시 인사했다.
"대선배님을 뵙습니다."
"그런 예의 귀찮기만 하다. 그보다 개방의 제자라는 녀석이 왜 여기
있지? 정파가 무명회와 싸우기 위한 척후로 널 보낸 것이냐?"
"그렇진 않습니다."
장소산은 곤란해졌다. 상대는 정파 사람인 것 같은데 마교의 후예인
무명회에서 지내며 수련하고 있다고 말할 수는 없었던 것이다.
그런데 정소무는 손을 젓고는 이렇게 말하는 것이었다.
"아서라. 세상에 아무 피해도 안 주고 자기들끼리 조용히 살고 있는
사람들이다. 뭐 하러 괜히 건드려 평지풍파를 일으킨단 말이냐. 누가
시킨 거면 돌아가서 아무것도 못 봤습니다, 라고 보고해라. 그 편이 모
두에게 좋다."
장소산은 의외라고 생각하며 물었다.
"무명회 사람들과 잘 아시는 것 같군요."
"알긴 잘 아는 편이지. 하지만 직접 만나본 적은 없어. 좀 껄끄럽다
고 해야 하나? 날 보면 거기 사람들이 절대 좋아하지 않겠지."
정소무는 말하고는 미심쩍다는 표정으로 장소산을 보았다.
"개방의 제자라면서 이곳에 있는 것도 이상한데, 그렇다고 척후는

아닌 것 같고. 혹시 정파를 배신하고 무명회에 붙어서 정보를 빼돌리고 있었던 것은……."

장소산은 화를 냈다.

"전 누구도 배신한 적 없습니다! 다른 사람들이 날 배신했지!"

정소무는 흥미가 생기는지 빙그레 웃었다.

"그래? 그것참, 재미있겠군. 어디 한번 이야기해 봐라."

그러나 장소산은 자신의 과거를 남의 흥미거리 따위로 전락시키고 싶지 않았다.

"거절하겠습니다."

"쳇, 재미없는 녀석이군."

투덜거린 정소무는 하늘을 보고는 말했다.

"어쨌든 오늘 여길 빠져나가는 것은 틀린 것 같군. 오늘은 여기서 밤을 보내야겠다."

그는 품에서 단도를 꺼내더니 주변의 무성한 수풀과 나무를 닥치는 대로 베었다. 신기하게도 그냥 대충대충 휘두르는 것 같은데도 수풀과 나무들은 힘없이 잘려 나가 버렸다. 장소산은 부러운 눈으로 그를 바라보며 생각했다.

'무공이 상당한 모양이구나. 하긴 추 장로님의 친구 사이면 당연한 것이겠지.'

순식간에 주변은 공터가 되었다. 정소무는 자신이 벤 나무와 수풀의 가지를 모아다가 불을 지폈다. 그리고 짐에서 마른 육포를 꺼내 굽기 시작했다. 상당히 익숙한 것이 많이 노숙을 경험한 모양이었다.

육포가 구워지며 먹음직한 냄새가 주변으로 퍼졌다. 장소산은 자신도 모르게 침을 꿀꺽 삼켰다. 그는 오늘 하루종일 청류를 상대할 방법을 고민하느라 아무것도 먹지 않았다는 사실을 깨달았다.

정소무가 침 삼키는 소리를 듣고 물었다.

"줄까?"

거지인 장소산이 사양할 이유 따위는 없었다. 즉시 감사를 표하며 육포를 잡으려는데 정소무가 재빨리 손을 거두었다. 장소산의 손은 허공만 잡고 말았다.

"준다고 해놓고는 이게 무슨 짓입니까?"

장소산의 항의에 정소무는 히죽 웃고는 말했다.

"난 줄까? 라고 물었지. 준다, 라고 하지는 않았는데."

정소무는 육포를 장소산 눈앞에 흔들며 놀려 댔다.

"줄까? 줄까? 줄까? 줄까?"

강호의 선배라는 인간이 이렇게 치사하게 굴 줄이야! 장소산은 주먹이 부르르 떨리는 것을 참으며 고개를 휙 돌렸다.

"차라리 안 먹고 마는 편이 낫겠습니다."

"그러냐?"

정소무는 실망한 표정을 짓고는 육포를 입에 넣으려 했다. 그런데 그 순간 장소산은 잽싸게 손을 뻗어 육포를 낚아채려 했다.

"합!"

생각은 좋았지만 상대의 손이 더 빨랐다. 이번에도 장소산은 허공만을 잡았다. 정소무는 살짝 눈살을 찌푸리고는 물었다.

"안 먹는다며?"

장소산은 대꾸했다.

"안 먹는 편이 낫겠다고 했지, 안 먹겠다고는 안 했는데요."

"하하, 그거 말 되는군. 너, 제법 마음에 드는구나."

정소무는 웃으며 육포를 내밀었다. 그러나 장소산이 좋아하며 잡으려 들자 다시 잽싸게 손을 거두더니 육포를 입속에 넣어버렸다.

"네가 마음에 드는 것과 먹을 것을 나눠주는 것은 별개의 문제지."

장소산의 얼굴이 구겨졌다. 하는 짓이 꼭 추월락을 생각나게 했다.

"어떻게 추월락 장로님과 친구가 되었는지 궁금했는데, 이제 보니 알 것 같군요."

"응? 뭐가 말이냐?"

"하는 짓이 추 장로님과 똑같은 게 과연 유유상종……."

"뭐야?!"

정소무는 화를 버럭 내며 벌떡 일어났다.

"내가 그 인간 말종과 똑같다고? 살다 살다 이런 지독한 모욕은 처음이다!"

'욕이라는 것은 바로 알아차리는군.'

장소산은 속으로 웃으며 말했다.

"먹을 것 밝히고, 욕심쟁이에 치사한 것까지 추 장로님과 완전 딱인데요."

"뭐야?!"

정소무는 눈앞의 얄미운 거지 녀석을 패버리고 싶었지만 꾹 참았다.

'아서라. 지금 폭력을 휘두르면, 내가 추월락 같은 인간이라는 것을 스스로 인정하는 꼴밖에 안 된다.'

그는 마음을 가다듬고 말로써 자신이 추월락과 다르다는 사실을 설명하려 했다.

"잘 들어라. 추월락은 식탐이 많다. 하지만 난 그렇지 않다."

장소산은 반문했다.

“똑같이 먹을 것 안 주고 혼자만 먹는데요?”

“그야 세상에는 공짜가 없으니까 그렇지. 난 이 육포를 비상 식량으로 개당 세 푼에 샀다. 그런데 그걸 네가 공짜로 먹는다면 옳지 못한 일이라는 생각이 안 드냐?”

장소산은 기가 차서 물었다.

“그러니까 나보고 돈 주고 사라고요?”

정소무는 고개를 끄덕였다.

“그래, 내가 그 말을 안 한 것은 네가 거지라서 물어봤자 돈 없을 것 같아 그랬지. 내가 물어보면 넌 돈이 없다는 자신의 신세에 슬퍼할 것이니 안 물어보는 편이 나을 것 같았다.”

장소산은 황당하기도 하고 화가 나기도 해서 말했다.

“좋습니다. 저도 돈 있습니다. 돈 주고 사지요. 세 푼이라고 했지요?”

“아니, 닷 푼이다.”

“예? 분명 세 푼 주고 샀다고 하지 않았습니까?”

“원래 중간 유통 경로를 거치면 마진이 붙기 마련인 것이다. 육포판 상인에서 나라는 경로를 거쳐 네 손에 들어가니, 당연히 가격이 오르지.”

장소산은 뭐 이런 인간이 다 있냐는 생각이 들었다.

‘추월락 장로가 먹을 것에 환장했다면, 여기 이 사람은 돈독이 올랐군. 정말 유유상종이 아닐 수 없다.’

그는 이런 인간에게 이익을 주면서까지 배를 채워야 하냐는 생각이 들었다.

‘그래, 하루쯤 굶는 거야 전에도 다반사였으니 그냥 참고 말자.’

생각을 정한 장소산은 돌아누워 버렸다. 정소무는 자신이 피운 불을 쬐고 있으니 이것도 돈을 받아야 하는 것 아닌가 하는 생각이 잠시 들었지만, 그랬다가는 또다시 추월락과 똑같은 인간이라는 소릴 들을까 봐 참았다.

하루가 지나가고 다음날 아침이 되었다. 장소산은 새벽 일찍 일어나며 생각했다.

'결국 하루 수련을 못하게 되고 말았군.'

그 엄청난 고통을 겪은 수련을 하지 않게 되어 잘됐다는 생각도 들었지만, 자신이 수련이 무서워 도망쳤을 것이라 청류가 여길 것을 생각하니 마음이 편치 않았다.

'난 사정이 있어서 수련을 못하는 것뿐이지 일부러 도망친 것은 아니다.'

장소산은 이렇게 생각했다. 하지만 그럼에도 당장 이곳을 빠져나가 청류로 돌아가려 하지 않았다. 그의 마음속 깊은 곳에 있는 두려움이 그의 발길을 막은 것이다.

결국 그는 돌아가야 한다는 마음과 돌아가기 싫다는 마음 사이에서 타협점을 찾았다. 그 자리에서 자기 혼자 수련을 시작한 것이다.

한참을 수련에 전념하니 새벽이 지나 아침이 되었다. 문득 돌아보니 정소무가 자신의 수련을 쳐다보고 있었다. 강호에서 남의 수련을 훔쳐보는 것은 금기이다. 바로 옆에서 수련을 하면서 봤다고 따지는 것도 좀 그렇긴 했지만, 뻔히 쳐다보고 있는 시선이 기분 나빠 장소산은 퉁명스럽게 물었다.

"뭘 보십니까?"

정소무는 말했다.

“너 무공총람을 수련했구나.”

장소산은 조금 놀라며 물었다.

“무공총람을 아시는군요.”

정소무는 피식 웃고는 말했다.

“알다마다. 그럼 아주 잘 알지.”

6

뭐가 그리 재미가 있는지 한참을 피식거리던 정소무는 돌연 물었다.

“그래, 무공총람을 익히니 성취가 있더냐?”

“예, 많이 강해졌습니다. 하지만…….”

“하지만?”

“제가 바라는 경지와는 아직도 멀고 멉니다.”

정소무는 웃음을 지웠다.

“네가 원하는 경지가 어느 정도인데?”

장소산은 천뢰를 떠올렸다. 초절정고수인 천뢰를 쓰러뜨릴 수 있을 정도의 경지, 자신이 과연 그 정도로 강해질 수 있을까?

“…모르겠습니다. 하지만 한 가지는 확실합니다. 지금의 나로는 안 됩니다. 훨씬, 훨씬 더 강해져야 합니다.”

“왜?”

“예?”

“왜 강해져야 하냐고.”

“그야 싸워야 할 상대가 저보다 훨씬 강하니까 그렇죠.”

“상대가 얼마나 강한데?”

“천하에서 적수를 찾기 힘들 정도의 절정고수입니다.”

정소무는 재미있다는 표정을 짓더니 물었다.

“그래서 온몸에 멍이 들도록 두들겨 맞으며 무공을 수련하고 있었던 것이냐?”

장소산은 놀라며 반문했다.

“제가 맞으면서 무공을 배우는 것을 어떻게 아셨습니까?”

“그야 척 보면 알지. 일류고수라 불릴 정도의 무공 수준에 이르면 일격 하나하나가 필살의 위력을 가지게 된다. 네 실력이 그 정도면 상대 역시 최소한 그 정도일 텐데, 실전이라면 그 정도로 맞기 전에 백 번은 넘게 죽었지. 그렇다면 일부러 봐주면서 싸웠다는 소린데, 그럼 수련밖에 더 있겠어.”

“맞습니다. 하지만 아무리 해도 가르치는 분이 원하는 수준까지 강해지지 못하겠습니다.”

장소산은 고개를 떨구었다. 정소무는 흥미가 생기는지 물었다.

“자세한 이야기를 해보아라. 혹시 내가 해결책을 찾아줄지 혹시 아냐?”

별로 기대는 안 되었지만 장소산은 어떻게 수련을 하게 되었고, 수련 과정이 어땠는지 이야기했다. 모두 들은 정소무는 곰곰이 생각하다가 뭔가 깨달았는지 말했다.

“널 가르치는 사람의 뜻을 알 것 같군.”

“정말입니까?”

“그래, 내가 가르쳐 주는 대로 하면 문제는 깨끗이 해결된다.”

“어떻게 하면 됩니까?”

“가서 수련 그만 하겠다고 해라.”

“…….”

기대했던 장소산은 실망하여 표정이 일그러졌다.

“고민하는 사람 가지고 장난하지 마십시오.”

“장난 아니다. 분명 널 가르치는 사람은 네가 그 말을 하길 원하고 있을 것이다.”

정소무의 표정은 확실히 진지했다.

“네가 싸워야 할 적은 천하에 적수를 찾기 힘든 절정의 고수라며? 게다가 십 년 후가 아닌 바로 지금 당장 싸워야 하고 말이야. 그 말은 애초에 무공으로 적을 능가하여 이긴다는 것은 틀렸다는 것이지. 안 그러냐?”

“……!”

장소산은 흠칫했다. 사실 생각해 보면 누구나 알 만한 단순한 결론이다. 지금까지 생각하지 않고 있었던 것뿐이다.

정소무는 말을 이었다.

“널 가르치는 사람은 네가 그 절정고수인가 하는 놈과 무공으로 싸워서는 이길 수 없다는 것을 깨닫게 해주기 위해서 상대를 해주는 것이다. 현실을 인정하고 다른 방법을 생각하도록 하기 위해서 말이야.”

장소산은 떨리는 목소리로 고개를 저었다.

“…그, 그럴 리가 없습니다.”

“아니, 그럴 리가 있어. 왜냐하면 그 수련 방법에는 큰 문제가 있으니까.”

“문제라고요?”

“그래, 이것 역시 조금만 생각해 보면 알 만한 사실이다. 널 가르치는 사람과 네 무공은 현격한 차이가 난다. 그렇지?”

“예.”

“때문에 실전 같은 대련을 하면 자연히 가르치는 쪽은 거의 일방적
으로 공격을 하고, 넌 죽어라 피해 다녀야 하겠지. 그렇지?”

장소산은 지금까지의 수련을 생각해 보았다. 확실히 정소무의 말대
로 공격은 거의 없이 자신은 대부분 피해 다니기만 했다. 공격할 여유
따위는 전혀 없었기 때문이다.

“예.”

“확실히 그렇게 수련하면 피하는 쪽으로는 많이 늘겠지. 하지만 그
것만으로는 안 돼. 왜냐하면 공격 없인 승리도 없으니까.”

“……!”

장소산은 머리 속이 울리는 듯한 충격을 받았다. 공격 없이는 승리
도 없다! 간단하면서도 무엇보다 확실한 말이었다.

그는 지금까지의 수련 과정을 떠올렸다. 확실히 좀 이상하긴 했다.
보름간의 기초 훈련 후에 곧바로 실전 훈련이라니. 하지만…….

“그분은 저에게 분명 잠재력이 있다고 했습니다. 충분히 강해질 수
있다고 했어요.”

“그래, 넌 분명 강해질 수 있어. 실제로 넌 이미 충분히 강하다. 너
정도 나이에 그 경지에 이른 사람은 강호 전체를 통 털어도 그리 많지
않을 거다. 아마 십 년쯤 후라면 노력 여하에 따라 절정고수가 될 수도
있겠지.”

정소무는 말하다 고개를 저었다.

“하지만 당장 그렇게 강해지는 것은 좀 문제가 있지. 실전 훈련을
통해 한순간에 몸속의 잠재력을 끌어낸다? 전투를 거듭하여 죽을 고비
를 넘길 때마다 강해지고, 분노를 통해 각성하여 삼단계까지 변신한다

는 무슨 전설의 전투 민족도 아니고, 아무나 다 할 정도로 그게 쉬우면 세상에 절정고수가 널렸게?"

잠시 침묵하던 장소산은 물었다.

"전 그렇게 될 수 없다는 말입니까?"

"뭐, 안 된다는 법은 없지. 세상일이란 아무도 모르는 법이니까. 하지만 세상일은 만날 불가능한 것처럼 말하다가, 결국 다 가능한 것이 되는 이야기 속처럼 간단한 것이 아니지."

정소무는 잠시 쉬었다가 장소산을 보며 말했다.

"그 사람이 널 가르친다고 한 것은 아마도 네 무공의 재능을 봐서가 아니라 다른 쪽을 보고 그런 것이겠지."

장소산은 고개를 끄덕였다. 확실히 청류는 자신이 천명회를 무너뜨리기를 바라고 자신을 도와준 것이다. 강해지고 싶으니 수련시켜 달라고 한 것은 자신이지 그가 아니었다.

"하지만……."

침묵하던 장소산이 입을 열었다.

"전 강해지고 싶습니다. 약해서 아무것도 못하고 도망치는 인간으로 더 이상 살고 싶지 않습니다."

그는 주먹을 부르르 떨었다. 그의 목소리는 점점 커지고 있었다.

"전 참을 수 없습니다. 천뢰, 그자의 자신보다 약한 사람을 벌레 보듯 쳐다보는 눈길, 무공의 재능 좀 타고났다고 선택받은 인간인 것입니까? 남을 깔보고 무시해도 되는 것입니까? 그런 것은 아니지 않습니까!"

정소무는 고개를 끄덕였다.

"물론 그렇지."

"제 사부님이 그자들 때문에 돌아가셨습니다. 숭산의 임 장문인이 절 지키기 위해 목숨을 버렸습니다. 이대로 현실에 굴복하여 수련을 그만두면 전 아마 평생 얼굴을 들지 못하게 될 것입니다."

장소산은 몸을 돌렸다. 이제 더 이상의 머뭇거림은 없었다. 그는 당장 청류에게 돌아가 다시 수련을 할 생각이었다. 죽든 살든 끝까지 해 볼 작정이었다. 그런데 그때 정소무의 말이 그의 발길을 붙잡았다.

"할 수 없군. 내가 도와주지."

"예?"

"내가 수련시켜 주겠다고."

정소무는 일어나서 엉덩이를 털고는 말했다.

"뭐, 이것도 인연이라면 인연이니 조금만 가르쳐 주지. 영광으로 알아라. 난 원래 아무나 안 가르친다."

"아, 예."

장소산은 대답을 하면서도 과연 이 사람에게 배워야 하나, 말아야 하나 고민했다. 정소무는 그런 그의 앞에 와서는 말했다.

"그런데 얼마 줄래?"

"예?"

"내가 계속 말하지 않았냐, 세상에 공짜는 없다고. 이 몸께서 특별히 무공을 가르쳐 주시는데 수업료를 내야지."

장소산은 표정을 찡그렸다.

"보통 이런 상황에서 무공의 고인은 아무 대가도 없이 가르쳐 주는 것 아닙니까?"

정소무 역시 표정이 구겨졌다.

"이게 거지라서 그런지 세상을 날로 먹으려 드네. 동네의 허접한 무관도 입문하려면 최소한 은 다섯 냥은 받는다. 그런데 이 몸이 친히 가르치는데 돈 한 푼 안 받으면 내가 동네 무관의 사범 따위보다 못하다는 소리가 아니냐. 기분 나빠서라도 난 절대 그렇게는 못한다.”

“대문파에서는 돈 안 받고 제자받잖아요.”

“거기야 정식 제자로 삼아 두고두고 부려먹을 계산을 깔아두고 하는 거지. 그럼 돈 안 받고 내 제자 할래? 날 따라다니며 시중들면 공짜로 가르쳐 주지.”

장소산이 생각해 보니 정소무의 제자가 되었다가는 밑천을 뽑는다고 두고두고 부려먹을 것 같았다. 잠시 고민한 장소산은 물었다.

“확실히 절 강하게 만들어줄 자신 있으십니까?”

“물론 있지. 내가 사기 치는 거면 날 삶든 볶든 맘대로 해라.”

일단 자신감이 있는 것을 보니 엉터리는 아닌 것 같았다. 장소산은 가진 돈을 탁탁 털었다. 개방에서 무림맹으로 갈 때 받았던 노자돈 은 다섯 냥이 남아 있었다.

“자요.”

돈을 받아 세어본 정소무는 실망스런 표정이 되었다.

“겨우 다섯 냥? 다섯 냥어치만큼 가르쳐 주려면 힘든데. 쳇, 할 수 없지.”

정소무는 투덜거리면서도 곧바로 수업에 들어갔다.

“자, 자세를 낮추고, 허리를 똑바로 하고, 팔을 옆구리에 딱 붙이고……”

이건 평범한 정권 찌르기 자세로, 장소산도 과거 사부인 채평안에게 기초 무공을 전수받을 때 배운 것이었다. 장소산은 인상을 쓰며 물었다.

“저도 그 정도는 할 줄 압니다. 설마 이거로 다섯 냥어치 끝이라고 할 셈은 아니겠지요?”

정소무는 순간 움찔했다.

“하하, 그야 물론 아니지. 이미 배운 거라니 잘됐군. 어디 해봐라.”

정소무의 지시대로 장소산은 배운 대로 주먹을 뻗었다. 그러나 곧바로 정소무에게 뒤통수를 얻어맞았다.

“할 줄 알긴 개뿔이 할 줄 알아. 다리에서 생긴 힘이 허리에서 끊겼잖아!”

“오래간만에 해서 실수한 것뿐입니다. 머리 나빠지니까 때리지 마세요.”

“원래 무공은 맞으면서 배우는 거야. 돌아가신 나의 사부님도 날 이런 식으로 가르치셨어. 사부님이 말씀하시길, 맞으면서 큰 자식이 나중에 효자 된다더라.”

“전 선배님 자식 아닙니다.”

“나도 너 같은 자식 필요없다.”

잠시 티격태격한 끝에 장소산은 다시 수련에 들어갔다. 몇 번 정소무에게 맞고 자세를 교정 잡자 곧 완벽한 자세가 되었다.

“좋아, 자세는 됐으니 이제 주먹에 기를 실어봐라.”

“예.”

장소산은 단전에서 운기를 하여 기를 실어 주먹을 날렸다. 하지만 정소무는 고개를 저었다.

“틀어.”

그는 손바닥을 장소산의 등에 대었다. 한줄기 진기가 정소무의 손바닥에서 장소산의 단전으로 스며들었다. 그와 동시에 단전의 진기가 요동치기 시작했다. 장소산은 답답함을 느꼈는데, 꼭 예전 심공편을 얻지 못해서 내공이 날뛸 때 같은 기분이었다. 어떻게든 진기를 밖으로 내보내지 않으면 참을 수 없을 것 같았다.

"자, 단전에 넘치는 힘을 주먹에 전하는 거다! 자세 틀리지 말고!"

정소무의 지시에 장소산은 온 힘을 실어 주먹을 날렸다.

"하앗!"

순간 웅 하는 바람을 가르는 소리가 울려 퍼졌다. 동시에 정면에 있는 나무가 흔들렸다. 장소산은 놀라 눈이 커졌다.

'이건!'

예전 진갑이 한중평과 싸울 때 권을 날려 몇 장 앞의 나무에 주먹 모양을 새겨 넣었던 적이 있었다. 그때와 비교해 위력이 떨어지긴 하지만 권의 위력이 앞으로 뻗어나가 나무를 흔든 것이다.

'내가 이런 것이 가능할 줄이야!'

스스로에게 놀라는 장소산의 어깨를 두드리며 정소무는 말했다.

"좋아할 것 없다. 내가 진기를 유도해 준 덕분이니. 지금 느낌을 잘 기억해서 이제부턴 내 도움 없이 해야 한다."

"아, 예."

장소산은 다시 정권 찌르기를 연습했다. 한 번 해보니 생각보다 훨씬 쉬웠다. 기본적으로 자신이 익힌 수심파와 요령이 같았던 것이다.

"좋아, 그럼 다음 단계로 넘어가자."

정소무는 짐에서 지필묵을 꺼내더니 장소산에게 말했다.

"여기다 네가 지금 가장 미워하는 사람의 얼굴을 그려라."

"예."

장소산은 그림을 그렸다. 정소무의 주먹이 날아왔다.

"왜 하필 나냐?"

"바로 앞에 있어서 보고 그리기 쉬워서요."

"딴 사람으로 해라."

장소산은 천뢰의 얼굴을 떠올려 그림을 그렸다. 정소무는 그림을 가져다가 아름드리나무에 붙이고는 장소산을 일 장 앞에 서게 했다.

"좀 전까지 배운 것을 기억하고 있겠지?"

"예."

"자, 저기 눈앞에 네가 미워하는 사람이 있다. 때리고 싶지? 열나게 패고 싶지?"

"그림일 뿐인데요?"

"진짜가 있다고 생각하란 말이야."

장소산은 그림을 노려보았다. 눈앞의 천뢰가 있다. 자신을 비웃고 있다. 가슴속에서 분노가 차 오른다. 정소무가 소리쳤다.

"배운 대로 주먹을 뻗어라! 분노를 담은 주먹을! 눈앞의 이 자식을 날려 버려라!"

"으아아아!"

장소산은 주먹을 뻗었다. 배운 대로의 자세로, 단전의 기를 담아, 분노의 주먹을!

쾅!

주변의 공기가 격렬히 진동했다. 눈앞의 나무가 요동쳤다.

"이, 이럴 수가……!"

눈앞의 아름드리나무에 장소산의 주먹의 형상이 선명히 박혀 있었다. 전에 진갑이 보여준 권과 비슷한, 아니, 그 이상의 위력!

정소무가 빙그레 웃고는 장소산의 머리를 쓰다듬었다.

"잘했다. 이 느낌을 잊지 마라."

7

멍하니 있던 장소산이 정신을 차리고 물었다.

"이, 이건 어떤 무공입니까?"

"무슨 특별한 무공 따위가 아니다. 굳이 이름을 달자면 혼이 실린 권이다."

"혼이 실린 권?"

"기라는 것은 어떻게 사용하느냐에 따라 성질이 달라진다. 미워하는 마음으로 사용하면 남을 해하는 살기가 되고, 위하는 마음으로 사용하면 치료하는 힘이 되기도 한다. 방금 너의 권에는 너의 분노가 담겼다. 그래서 파괴적인 힘을 내게 된 것이지."

정소무는 설명했다.

"보통 정파에서는 싸울 때 잔잔한 물처럼 감정을 안정시키라고 한다. 확실히 그렇게 하면 실수도 없고, 본래 자신의 실력을 낼 수 있지. 하지만 그뿐인 것이다. 가진 실력의 십 할은 가능해도 십이 할은 불가능하다."

"본래 실력 이상을 낼 수 없다는 뜻입니까?"

"그렇다. 인간은 감정을 가진 살아 있는 존재다. 자신이 가진 감정을 폭발시킴으로써 한계 이상의 힘을 낼 수 있다. 육체의 한계를 부수는 것은 정신! 분노, 열정, 추구 등의 불타오르는 감정들. 무심이니 뭐니 하면서 감정을 죽이면 마음이 담겨 있지 않은 죽은 기가 된다. 마음이 담겨야 진정 살아 있는 기가 되는 것이다."

장소산은 전에 심경초를 쓰러뜨릴 때를 생각했다. 확실히 그때 그의 수심파는 초일류 고수인 그를 일격에 격살했다.

'그것이 가능했던 것도 이번처럼 내 복수심이 수심파의 위력을 증가시킨 것일까?'

순간 무공총람 심공편의 내용이 떠올랐다. 심공편의 적힌 이해할 수 없었던 구절…….

'진정한 고수만이 자신의 의지와 정신을 담는다!'

순간 모든 것을 깨달았다.

"…선배님이셨군요."

장소산은 정소무를 바라보았다.

"선배님이 무공총람을 지으신 분이군요. 천하제일고수 무신 무언계, 정소무는 가명이었군요."

정소무는 쓴웃음을 짓고는 고개를 끄덕였다.

"그래, 맞다. 내가 무언계다. 잘도 눈치챘구나."

그는 이어 설명했다.

"사실 정소무가 내 본명이다. 날 거두어준 사부님이 지어주신 이름이지. 과거를 잊고 새 출발하려고 무언계란 이름을 썼는데, 무언계란 이름이 유명해져서 귀찮게 되자 다시 정소무란 이름을 쓰게 된 것이지."

장소산은 큰 기쁨을 느꼈다. 자신이 천하제일고수의 가르침을 받게 될 줄이야! 그는 기회를 놓치지 않기 위해 궁금한 것을 물었다.

"무공총람은 모두 몇 권인 것입니까? 왜 여기저기 흩어져 있고, 필적이 다른 책이 있는 것이죠?"

무언계는 웃으며 반문했다.

“정보료는 얼마 줄래?”

장소산은 인상을 쓰며 물었다.

“천하제일고수씩이나 되는 분이 또 돈타령입니까?”

“제아무리 천하제일고수라도 돈이 있어야 먹고사는 법이다.”

대답한 무언계는 몸을 돌렸다.

“다섯 냥어치는 이제 충분히 가르친 것 같군. 이제 그만 작별하도록
하자.”

그는 성큼성큼 걸어가다가 돌연 멈추었다. 그러더니 하늘을 바라보
고는 말했다.

“원래 가르침을 모두 내린 고인은 홀연히 사라져야 하는 법인
데…….”

무언계는 잔뜩 찌푸린 얼굴로 장소산을 돌아보았다.

“내가 길을 잃었다는 사실을 깜빡했구나.”

“하하!”

웃음을 터뜨린 장소산은 물었다.

“길 찾아주는 데 얼마 주시겠습니까?”

무언계는 쓴웃음을 지었다.

“…내가 한 방 먹었군.”

장소산은 더 이상 요구하지 않고 무언계와 함께 길을 찾았다. 무언
계가 가르쳐 준 무공은 은 다섯 냥 정도로는 비교가 안 되는 가치가 있
다. 그가 돈을 벌기 위해서가 아닌 호의로 무공을 가르쳐 주었다는 것
을 장소산은 충분히 느끼고 있었다.

장소산은 예전 사부에게 배운 방법대로 차근차근 주변의 사물에 표
시를 해가면서 길을 찾아갔다. 날이 어두워질 무렵 둘은 무사히 절진

에서 빠져나올 수 있었다. 눈앞에 마을이 보이는 곳까지 오자 무언계
가 말했다.

"난 이제 진짜로 가봐야겠군."

무언계는 마교의 지도자였던 소요유를 죽인 장본인이다. 무명회 사
람들과 만나면 좋지 않다는 것을 잘 아는 장소산은 고개를 끄덕였다.

"정말 감사했습니다."

무언계는 경공을 펼쳐 가려다가 무슨 생각이 들었는지 발을 멈추었
다.

"길 찾아준 보답으로 특별히 한마디 해주지."

장소산은 고개를 숙였다.

"감사히 듣겠습니다."

"세상에는 무공을 익힌 사람보다 익히지 않은 사람이 훨씬 많다. 무
공을 익힌 사람들 대부분도 단지 무공을 삶의 도구로 삼을 뿐, 무공 자
체를 삶의 목표로 삼는 사람은 드물지. 내 말이 무슨 뜻인지 알겠냐?"

"모르겠는데요."

"무공이란, 이 넓고 넓은 세상 전체를 두고 보면 그렇게 대단한 것이
아니라는 소리다."

장소산은 더욱더 모르겠다는 생각이 들었다. 무공이란 것이 그렇게
대단한 것이 아니면, 그것 하나 이루지 못해 고민하는 자신은 무엇이란
말인가.

"자, 이걸 잘 봐라."

무언계는 근처의 나무에 다가가더니 오른손을 가볍게 휘둘렀다. 그
리고는 손으로 나무를 밀자 놀랍게도 나무가 뒤로 넘어가는 것이 아닌
가?

장소산이 깜짝 놀라 다가가 살펴보자 나무의 절단면이 깔끔하게 잘라져 있었다.

"어떻게 한 것입니까?"

"기류라고 한다. 기의 흐름을 날카롭게 하여 칼날처럼 베어버린 것이지. 어때, 대단하지?"

"예, 정말 대단합니다."

장소산은 열심히 고개를 끄덕였다. 무언계는 피식 웃고는 말했다.

"무인들이 이것을 보면 모두들 대단하다고 하지. 하지만 글 쓰는 학자에게 이 재주를 보여주면 뭐라고 할까? 나무 자르는 것은 나무꾼에게 시키면 되는 건데 뭐가 그리 대단하냐고 하지 않을까?"

장소산은 조금 얼떨떨한 표정이 되었다.

"그럴까요? 그래도 대단하다고 할 것 같은데요."

"예전에 한 나무꾼에게 이 재주를 보여준 적이 있었다. 그 나무꾼은 내 재주를 부러워하며 배우고 싶다고 했지. 하지만 내가 이 경지에 이르려면 최소한 삼사십 년이 걸리고, 그렇게 해도 할 수 있게 될지 장담할 수 없다고 하자 뭐라고 했는지 아느냐?"

"뭐라고 했는데요?"

"그거 배울 시간에 나무를 베는 편이 훨씬 낫겠네. 나 안 배우겠소이다."

"……."

"무인들이 부러워하는 무공의 경지가 나무꾼에게는 그저 나무 자르는 묘기에 불과했던 것이다."

무언계는 말을 이었다.

"난 서른이 되기 전에 천하제일고수라 불리게 되었다. 난 나름대로 내 자신의 무공을 자랑스럽게 생각했다. 그래서 내 무공을 정리한 무공총람을 썼지. 내 무공은 좀 난잡한 편이었거든. 잘 정리한 후 내 자식에게 내 모든 무공을 전수해 줄 생각이었다. 난 책을 모두 완성하자 크게 기뻐 친구들을 불러 자랑했다. 그리고 선심 쓰듯 한 권씩 베껴 가는 것을 허락하겠다고 했다."

그는 쓴웃음을 지었다.

"그런데 막상 내 자식 놈에게 무공을 가르치려 하자 무공 배우기 싫다더군. 학문을 익혀 급제를 하겠다나? 화가 나기도 하고 실망하기도 해서 난 여행을 떠났다가 어떤 학자가 책을 수집한다기에 다섯 권을 팔아버리고, 나머지 다섯 권은 무림맹에서 영재들을 키우는데 와서 가르침을 내려달라고 자꾸 귀찮게 굴기에 줘버렸다. 그렇게 열 권의 무공총람을 처분하고 빈손이 되자 문득 이런 생각이 들더군. 세상에는 무공보다 훨씬 가치 있는 것이 있지 않을까 하고 말이야."

장소산은 물었다.

"그것이 무엇입니까?"

무언계는 엄지와 검지로 동그라미를 그려 보이며 답했다.

"그야 돈이지."

"……."

"세상에는 무공을 익혀 천하제일이 되고 싶은 사람보다 돈 많이 벌어 부자 되고 싶은 사람들이 훨씬 많다. 안 그러냐?"

장소산은 고개를 끄덕였다.

"그렇긴 하지요."

"꼭 돈이 아니어도 사람보다 각기 중요한 것은 다른 법이다. 아마 사람들이 중히 여기는 것 순위를 매긴다면 무공의 순위는 그리 높지 않을 거다."

무언계는 마을에 하나둘씩 켜지는 불빛을 가리키며 말했다.

"천하제일고수가 된다고 산을 움직이고, 강을 뒤집을 수는 없다. 사실 별로 대단할 것도 없어. 결국 인간일 뿐이다. 저기 보이는 불빛 속에 살고 있는 사람들과 전혀 다를 바가 없지. 무공 외에 자신에게 더욱 중요한 무엇이 있지 않은지 한 번쯤 생각해 보는 것도 좋을 거다."

그는 돌연 피식 웃었다.

"그냥 그렇다는 거다."

더 이상 말이 없었다. 장소산이 돌아봤을 때는 이미 그의 모습은 사라진 후였다.

혼자가 된 장소산은 마을로 들어가 청류의 집으로 갔다. 문을 열고 방 안으로 들어가자 청류가 앉아 있었다. 청류는 어떻게 되었는지 묻지 않고 한마디만 했다.

"늦었군."

"죄송합니다."

고개를 숙인 장소산은 청류에게 말했다.

"대련을 부탁합니다."

"알겠네."

청류는 밖으로 나갔고, 장소산 역시 뒤를 따랐다. 둘이 집 앞에서 서로 마주 보고 섰다.

"한 가지 묻고 싶습니다."

장소산이 입을 열었다. 청류는 고개를 끄덕였다.

"물어보게."

"제가 수련을 포기하길 바라시는 겁니까?"

흠칫했던 청류는 고개를 끄덕였다.

"솔직히 말해 그러네."

"그렇다면 수련의 의미는 없었던 것입니까?"

"아니, 그렇지는 않아. 분명 자네는 수련 전보다 강해졌네. 문제는 천명회주와는 여전히 따라잡을 수 없는 큰 차이가 있다는 것이지. 나는 자네가 깨닫기를 바랐네. 무공으로 천뢰를 이기는 것은 불가능하니 다른 방법을 찾아야 한다는 것을 말이야."

장소산은 고개를 숙였다. 역시 무언계의 말대로였다.

"알겠습니다. 수련을 포기하겠습니다."

청류의 표정이 밝아졌다.

"잘 생각했네."

"단, 제 권을 한 번 받아주십시오. 그리고 평가해 주십시오. 천뢰를 한 방 먹일 위력이 있는지."

조금 이상하다는 생각이 들었지만 그 정도 부탁이야 못 들어줄 이유가 없었다.

"알겠네. 어디 공격해 보게."

"예."

장소산은 호흡을 가다듬고 자세를 잡았다. 그리고 무언계에게 가르침을 받았던 권의 느낌을 떠올렸다. 힘과 기와 정신, 자신의 모든 것을 주먹에 담아 권을 날린다!

'혼을 실은 권!'

주먹이 섬광처럼 청류에게 뻗어나갔다. 덤덤한 표정이던 청류의 안색이 순간 경악으로 변했다. 그는 급히 양손으로 장소산의 권을 잡았다.

쾅!

"크윽!"

바닥에 두 줄기의 파인 자국을 만들며 청류의 몸이 뒤로 주르륵 밀려 나갔다. 호흡을 조절하며 장소산이 물었다.

"어떻습니까? 천뢰에게 한 방 먹일 정도가 됩니까?"

청류는 대답 대신 물었다.

"이 권도 무공총람에 적힌 무공인가?"

무언계가 가르쳐 주긴 했지만 확실히 심공편에 적힌 비결이기도 했다. 장소산은 고개를 끄덕였다. 청류는 빙그레 웃었다. 그의 입술 사이로 핏줄기가 흘러내렸다.

"훌륭하군. 평생 나에게 내상을 입힌 사람은 자네가 처음이네. 한 방 먹이고도 남을 위력이었네."

장소산은 고개를 숙였다.

"감사합니다."

아직 준비가 부족하긴 하다. 하지만 더 이상 기다릴 수는 없다. 장소산은 천뢰와 싸우기 위해 나섰다.

『무공총람』 4권으로 이어집니다

무한 상상 · 공상 세계, 청어람 신무협&판타지

『초일』, 『건곤권』, 『송백』!! 신무협 소설의 성공 신화!
작가 백준!! 그가 쓰는 새로운 강호!

청성무사(靑城武士) / 백준 지음

강호를 뒤덮은
마도의 피바람을 잠재워라!

『청성무사』
(靑城武士)

"우화등선하거라… 나의 마지막 소원이다."
사부의 소원이 무섭다.
떠나버린 사매가 야속하다.
하지만 소초산은 개의치 않는다.

망해버린 청성의 마지막 장문인 소초산!
그러나 망한 문파에서도 천하제일인은 나온다!

무한 상상 · 공상 세계, 청어람 신무협&판타지

『두령』,『사마쌍협』을 보았다면
꼭 섭렵해야 할 월인의 최신작!

천룡신무(天龍神舞) / 월인 지음

2005년 무협계를 평정할 거대한 놈이 나타났다!

『천룡신무』
(天龍神舞)

처음에는 운 좋게 병신춤만 추는 인간들을 만나 사지육신을 온전히 보존하고 있는 줄 알았다.
그리고 십 년 동안 이상한 춤만 가르쳐 주고 몽둥이 휘두르는 법은 물론, 주먹 쥐는 법 하나
가르쳐 주지 않은 사부를 원망하기도 했었다.

하지만 이젠 그딴 거 필요없다.
사부께서는 용무(龍舞)를 열심히 수련하면 네놈 몸뚱이 하나는 네 마음대로 움직일 수 있다고 하셨다.
그리고 그렇게 만들어주셨다.
사부께서는 한계를 뛰어넘고 초식을 무너뜨리는 춤을 가르쳐 주신 것이다.

중원의 무공 따위는 눈 아래로 내려다볼 수 있는 춤!

그래서 천룡신무(天龍神舞)이리라…….

매력적인 작품 세계를 보여온 월인만의 매혹에 다시 한 번 유혹당한다!